나카지마 아쓰시의 남양 소설집

光と風と夢 · 南島譚 · 環礁

일본 동남아시아 학술총서 07

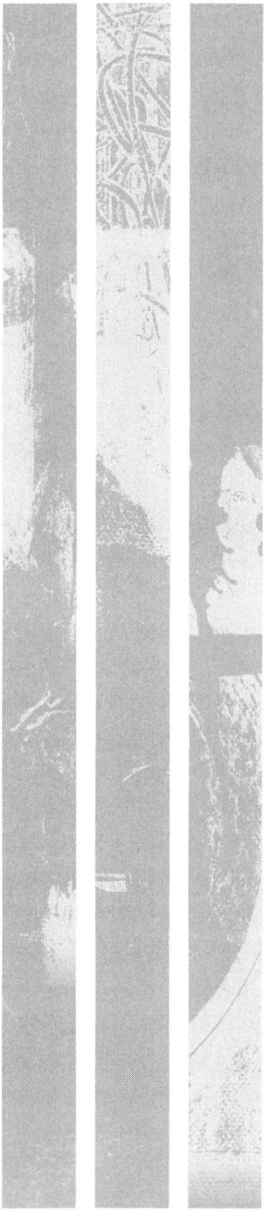

나카지마 아쓰시의 남양 소설집

光と風と夢・南島譚・環礁

나카지마 아쓰시 저 | 엄인경 역

보고사
BOGOSA

간행사

2017년 '한국-아세안 미래공동체 구상'을 중심으로 하는 한반도 '신남방정책' 발표와 다음해 정부의 신남방정책특별위원회 설치는 아세안(동남아시아 10개국)과 인도 지역의 급속한 경제적 성장과 미래의 잠재력을 염두에 둔 정책 아젠다였다. 물론 이러한 선언은 이 지역이 세계 경제의 성장엔진이자 블루오션으로 떠오르고 있다는 인식과 그 지정학적 중요성에 바탕을 둔 정책이며, 나아가 이 지역에서 상호 경쟁을 벌이고 있는 일본과 중국의 동남아시아 정책을 의식한 것이기도 하였다.

왜냐하면 일본과 중국도 오히려 한국보다 훨씬 앞서 다양한 형태의 '남방정책'을 추진하여 이들 지역에 대한 경제적, 정치적, 문화적 영향력을 확대해 왔기 때문이다. 태평양전쟁 기간 중 이른바 '대동아공영권' 구상을 통해 동남아시아 및 남태평양(남양) 지역을 침략하여 군정(軍政)을 실시하였던 일본은 패전 후 동남아시아 각국에 배상이라는 장치를 통해 오히려 금융, 산업, 상업 방면에 진출하여 패전국이면서도 이 지역에 대한 영향력을 확대해 왔다. 2018년을 기준으로 아세안 직접투자가 중국의 2배, 한국의 6배 이상을 차지하는 일본은 2013년 '일본-아세안 우호 협력을 위한 비전선언문', 2015년 '아세안 비전 2025'를 통해 이 지역 내 중국의 영향력을 견제하고 일본의 대외정책의 지지기반 확대와 경제협력을 확대하고 있다. 동남아시아 지역과 국경을 접하고 있는 중국은 2003년 아세안과 전략적 동반자 관계를 맺은 이후 정치안보와 경제, 사회문화 공동체 실현을 추진하고 2018년 '중국-아세안 전략적 동반자 관계 2030 비전'을 구체화하였으며 '일대일로' 전략을 통해 아세안에 대한 영향력을 강화하고 있다. 이와 같이 한·중·일 동아시아 3국은 아세안+3(한중일) 서미트를 비롯하여 이 지역과 협력을 하면서도 격렬한 경쟁을 통해 각각 동남아시아 지역에 정치적, 외교적, 경제적, 문화적 역량을 집중하고 있다.

동남아시아 지역의 중요성이 부각되고 한국의 신남방정책 추진에 즈음하여 2018년과 2019년에 정부 각부서와 국책연구소, 민간 경제연구소 등에서는 한국의 신남방정책 관련 보고서가 다량으로 간행되는 가운데, 2017년 한국 정부의 '신남방정책' 선언 이후 일본의 사례를 참조하여 그 시사점을 찾으려는 논문이 급증하고 있다. 나아가 근대기 이후 일본의 남양담론이나 '남진론(南進論)' 관련 연구, 그리고 일본과 동남아시아의 관계사나 경제적 관계, 외교 전략 관련 연구는 2000년대 이후 개시하여 2010년대에 이르러 활발하게 연구가 이루어지고 있다. 그럼에도 불구하고, 정작 한국 사회와 연구자가 필요로 하는 동남아시아에 관한 일본의 학술서나 논문, 보고서 등 자료의 조사와 수집은 물론 대표적인 학술서의 번역이 거의 이루어지지 않았다고 할 수 있다.

따라서 고려대 글로벌일본연구원에서는 근대기 이후 동아시아 국가 중에서 동남아시아 지역에 대해 가장 먼저 관심을 가지고 대외팽창주의를 수행하였던 일본의 동남아시아 관련 대표적 학술서를 지속적으로 간행하고자 '일본 동남아시아 학술총서'를 기획하게 되었다.

이에 고려대 글로벌일본연구원은 먼저 일본의 동남아시아 및 남태평양 지역과 연계된 대표적 학술서 7권을 선정하여 이를 8권으로 번역·간행하게 되었다.

제1권인 『남양(南洋)·남방의 일반개념과 우리들의 각오(南方の一般概念と吾人の覺悟)』(정병호 번역)는 남진론자(南進論者)로서 실제 동남아시아 지역에서 실업에 종사하였던 이노우에 마사지(井上雅二)가 1915년과 1942년에 발표한 서적이다. 이 두 책은 시기를 달리하지만, 동남아시아 지역의 역사와 문화, 풍토, 산업, 서양 각국의 동남아 지배사, 일본인의 활동, 남진론의 당위성 등을 상세하게 기술하였다. 제2권·제3권인 『남양대관(南洋大觀) 1·2』(이가현, 김보현 번역)는 일본의 중의원 의원이자 남양 지역 연구자였던 야마다 기이치(山田毅一)가 자신의 남양 체험을 바탕으로 1934년에 간행한 서적이다. 본서는 당시 남양 일대 13개 섬의 풍토, 언어, 주요 도시, 산업, 교통, 무역, 안보 및 일본인의 활동을 사진과 함께 상세하게 소개하고 있다. 이 책은 기존의 남양 관련 서적들과 달리 남양의 각 지역을 종합적으로 대관한 최초의 총합서라는 점에서 그 의의가 있다.

제4권 『신보물섬(新寶島)』(유재진 번역)은 탐정소설가 에도가와 란포(江戸川亂步)가 1940에서 41년에 걸쳐 월간지 『소년구락부(少年倶樂部)』에 연재한 모험소설이다. 이 소설은 남학생 세 명이 남태평양의 어느 섬에서 펼치는 모험소설로서 여러 역경과 고난을 이겨내고 마침내 용감하고 지혜로운 세 일본 소년이 황금향을 찾아낸다는 이야기인데, 이 당시의 '남양'에 대한 정책적, 국민적 관심이 일본 소년들에게도 미치고 있음을 잘 보여주고 있다. 제5권인 『남양의 민족과 문화(南洋の民族と文化)』(김효순 번역)는 이토 겐(井東憲)이 1941년 간행한 서적이다. 이 책은 태평양전쟁 당시, '대동아공영권' 구상을 뒷받침하기 위해 일본과 남양의 아시아성을 통한 '민족적 유대'를 역설하고 있다. 방대한 자료를 통해 언어, 종교 등을 포함한 남양민족의 역사적 유래, 남양의 범위, 일본과 남양의 교류, 중국과 남양의 관계, 서구 제국의 아시아 침략사를 정리하여, 남양민족의 전체상을 입체적으로 그려내고 있다.

제6권인 『남양민족지(南洋民族誌)』(송완범 번역)는 일본의 평론가이자 전기 작가인 사와다 겐(澤田謙)이 1942년에 간행한 서적이다. 이 책은 당시 일본인들의 관심 사항인 남양 지역의 여러 문제를 일반 대중들에게 쉬운 문체로 평이하게 전달하려고 한 책인데, 특히 '라디오신서'로서 남양을 '제국일본'의 병참기지로 보는 국가 정책을 보통의 일본 국민들에게 간결하고 평이하게 전달하고 있다. 제7권인 『나카지마 아쓰시(中島敦)의 남양 소설집』(엄인경 번역)은 1942년에 간행한 남양 관련 중단편 10편을 묶어 번역한 소설집이다. 나카지마 아쓰시가 남양 관련 작품을 창작하고 발표한 시기는 태평양전쟁의 확산 시기와 겹친다. 스코틀랜드 출신 소설가 R.L.스티븐슨의 사모아를 중심으로 한 폴리네시아에서의 만년의 삶을 재구성하거나, 작가 자신의 팔라우 등 미크로네시아 체험을 살려 쓴 남양 소설들을 통해 반전 의식과 남태평양 원주민들을 바라보는 독특한 시선을 느낄 수 있다.

제8권인 『남방 제지역용 일본문법교본 학습지도서(南方諸地域用日本文法教本學習指導書)』(채성식 번역)는 태평양전쟁의 막바지인 1945년에 남방지역에 대한 일본어교육 및 정책을 주관한 문부성이 간행한 일본어 문법 지도서이다. 언어 유형론적으로 일본어와 다른 언어체

계를 가진 남방지역의 원주민을 대상으로 당시 일본어교육 현장에서 어떠한 교수법과 교재가 채택되었는지를 본서를 통해 엿볼 수 있다.

이들 번역서는 메이지(明治)시대 이후 남양으로 인식된 이 지역에 대한 관심과 대외팽창주의를 잘 보여주고 있으며, 이 지역의 역사, 문화, 풍토, 산업, 서양과의 관계, 남진론 주장, 언어 교육, 일본인들의 활동, 지리 등을 잘 보여주고 있다. 이 '일본 동남아시아 학술총서'는 메이지 유신 이후 동아시아의 근대화를 주도하고 주변국의 식민지배와 세계대전, 패전이라는 굴곡을 거치고도 여전히 동아시아에 막대한 영향력과 주도권을 행사하는 일본이 지난 세기 일본이 축적한 동남아시아에 대해 학지를 올바로 파악하는 데 도움을 줄 것으로 생각한다. 또한 다양한 분야에 본 총서가 기초자료로 활용함으로써 동남아시아 관련 후속 연구를 가능하게 할 것으로 기대하며, 이를 통해 신남방 시대의 학술적 교두보를 구축하는 데에 도움이 되기를 기대하는 바이다.

특히 어려운 환경에도 불구하고 이 총서간행을 기꺼이 맡아주신 도서출판 보고사의 김흥국 사장님과 꼼꼼한 편집을 해 주신 박현정 편집장을 비롯한 편집팀에게 감사한 마음을 전하고 싶다.

2021년 2월

고려대 글로벌일본연구원

〈일본 동남아시아 학술총서〉 간행위원회

일러두기

1. 이 책은 다음 두 서적에 수록된 남양 관련 작품을 저본으로 하여 번역한 것이다.
   中島敦『光と風と夢』筑摩書房, 1942
   中島敦『南島譚』今日の問題社, 1942

2. 고유명사의 경우 교육부가 고시한 외래어 표기법을 따랐다. 다만 미크로네시아 지역의 고유명사는 표기의 준거 자료를 찾기 어렵고 표기나 발음의 형태가 다양하였는데, 몇 권의 관련 서적과 영문 표기 등을 참조하여 사용 빈도가 높은 쪽의 발음으로 표기하였다.

목차

빛과 바람과 꿈

1

1884년 5월 어느 늦은 밤, 서른다섯 살의 로버트 루이스 스티븐슨* 은 남프랑스 예르의 객사에서 갑자기 심한 각혈에 시달렸다. 놀라 달려온 아내를 보고 그는 종이쪽지에 연필로 이렇게 써서 내보였다.

'겁낼 것 없소. 이게 죽음이라면 참 쉽겠군.'

피가 목구멍을 막아 말을 할 수 없었던 것이다.

이후 그는 건강에 좋은 땅을 찾아 전전해야 했다. 영국 남쪽의 요양지 보머스에서 삼 년을 지낸 뒤, 콜로라도에서 지내보는 게 어떻겠냐는 의사의 말에 따라 대서양을 건넜다. 미국도 그저 그랬기에 이번에는 남양행을 시도했다. 칠십 톤짜리 스쿠너는 마르케사스, 파우모투, 타히티, 하와이, 길버트를 거쳐 일 년 반에 걸친 순항 끝에 1889년이 끝날 즈음 사모아의 아피아 항에 도착했다. 해상 생활은

---

* 로버트 루이스 스티븐슨(Robert Louis Stevenson, 1850~1894). 『보물섬』, 『지킬 박사와 하이드 씨』 등으로 유명한 스코틀랜드 출신 문학자로 이 소설의 주인공. R.L.S.로 약칭.

쾌적했고 섬들의 기후는 더할 나위 없었다. 스스로 '기침과 뼈에 불과하다'던 스티븐슨의 몸도 그럭저럭 소강상태를 유지할 수 있었다. 그는 이곳에서 살아볼 마음이 생겨 아피아 시외에 사백 에이커 정도 되는 토지를 사들였다. 물론 이때까지만 해도 여기에서 평생을 보내려니 생각했던 것은 아니다. 실제로 이듬해 2월, 사들인 토지 개간과 건축을 잠시 남에게 맡기고 자신은 시드니까지 갔다. 거기에서 배편을 맞추어 기다렸다가 일단 영국으로 돌아갈 작정이었던 것이다.

하지만 그는 이윽고 영국에 있는 한 친구 앞으로 다음과 같은 편지를 써야 했다.

'…… 솔직히 말하면 나는 앞으로 딱 한 번밖에 영국에 돌아갈 일이 없을 것 같네. 그리고 그 한 번은 죽을 때일 걸세. 나는 열대에서만 약간 건강히 지낼 수 있다네. 아열대인 이곳(뉴칼레도니아)에서조차 나는 금세 감기에 걸리지. 시드니에서는 결국 각혈을 해버렸고. 안개 자욱한 영국에 돌아가다니, 지금은 생각도 못 할 일이야. …… 나는 슬픈 거겠지? 영국에 있는 일고여덟 명, 미국에 있는 한두 명의 벗들과 만나지 못하는 게 그저 괴로울 뿐이네. 그것만 빼면 사모아가 오히려 좋아. 바다와 섬들과 토인들, 섬 생활과 날씨가 나를 정말 행복하게 해 줄 것 같다네. 나는 이 유배를 결코 불행하게 생각지 않고 …….'

그해 11월 그는 겨우 건강을 되찾고 사모아로 돌아갔다. 그가 매입한 토지에는 토인 목수들이 지은 임시 숙소가 만들어져 있었다. 제대로 된 건축물은 백인 목수가 아니면 짓지 못했다. 그게 완성되기까지 스티븐슨과 그의 아내 패니는 임시 숙소에서 기거하며 몸소 토인들을 감독하고 개간 사업에 나섰다. 그곳은 아피아 시 남쪽으로 삼 마일, 휴화산 바에아 산 중턱으로 다섯 계류와 세 개의 폭포, 그 밖에 몇몇 협곡 절벽을 포함하는 육백 피트에서 천삼백 피트에 이르는 높이의 대지(臺地)였다.

토인들은 이 땅을 바일리마라 불렀다. 다섯 강이라는 뜻이다. 울창한 열대림과 한도 끝도 없는 남태평양을 조망할 수 있는 이 토지에 자기 힘으로 하나하나 생활의 초석을 쌓아나간 것이, 스티븐슨에게는 어릴 적 모형 정원놀이를 하던 것과 비슷한 순수한 기쁨이었다. 자기 생활이 자기의 손에 의해 가장 직접적으로 지탱된다는 의식 — 그 부지에 직접 말뚝을 박아 넣은 집에 살며 스스로 톱을 잡아 제작을 도왔던 의자에 앉아서 스스로 괭이질한 밭의 야채나 과일을 늘상 먹는다는 것 — 이것은 어릴 적 비로소 자력으로 만들어낸 수공품을 테이블 위에 두고 바라보던 때의 신선한 자존심을 되살려주었다. 이 작은 숙소를 구성하는 통나무나 널빤지, 또 나날의 먹거리도 모두 속속들이 아는 것이라는 사실 — 그러니까 그 나무들은 모조리 자신의 산에서 베어내어 자기 눈앞에서 대패질된 것이며, 그 먹거리가 난 곳도 전부 분명하게 알고 있다(이 오렌지는 어느 나무에서 땄고, 이 바나나는 어느 밭의 것이지)는 사실. 이것도 어릴 적 어머니가 만든 요리가 아니면 안심하고 먹지 못했던 스티븐슨에게 무언가 즐거운 편안함을 주는 것이었다.

그는 지금 로빈슨 크루소, 혹은 월트 휘트먼의 생활을 실험 중이다.

'태양과 대지와 생물을 사랑하고, 부유함을 경멸하며, 구걸하는 자에게는 나누어주고, 백인 문명을 하나의 큰 편견으로 간주하며, 교육 없이 활력 넘치는 사람들과 더불어 활보하고, 밝은 바람과 빛 속에서 노동으로 땀 베인 살갗 아래로 혈액 순환을 기분 좋게 느끼며, 사람들에게 웃음거리가 되지 않을까 하는 걱정을 잊고, 진정 생각하는 것만 말하며, 진정 바라는 것만 행한다.'

이것이 그의 새로운 생활이었다.

2

1890년 12월 ×일

5시 기상. 아름다운 연둣빛 새벽. 그러다 서서히 밝은 금색으로 바뀌려하고 있다. 멀리 북쪽의 숲과 시가지 저편에 거울 같은 바다가 빛난다. 다만 환초 밖은 변함없이 성난 파도의 비말들이 하얗게 일고 있는 듯 보인다. 귀를 기울이니 분명 그 소리가 땅울림처럼 들렸다.

6시 조금 전 아침 식사. 오렌지 한 개와 달걀 두 개. 먹으면서 베란다 아래를 무심코 보고 있노라니 바로 아래 밭 옥수수 두세 대가 괜스레 흔들리고 있었다. '어?' 보고 있는 사이에 한 대가 쓰러지는가 싶더니 무성한 잎 속으로 쑥 숨어들어가 버렸다. 바로 내려가 밭으로 들어가자 새끼돼지 두 마리가 허둥대며 도망쳤다.

돼지들 장난질에는 정말이지 손들었다. 유럽 돼지들처럼 문명 때문에 거세되어 버린 것들과는 전혀 다르다. 말 그대로 야성적이고 활력적이며 억센, 아름답다고까지 표현해도 좋을 정도다. 나는 지금까지 돼지가 헤엄을 못 치는 줄 알았는데 웬걸, 남양의 돼지는 멋지게 헤엄을 친다. 크고 검은 암퇘지가 오백 야드*나 헤엄을 치는 것을 나는 분명히 보았다. 돼지들은 또 영리해서 코코넛 열매를 양지바른 곳에 말렸다가 쪼개는 기술까지 체득하고 있다. 영악한 놈은 이따금 새끼 양을 습격하여 잡아먹거나 한다. 요즘 패니는 돼지들 단속에 매일 바빠 죽을 지경이다.

6시부터 9시까지 일. 그저께부터 『남양 소식』의 제1장을 쓰고 있다. 곧장 풀을 베러 나갔다. 토인 젊은이들이 네 조로 나뉘어 밭일과 길 내는 일을 하고 있다. 도끼 소리, 연기 내음. 헨리 시메레의 감독하에 일은 척척 진행되는 모양이다. 헨리는 원래 사바이 섬의 추장 아들인데, 유럽 어디에 내놓아도 부끄러울 것 없는 훌륭한 청년이다.

생울타리 안에 쐐기풀 쿠이쿠이(또는 투이투이)가 무성히 자란 곳을 발견하고 퇴치작업에 나섰다. 이 풀이야말로 우리의 최대 적이다. 무섭도록 민감한 식물. 교활한 지각력—바람에 흔들리는 다른 풀잎이 닿을 때는 아무런 반응도 하지 않으면서, 아주 살짝이라도 사람과 닿으면 즉시 잎을 닫아버린다. 쪼그라들어 족제비처럼 들러붙는 식물, 굴이 바위에 들러붙듯이 뿌리로 집요하게 흙과 다른 식

* 1 야드는 약 91.5cm이므로 450~460m.

물의 뿌리에 얽혀 붙는다. 쿠이쿠이를 정리하고 나서 야생 라임 쪽으로 간다. 가시와 탄력이 있는 빨판 때문에 꽤나 맨손에 상처를 입었다.

10시 반, 베란다에서 뿔고둥 부우의 소리가 울린다. 점심 식사 — 식은 고기, 아보카도, 비스킷, 적포도주.

식후에 시를 정리하려고 했지만 잘 안 됐다. 플라지올레트 피리를 불었다. 1시부터 다시 밖으로 나가 바이트링거 강기슭의 길을 닦았다. 도끼를 손에 들고 혼자 밀림으로 들어갔다. 머리 위에는 겹겹이 서로 쌓인 거목, 거목들. 그 잎 사이로 이따금 하얗게 거의 은빛 반점처럼 빛나 보이는 하늘. 지상에도 곳곳에 쓰러진 거목들이 길을 막고 있다. 타고 올랐다가 축 늘어지며 서로 얽혀서 올가미 모양을 만드는 덩굴 식물류의 범람. 술 달린 모양으로 솟아오른 난초류. 독살스러운 촉수를 뻗은 양치류. 거대한 흰 별 모양 칼라꽃. 수액이 풍부한 어린 나무 줄기는 도끼를 한 번 휘두르면 싸악 기분 좋게 베어지지만, 낭창낭창하게 오래된 가지들은 좀처럼 잘 자르지를 못하겠다.

고요하다. 내가 휘두르는 도끼 소리 말고는 아무 소리도 안 들린다. 호화로운 이 초록의 세계 속에서 얼마나 적막한가! 한낮의 거대한 침묵은 얼마나 두려운가!

갑자기 멀리에서 어떤 둔중한 소리가 들리고 이어서 짧고 새된 웃음소리가 들렸다. 서늘한 오한이 등줄기를 달렸다. 먼저 들린 소리는 무언가의 메아리라도 되나? 웃음소리는 새 소리였을까? 이 근처의 새들은 묘하게 사람과 비슷한 소리를 낸다. 해가 질 무렵 바에

아 산은 어린아이의 아우성 소리와 비슷하게 날카로운 새들 울음소리로 꽉 찬다. 그러나 방금 들은 소리는 그것과 조금 달랐다. 결국 소리의 정체는 끝내 알지 못했다.

귀가하는 길에 문득 한 작품의 구상이 떠올랐다. 이 밀림을 무대로 한 멜로드라마이다. 총알처럼 그 착상이 (또한 그 속의 정경 하나가) 나를 관통했던 것이다. 제대로 정리가 될지 안 될지 모르지만, 어쨌든 나는 이 착상을 한동안 머릿속 한 구석에 따뜻하게 데워두기로 했다. 닭이 알을 뒤집어 품을 때처럼.

5시에 저녁 식사. 비프스튜, 바나나 구이, 파인애플이 들어간 클래릿 와인.

식사 후 헨리에게 영어를 가르쳤다. 가르쳤다기보다 사모아어와 교환 교습이다. 헨리가 매일매일 이 우울한 저녁 공부를 어떻게 참아내는지 너무 신기하다. (오늘은 영어지만 내일은 초등 수학이다.) 향락적인 폴리네시아 사람들 중에서도 특히 쾌활한 것이 이 사모아 사람들이거늘. 사모아 사람들은 원래 강요하는 것을 좋아하지 않는다. 그들이 좋아하는 것은 노래와 춤과 예쁜 옷(그들은 남양의 멋쟁이다)과 해수욕과 까바 술이다. 그리고 담소와 연설과 마랑가 — 이것은 젊은이들이 잔뜩 모여서 마을에서 마을로 며칠씩이나 여행을 지속하며 놀고 돌아다니는 것. 방문을 받은 마을에서는 반드시 그들을 까바 술이나 춤으로 환대해야 하게끔 되어 있다.

사모아 사람들의 한없는 쾌활함은 그들의 언어에 '빚' 혹은 '빌리다'라는 말이 없는 것과 통한다. 요즘 사용되는 것은 타히티에서 빌려온 말이다. 사모아 사람들은 원래 빌리거나 되갚는 따위의 성가신 일은 하지 않고 그냥 받아버리고 마니 자연히 빌린다는 말도 없는 셈이다. 받다 — 달라고 하다 — 졸라대다 같은 말이라면 정말 많다. 받는 것의 종류에 따라 — 생선이냐 타로 토란이냐 거북이냐 깔개냐, 그에 따라 '받는다'는 말이 몇 갈래로 구별되어 있다.

또 하나의 한가한 사례 — 일요일에 입는 고운 옷으로 차려입은 죄수 등의 한 무리가 음료수를 들고, 기묘한 죄수복을 입고 도로공사 부역을 해야 하는 토인 죄수들 있는 곳으로 놀러 가서, 한창 공사 중인 도로 한복판에 깔개를 깔고 죄수들과 같이 하루 종일 마시고 노래 부르며 즐겁게 시간을 보낸다. 이게 무슨 얼빠진 쾌활함이란 말인가!

그런데 우리 헨리 시메레 군은 이러한 그의 종족들 일반과 어딘지 다르다. 이 청년 내부에는 한시적이지 않은 것, 조직적인 것을 추구하는 경향이 있다. 폴리네시아 사람치고 드문 경우다. 그에 비하면 백인이기는 하지만 요리사 폴 같은 사람은 지적으로 훨씬 뒤떨어져 있다. 가축 담당 라파엘레로 말할 것 같으면, 이쪽은 전형적인 사모아 사람이다. 원래 사모아 사람은 체격이 좋은데, 라파엘레도 190센티미터 정도는 된다. 몸이 그렇게 크면서 패기라고는 전혀 없고 아둔한 애원형 인물이다. 헤라클레스나 아킬레스 같은 거한이 응석 부리는 말투로 나를 '파파, 파파'라고 부르니 견딜 재간이 없다. 그는 유령을 몹시 무서워한다. 저녁에 혼자 바나나 밭에도 못 간다. (흔히 폴리네시아 사람들이 '그는 사람이다'라고 말하면 그것은 '그가 유령이 아니라 살아 있는 인간이다'라는 뜻이다.) 이삼일 전에 라파엘레가 재미있는 이야기를 해주었다. 그의 친구 중 한 명이 죽은 아버지의 유령을 봤다는 것이다. 저녁에 그 친구는 죽은 지 스무날 정도 되는 아버지 묘 앞에서 서성이고 있었단다. 문득 정신을 차리고 보니 어느 틈엔가 한 마리의 흰 눈 같은 학이 산호 부스러기로 된 무덤 위에 서 있더란다. 이 학이야말로 아버지 영혼이구나 싶어 쳐다보고 있던 사이에 학의 수가 늘어나더니 개중에는 검은 학도 섞여 있더란다. 그러던 중 어느새 그들의 모습이 사라지고 그 대신 이번에는 무덤 위에 하얀 고양이가 한 마리 있었다. 금세 이 하얀 고양이 주변으로 회색, 삼색, 검정 등 온갖 털색의 고양이들이 환영처럼 소리도 없이, 우는 소리 한 번 내지 않고 살금살금 모여들었다. 그러던 중 고양이들의 모습도 주위의 저녁 어스름 속으로 녹아들어가 버렸다던가. 그 친구는 학이 된 아버지 모습을 보았다고 굳게 믿고 있다나 뭐라나…….

12월 ××일

오전 중에 프리즘 나침반을 빌려와 일을 시작했다. 나는 이 기계에 1871년 이후 손을 댄 적이 없었고 또 이에 관해 생각해본 적도 없었지만, 어쨌든 삼각형을 다섯 개 그어봤다. 에든버러대학 공과 졸업생으로서의 자부심을 새로이 가다듬었다. 그렇긴 해도 나는 얼마나 게으른 학생이었던가! 블랙키 교수님과 테이트 교수님을 퍼뜩 떠올렸다.

오후에는 다시 식물들의 노골적인 생명력과 무언의 전쟁을 벌였다. 이렇게 도끼나 낫을 휘둘러 6펜스어치나 일을 하고 나니 내 마음은 자기만족으로 부풀었는데, 집 안에서 책상 앞에 앉아 20파운드를 벌어도 어리석은 양심은 자기 태만과 시간 낭비를 속상해한다. 이게 대체 어찌 된 일일까?

일하면서 문득 생각했다. 나는 행복한가? 그러나 행복이라는 놈을 모르겠다. 그것은 자의식 이전 단계이다. 하지만 쾌락이라면 당장도 안다. 여러 형태의 수많은 쾌락을. (어느 것이든 완벽한 것은 없지만.) 그러한 쾌락들 중에서 나는 '열대림의 정적 속에서 그저 혼자 도끼를 휘두르는' 이 벌목 작업을 꽤 높은 위치에 놓는다. 실로 '노래처럼, 정열처럼' 이 일은 나를 매료시킨다. 나는 현재 생활을 다른 어떠한 환경과도 바꾸고 싶지 않다. 더구나 한편 솔직히 말해서 나는 지금 어떤 강한 혐오의 감정으로 끊임없이 섬뜩함을 느낀다. 본질적으로 맞지 않는 환경에 억지로 몸을 던진 자가 느껴야 하는 육체적 혐오라고나 할까? 신경을 거스르는 거친 잔혹함이 늘 내 마음을 억누른다. 꿈틀거리고 얽혀드는 것의 불쾌함. 주위의 적막과 신비로움의 미신적 으스스함. 나 자신의 황폐한 느낌. 끊임없는 살육의 잔혹함. 식물들의 생명이 내 손가락 끝을 통해 느껴지며, 그들의 발버둥은 나에게 탄원처럼 대꾸한다. 피범벅이 되어 있는 듯한 나를 느낀다.

패니가 중이염이다. 아직 아픈 모양이다.

목수네 말이 계란 열네 개를 밟아서 깨뜨렸다. 어젯저녁에는 우리 집 말이 탈출해서 이웃(이라지만 꽤 떨어져 있는) 농경지에 커다란 구멍을 냈다고 한다.

몸 상태는 상당히 좋지만 육체노동이 좀 과도했던 모양이다. 밤에 모기장 밑의 침대에 누우니 등허리가 치통처럼 아프다. 감은 눈꺼풀 안쪽으로 나는 요즘 매일 밤 분명하게 끝도 없이 생생하고 무성한 잡초 그 한 포기 한 포기를 본다. 다시 말해 나는 녹초가 되어 누운 채로 몇 시간이고 낮에 한 노동의 정신적인 복창을 해내는 것이다. 꿈속에서도 나는 끈질긴 식물들의 덩굴을 잡아당기고 쐐기풀 가시에 괴로워하며 시트론 바늘에 찔리고 벌에게 불이라도 붙은 듯 계속 쏘인다. 발밑에서 미끌미끌한 진흙, 아무리 해도 뽑히지 않는 뿌리, 무시무시한 더위, 갑작스러운 미풍, 근처 숲에서 들리는 새소리, 누군가가 놀리며 내 이름을 부르는 소리, 웃음소리, 휘파람 신호…… 전체적인 낮 생활을 꿈속에서 다시 한바탕하는 것이다.

12월 ××일

어젯밤 새끼돼지 세 마리를 도둑맞았다.

오늘 아침 거구 라파엘레가 쭈뼛쭈뼛 우리 앞에 나타났으므로 이 일에 관해 묻고 짐작해 본다. 감쪽같이 어린아이를 속여 넘기는 트릭. 어쨌든 이건 패니가 한 트릭이지, 나는 이런 짓을 좋아하지 않는다. 먼저 라파엘레를 앞에 앉히고 우리는 조금 떨어져 그의 앞에 서서 양팔을 뻗고 양손 집게손가락으로 라파엘레의 두 눈을 가리키면서 천천히 다가간다. 짐짓 이쪽의 이상한 행동 때문에 라파엘레는 벌써 공포의 빛이 역력하고 손가락이 다가오자 눈을 감아버린다. 그때 왼손 집게손가락과 엄지손가락을 벌려 그의 양 눈꺼풀에 대고, 오른손을 라파엘레 뒤로 돌려 머리와 등을 가볍게 친다. 라파엘레는 자기 두 눈에 닿은 것을 철석같이 좌우 집게손가락이라고 믿는다. 패니는 오른손을 앞으로 다시 가져와 원래 자세로 되돌아온 다음 라파엘레에게 눈을 뜨라고 한다. 라파엘레는 이상한 얼굴을 하고 아까 머리 뒤에 닿은 것이 무엇이냐고 묻는다.

"나한테 붙은 마귀지." 패니가 대답했다.

"내가 내 마귀를 불렀어. 이제 괜찮아. 돼지 도둑은 마귀가 잡아올 거니까."

30분 뒤 라파엘레는 걱정스러운 얼굴로 다시 우리 앞에 나타났다. 아까 한 마귀 이야기가 정말인지 확인한다.

"정말이고말고. 훔친 녀석이 오늘 밤 잠들면 마귀도 그리 같이 자러 갈 거니까. 그럼 그 녀석은 바로 병에 걸리겠지. 돼지를 도둑질한 벌로 말이야."

유령을 믿는 거구의 사내는 점점 불안한 표정이 되어갔다. 그가 범인이라 생각지는 않지만 범인을 알고 있는 것만은 확실해 보였다. 그리고 아마 오늘 밤쯤 그 새끼돼지 잔치에 참가하리라는 것도. 그러나 라파엘레 입장에서 그것은 별로 즐거운 식사가 아니게 될 터였다.

얼마 전 숲속에서 떠오른 예의 그 이야기가 아무래도 머릿속에서 한참 발효된 것 같다. 제목은 「우르파누아 고원의 숲」이라고 지을 생각이다. 우르는 숲, 파누아는 땅. 아름다운 사모아 언어다. 이것을 작품 속 섬 이름으로 사용할 작정이다. 아직 쓰지 않은 작품 속 여러 장면이 종이 인형극처럼 잇따라 떠올라서 못 살겠다. 너무 괜찮은 서사시가 될지도 모른다. 사실 형편없이 들척지근한 멜로드라마로 타락할 위험성도 다분히 있는 것 같다. 무슨 전기라도 품은 듯한 상태로 지금 집필 중인 『남양 소식』 같은 기행문 따위를 느긋하게 쓰고 있을 수가 없다. 수필이나 시(하긴 내 시는 숨통을 트기 위한 오락 시라서 말할 가치가 없기는 하지만)를 쓰고 있을 때 결코 이런 흥분에 휩싸이는 일은 없건만.

저녁에 거목의 우듬지와 산등 뒤로 장대한 노을. 이윽고 저지대와 바다 저쪽에서 보름달이 뜨자 이 지역에서는 드물게 추위가 시작되었다. 이러면 아무도 잠들지 못한다. 모두 일어나서 모포를 찾는다. 몇 시나 되었을까? ―밖은 낮처럼 밝다. 달은 딱 바에아 산꼭대기에 있었다. 정확하게 서쪽이다. 새들도 기묘하게 고요했다. 집 뒤의 숲도 추위에 몸이 쑤신 듯 보였다.

기온이 15도 아래일 게 틀림없다.

3

새해가 밝아 1891년 정월이 되자 예전 살던 본머스의 스케리보어 집에서 가재도구를 싹 정리해서 로이드가 왔다. 로이드는 패니의 아들로 벌써 스물다섯 살이었다.

5년 전 퐁텐블로 숲에서 스티븐슨이 처음 패니를 만났을 때 그녀는 이미 스무 살 가까운 딸과 아홉 살 되는 사내아이의 엄마였다. 딸은 이소벨, 아들은 로이드였다. 패니는 당시 호적상으로 아직 미국인 오스본의 아내였지만 오랫동안 남편을 피해 유럽으로 건너와 잡지기자 일을 하면서 두 아이를 데리고 스스로 생계를 꾸렸던 것이다.

그로부터 삼 년 뒤 스티븐슨은 그때 캘리포니아로 돌아갔던 패니의 뒤를 쫓아 대서양을 건넜다. 아버지로부터는 연을 끊기다시피 하는 지경이 되었고 친구들의 절절한 권고(그들은 모두 스티븐슨의 몸 상태를 걱정했다)마저 물리친 그는, 최악의 건강상태와 그에 뒤지지 않는 최악의 경제 상태에서 출발했다. 아니나 다를까 캘리포니아에 도착했을 때에는 거의 빈사 상태였다. 하지만 어찌어찌 일껏 힘을 내 살아난 그는 이듬해에 패니와 그녀의 전남편 간의 이혼 성립을 기다렸다가 마침내 결혼했다. 패니는 스티븐슨보다 정확히 열한 살 연상인 마흔둘. 그 전년도에 딸 이소벨은 스트롱 부인이 되어 장남을 낳았으니, 사실상 그녀는 이미 할머니가 되어 있던 터였다.

이렇게 해서 세상의 신산을 다 맛본 중년의 미국 여자와 도련님처럼 자라 제멋대로인 데다 천재적이었던 젊은 스코틀랜드 남자의 결혼생활이 시작되었다. 그러나 남편의 병약함과 아내의 나이는, 이윽고 두 사람을 부부라기보다는 오히려 예술가와 그 매니저와 같은 관계로 바꾸어 버렸다. 스티븐슨에게 결여되어 있는 실생활적 재능을 다분히 갖추고 있던 패니는 그의 매니저로서 분명 우수했다. 하지만 때로 너무 우수한 바람에 섭섭한 점도 없지 않았다. 특히 그녀가 매니저 신분을 넘어 비평가 영역으로 들어서려고 했을 때는 말이다.

사실상 스티븐슨의 원고는 꼭 한 번은 패니의 교열을 거쳐야 했다. 사흘 밤을 잠도 못 자고 써 내려간 『지킬 박사와 하이드 씨』 초고를 스토브 안으로 던져 넣게 한 것도 패니였다. 결혼 이전의 연애시를 압수해서 출판하지 못하게 딱 잘라 거절한 것도 그녀였다. 본머스에 살던 때 남편의 몸 상태를 배려한 때문이기는 했지만, 모든 옛 친구들을 완고히 일체 병실에 들이지 못하게 한 것도 그녀였다. 그녀의 이러한 행동에 스티븐슨 친구들도 꽤나 기분이 상했다. 직설적이고 마음먹은 대로 행동하는 윌리엄 어니스트 헨리*(가리발디 장군을 시인으로 만들어버린 듯한 사내다)가 가장 먼저 분개했다.

"무엇 때문에 피부도 거뭇하고 매와 같은 눈빛을 한 미국 여자가 주제넘게 나서야 한단 말인가. 저 여자 때문에 스티븐슨은 완전히 변했군."

이 호쾌한 붉은 수염의 시인도 자기 작품 속에서라면 우정이니 가정이니 아내를 위해 받아들여야 하는 변화를 얼마든지 냉정하게 관찰할 수 있었을 터이지만, 지금 실제 눈앞에서 가장 매력적인 친구를 어떤 중년 여자가 앗아가 버리는 꼴을 참을 수 없었던 것이다. 스티븐슨도 분명 패니의 재능에 관하여 어느 정도 오산했던 점이 있다. 아주 약간만 똑똑한 여자라도 누구나 본능적으로 갖추고 있을 남성 심리에 대한 예리한 통찰이나 또 그 저널리스틱한 재능을, 예술적 비평력이라고 과대평가한 점이 분명 있었던 게다. 나중에 그도

---

* 윌리엄 어니스트 헨리(William Ernest Henley, 1849~1903). 영국의 시인으로 스티븐슨과 교류가 있었으며, 『보물섬』의 존 실버 선장의 모델로 알려짐.

그 오산을 알아차리고 이따금 받아들이기 어려운 아내의 비평(이라기보다 간섭이라고 해도 좋을 정도로 강한 것)에 질리지 않을 수 없었다. 어떤 극시(劇詩) 안에서 그는 '강철처럼 진지하고 칼날처럼 강직한 아내'라고 패니에게 두 손 들고 말았다.

패니의 아들 로이드는 새아버지와 함께 생활하는 동안 언젠가 자신도 소설을 쓰리라 생각했다. 이 청년도 어머니를 닮아 저널리스트적인 재능을 많이 소유하고 있는 듯했다. 아들이 쓴 것에 새아버지가 가필을 하고 그것을 어머니가 비평하는 식의 묘한 한 가족이 탄생했다. 지금까지 부자의 합작품은 한 편만 완성되었는데, 이렇게 바일리마에서 같이 살게 되고 나서 『썰물』이라는 새로운 공동작품에 대한 계획이 섰다.

4월이 되자 드디어 집이 완성되었다. 잔디밭과 히비스커스꽃에 둘러싸인 암록색 목조로 된 이층짜리 붉은 지붕 집은, 토인들 눈을 몹시 놀라게 했다. 스티브론 씨, 혹은 스트레이븐 씨(그의 이름을 정확히 발음할 수 있는 토인이 별로 없었다), 혹은 투시탈라(이야기하는 사람이라는 뜻의 토착어)가 큰 부자이자 대추장이라는 것은 이제 의심할 바 없는 일이었다. 그의 호화로운(?) 저택에 관한 소문은 이윽고 카누를 타고 멀리 피지, 통가의 여러 섬들에까지 떠들썩하게 전해졌다.

곧 스코틀랜드에서 스티븐슨의 노모가 와서 같이 살게 되었다. 더불어 로이드의 누나 스트롱 부인인 이소벨도 장남 오스틴을 데리고 바일리마에 합류했다.

스티븐슨의 건강은 전에 없이 상승곡선이라 벌목이나 승마에도 그리 큰 피로를 느끼지 않게 되었다. 원고 집필은 매일 아침에 항상 5시간 정도. 건축비에 삼천 파운드나 써버린 그는 싫어도 열심히 글을 쓸 수밖에 없었던 것이다.

4

1891년 5월 ×일

내 영토(및 이곳과 이어진 땅)를 탐험했다. 바이트링거 유역 쪽은 지난번에 가보았으므로 오늘은 바에아 강 상류를 찾아갔다.

잡목 숲속을 대충 어림짐작으로 동쪽을 향해 나아갔다. 마침내 강가가 나왔다. 처음 나오는 강바닥은 말라 있었다. 잭(말 이름)을 데리고 왔지만 강바닥 위에 나무들이 낮고 빽빽하게 자라 있어 말이 지나갈 수 없었기에 잡목 숲 나무에 매어 두었다. 마른 강줄기를 거슬러 올라가는 중에 골짜기가 좁아지고 곳곳에 동굴이 나오기도 했으며 옆으로 쓰러진 나무 아래를 몸도 숙이지 않고 걸어서 빠져나갔다.

길이 북쪽으로 가파르게 휘어진다. 물소리가 들렸다. 잠시 후 치솟은 암벽과 맞닥뜨렸다. 물이 그 벽면을 포렴처럼 얕게 흘러내리고 있다. 그 물줄기는 곧장 지하로 스며들어 보이지 않았다. 암벽을 기어오를 수 없어서 나무를 타고 옆의 둑처럼 생긴 곳으로 올라갔다. 밑에서 나는 풀 내음이 훅훅 올라오고 무덥다. 미모사 꽃. 양치류의 촉수. 온몸에 격렬하게 맥박이 친다. 순간 무슨 소리가 난듯하여 귀를 기울였다. 분명 수차가 도는 듯한 소리가 났다. 그것도 거대한 수차가 바로 발밑에서 웅 하고 우는 듯한, 혹은 먼 우레와 같은 소리가 두세 번. 그리고 그 소리가 강해질 때마다 고요한 산 전체가 흔들리는 듯 느껴졌다. 지진이었다.

다시 물길을 따라간다. 이번에는 물이 많다. 소름 끼치게 차갑고 맑은 물. 협죽도, 씨트론, 판다누스, 오렌지. 그 나무들의 둥근 천정 아래를 잠시 가다 보니 다시 물이 없어진다. 지하 용암이 흐르는 동굴 속 복도로 숨어드는 것이다. 나는 그 복도 위를 걸었다. 하염없이 걸어도 나무들에 묻힌 우물 밑바닥으로부터 좀처럼 빠져나갈 수가 없다. 어지간히 걷다 보니 겨우 우거진 정도가 조금 흐려지면서 하늘이 잎 사이로 비쳐 보였다.

문득 소 울음소리를 들었다. 분명 내 소유의 소임에 틀림없지만, 소 입장에서는 소유주가 누군지 어딘지 알 턱이 없으니 적잖이 위험하다. 멈추어 선 채로 동태를 살피며 잘 지나가도록 두었다. 조금 가니 첩첩이 쌓인 용암 절벽이 턱 하니 나온다. 얕고 아름다운 폭포가 떨어진다. 아래 물웅덩이 속에서 손가락 크기 정도 되는 작은 물고기들 그림자가 휙휙 달린다. 가재도 있는 모양이다. 썩어 쓰러지고 반쯤 물에 잠긴 거목의 동굴. 계곡물 밑바닥의 거대한 바위가 이상하게 루비처럼 붉다.

이윽고 다시 강바닥이 마르고 마침내 바에아 산의 험한 면을 올라간다. 강바닥 같은 것도 없어지고 산 정상에 가까운 평평한 대지가 나왔다. 방황도 잠시, 대지가 동쪽 대협곡으로 쑥 들어간 가장자리에 한 그루의 멋진 거목을 발견했다. 가지마루다. 높이가 이백 피트*나 된다. 거대한 줄기와 헤아릴 수 없는 그 종자들(땅 위로 드러난 뿌리)은 지구를 짊어진 아틀라스처럼 괴조의 날개를 펼친 듯 큰 가지의 무리를 지탱하고, 한편 산줄기처럼 뻗은 가지들 안에는 양치식물이나 난 종류가 각각 또 하나의 숲처럼 무성하게 자라 있다. 가지들의 무리는 턱없이 큰 하나의 둥근 천장 돔이다. 그것은 층층이 솟아올라 밝은 서쪽 하늘(이미 저녁 시간에 상당히 가까워졌다)을 높이 마주 보고 있는데, 동쪽으로 몇 마일 떨어진 계곡에서 들판에 걸쳐 구불구불 넓게 이어진 그 그림자가 얼마나 크던지! 정말이지 어마어마하게 호탕한 장관이었다.

이제 늦었으니 서둘러 귀로에 올랐다. 말을 매어 두었던 곳으로 와보니 잭은 반미치광이가 된 모습이었다. 홀로 숲 안에서 반나절 동안 내팽개쳐진 공포 때문이리라. 토인들이 바에아 산에는 아이투파피네라는 여자 괴물이 나온다고 하더니, 잭이 그것을 본 것일지도 모르겠다. 잭에게 몇 번이나 발길질 당할 뻔하면서 간신히 달래서 데리고 돌아왔다.

5월 ×일

오후에 벨(이소벨)의 피아노에 맞추어 플라지올레트 피리를 불었

---

* 약 60cm

다. 클락스톤 선생이 찾아왔다. 「악마가 깃든 병」을 사모아어로 번역하여 『오·레·살르·오·사모아』 잡지에 게재하고 싶다고 했다. 기꺼이 승낙했다. 내 단편들 중에서도 아주 예전 것인 「목이 비틀린 재닛」이나 이번 우화 같은 것이 작가로서 내가 가장 좋아하는 작품이다. 남해를 무대로 한 이야기이니 의외로 토인들도 좋아할지 모른다. 이렇게 점점 나는 그들의 투시탈라(이야기 화자)가 되어가는 것이다.

밤에 잠자리에 드니 빗소리가 들렸다. 해상 멀리에서 희미한 번개.

5월 ××일

시내로 내려갔다. 거의 하루 종일 환전 때문에 어수선했다. 은값의 등락은 이 지역에서는 꽤나 큰 문젯거리다.

오후에는 항구에 정박 중이던 배들에서 조기가 올랐다. 토인 여자를 아내로 맞고 사메소니라는 이름으로 섬 주민들에게 친숙했던 캡틴 해밀턴이 죽은 것이다.

저녁에 미국 영사관 쪽으로 걸어가 보았다. 보름달이 아름다운 밤이다. 마타우투의 모퉁이를 돌았을 때 앞에서 찬송가 합창 소리가 들렸다. 죽은 이의 집 발코니에 여자들(토인)이 많이 모여 노래를 부르고 있었다. 미망인이 된 메리(역시 사모아인)가 집 입구의 의자에 앉아 있었다. 나와 면식이 있던 그녀는 나를 맞으며 자기 옆에 앉으라 했다. 실내의 테이블 위에 시트에 쌓여 누워 있는 고인의 유해를 보았다. 찬송가가 끝나고 토인 목사가 일어서서 이야기를 시작했다. 긴 이야기였다. 등불 빛이 문과 창문에서 밖으로 흘러나

갔다. 갈색의 소녀들이 내 주위에 많이 앉아 있었다. 어마어마하게 무더웠다. 목사 이야기가 끝나자 메리는 나를 안으로 안내했다. 캡틴의 손가락은 가슴 위에서 깍지 끼어져 있었고 그 죽은 자의 얼굴은 평온했다. 지금이라도 무슨 말을 할 것 같았다. 이렇게나 생생하고 아름답게 밀랍 공예 된 얼굴을 아직 본 적이 없다.

목례를 하고 나는 밖으로 나왔다. 달빛이 밝고 오렌지 향기가 어디에선가 풍기고 있었다. 나는 이미 이 세상의 전투를 마치고 이렇게 아름다운 열대의 밤, 아가씨들 노래에 둘러싸여 조용히 잠들어 있는 고인에 대해 일종의 감미로운 선망의 기분을 느꼈다.

5월 ××일

『남양 소식』에 편집자와 독자들은 불만인 모양이다. 이를테면 이런 식이다.

“남양 연구의 자료 수집 또는 과학적 관찰이라면 다른 사람이 더 있을 것이다. 독자가 R.L.S.씨에게 바라는 바는 원래부터 그 화려한 필치에서 나오는 남해의 엽기적 모험시라는 점에 있다.”

이게 무슨 말이람? 내가 이 원고를 쓸 때 머릿속에 떠오른 모델은 18세기 풍 기행문으로, 필자의 주관이나 정서를 억누르고 내내 즉물적인 관찰을 지속하는 그러한 방식이었다. 『보물섬』의 작자라면 언제까지고 해적과 묻혀 있는 보물에 관하여 써야만 하고, 남해의 식민 사정이나 토착민의 인구 감소 현상, 포교 상황에 관해 고찰할 자격이 없다는 말인가? 견딜 수 없는 것은 패니까지도 미국 편집자와 의견이 같다는 것이다.

"정확한 관찰보다도 화려하고 재미있는 이야기를 써야 해요." 그녀가 말했다.

요즘 나는 종래의 내 자신이 지니고 있던 극채색 묘사가 점점 싫어진다. 최근의 내 문체는 다음 두 가지를 지향한다. 하나, 쓸데없는 형용사 삭제. 둘, 시각적 묘사에 대한 선전포고. 뉴욕의 『더 센(The Sen)』 편집자, 패니, 로이드도 아직 이를 이해해주지 못한다.

『렉커(난파선 인양업자)』는 순조롭게 진척되고 있다. 로이드 외에 이소벨이라는 한층 꼼꼼한 필기자가 늘어났으므로 큰 도움이 된다.

가축을 단속하는 라파엘레에게 현재의 가축 마릿수를 물어보니 젖소가 세 마리, 송아지가 수놈 암놈 각각 한 마리씩, 말 여덟 마리, (여기까지는 듣지 않아도 안다.) 돼지가 삼십 필 남짓이란다. 집오리와 닭은 여기저기에서 출몰하므로 거의 무수하다고 할밖에 없으며, 또한 따로 어마어마한 들고양이들이 멋대로 날뛰고 있다. 잠깐, 들고양이가 가축이던가?

5월 ××일

마을에 섬들을 순회하는 서커스가 왔다고 해서 가족이 총출동하여 보러 갔다. 한낮에 거대한 천막 아래에 토인 남녀들이 섞여 소란스러운 속에서 미지근한 바람을 맞으며 곡예를 보았다. 여기가 우리들에게 유일한 극장이다. 우리의 프로스페로*는 공굴리기를 하

* 셰익스피어의 희곡 『템페스트』의 남자 주인공. 뒤의 미란다는 여자 주인공.

는 흑곰이었고, 미란다는 말 등에서 난무하며 불 피워진 바퀴를 빠져나간다.

저녁에 귀가했다. 왠지 마음이 즐겁지만은 않았다.

6월 ×일

어젯밤 8시 반쯤 로이드와 내 방에 있노라니 미타이엘레(열한두 살 되는 소년 심부름꾼)가 와서, 같이 누워 있던 파탈리세(최근 옥외 노동에서 실내 급사로 승진한 열대여섯 살 소년, 월리스 섬 출신으로 영어는 전혀 모르고 사모아어도 다섯 개밖에 모른다)가 갑자기 이상한 말을 해서 기분이 상했다고 했다. 글쎄 '지금 숲속에 있는 가족 만나러 가겠다'며 말을 듣지 않는다는 것이다.

"숲속에 저 애의 집이 있나?" 내가 물었다.

"있기는요." 미타이엘레가 말했다.

곧장 로이드와 그들 침실로 갔다. 파탈리세는 잠들어 있는 것처럼 보였지만 무슨 헛소리를 내뱉고 있다. 이따금 위협받은 쥐 같은 목소리를 낸다. 몸에 손을 대보니 차갑다. 맥박은 빠르지 않다. 숨을 쉴 때마다 배가 크게 오르락내리락한다. 갑자기 그가 벌떡 일어나 머리를 낮게 숙이고 앞으로 고꾸라질 듯한 자세로 문 쪽을 향해 달려갔다.(달렸다고는 해도 그 동작이 그리 빠르지는 않았고, 용수철 늘어진 장난감 기계처럼 기묘하게 느릿했다.) 로이드와 내가 그를 붙들어 침대에 눕혔다. 조금 있다 다시 도망치려고 했다. 이번에는 그 기세가 맹렬해서 어쩔 수 없이 모두 그를 침대에(시트와 밧줄로) 묶었다. 파탈리세는 그렇게 힘으로 눌린 채 이따금 무슨 말을 중얼거리고, 때로는 화난 아이처럼 울었다. 그가 하는 말은 '파-모레모레(제발)'가 되풀이되는 것 말고 '가족이 부른다'고도 하는 것 같았다. 그러던 중에 알릭 소년과 라파엘레와 사베아가 왔다. 사베아는 파탈리세와 같은 섬 출신으로 그와 자유롭게 대화할 수 있었다. 우리는 그들에게 뒤를 맡기고 방으로 돌아왔다.

갑자기 알릭이 나를 부른다. 서둘러 달려가니 파탈리세는 포박을 다 풀어버린 채 거구의 라파엘레에게 붙들려 있다. 필사적인 저항이었다. 다섯 명이 달려들어 말리고자 했지만 미치광이는 어마어마한 괴력이다. 로이드와 내가 한쪽 다리에 각각 올라타 있었는데도 둘 다 이 피트쯤 높이 튕겨져 버렸다. 오전 1시 무렵이 되어서야 결국 제어하게 되어 쇠로 된 침대다리에 손목 발목을 묶었다. 찝찝한 기분이었지만 어쩔 수 없다. 그 뒤에도 발작은 시시각각 심해지는 듯했다. 마치 헨리 라이더 해거드*의 세계다. (해거드라면 지금 그의 동생이 토지 관리위원으로 아피아에 살고 있다.)

라파엘레가 말하며 나갔다.

"미친 녀석의 상태가 너무 안 좋으니 우리 가문에 전해 내려오는 비법의 약을 가지고 와야겠어."

이윽고 못 보던 나뭇잎을 몇 장 가지고 와서 그것을 씹어 미친 소년의 눈에 붙이고, 귀 안으로 그 즙을 떨어뜨렸으며 (햄릿의 한 장면인가?) 콧구멍에도 쑤셔 넣었다. 2시쯤 미치광이는 숙면에 빠졌다. 그러고 나서 아침까지 발작은 없었던 듯하다. 오늘 아침 라파엘레에

* 헨리 라이더 해거드(Henry Rider Haggard, 1856~1925). 영국의 판타지 모험 소설가.

게 물으니 이렇게 답한다.

“저 약은 사용법 여하에 따라 일가를 몰살할 수 있을 정도로 쉽게 만들 수 있는 극독약인데, 어젯밤에는 약간 약효가 지나치지는 않았는지 걱정했어요. 나 말고 한 명 더 이 섬에서 이 비법을 알고 있는 사람이 있어요. 그 사람은 여자이고, 그 여자는 이 약을 나쁜 목적으로 사용한 적이 있어요.”

입항 중인 군함의 의사에게 오늘 아침 와달라고 했는데, 파탈리세를 진찰하더니 이상이 없다고 했다. 소년이 오늘은 일을 하겠다며 말을 듣지 않았고, 아침 식사 때 모두가 있는 곳으로 와서 어젯밤 일을 사죄라도 할 셈이었는지 온 집안사람에게 입을 맞추었다. 이 광적인 입맞춤에 일동은 적이 난처했다. 그러나 토인들은 모두 파탈리세의 헛소리를 믿고 있다. 파탈리세 집의 죽은 많은 일족들이 숲속에서 침실로 와서 소년을 저승 세계로 불렀단다. 또 최근에 죽은 파탈리세의 형이 그날 오후에 숲속에서 소년을 만나 그의 이마를 때린 게 틀림없다고도 했다. 게다가 우리는 죽은 자의 영혼과 어젯밤 밤새 계속 싸우고 마침내 죽은 영혼들이 패배하여 어두운 밤(거기가 그들이 사는 곳이다)으로 도망쳐야 했다고 말했다.

6월 ×일

콜빈*이 사는 곳에서 사진을 보내왔다. 패니(감상적인 눈물과는 거

* 시드니 콜빈(Sidney Colvin, 1845~1927). 영국의 문예, 미술비평가. 스티븐슨 전집의 편집자.

의 인연이 먼)가 자기도 모르게 왈칵 눈물을 쏟았다.

벗! 지금의 나에게 벗이 얼마나 결여되어 있단 말인가! (여러 의미에서) 대등하게 이야기할 수 있는 친구. 공통의 과거를 가진 친구. 대화 중에 두주도 각주도 필요 없는 사이. 편한 반말을 사용하면서도 마음속으로는 존경하지 않을 수 없는 사이. 이 쾌적한 기후와 활동적인 나날 속에서 부족한 것은 그것뿐이다. 콜빈, 백스터,* W. E. 헨리, 거스,** 조금 뒤늦게 헨리 제임스,*** 생각해 보니 내 청춘은 풍요로운 우정으로 가득했다. 모두 나보다 훌륭한 친구들뿐이다. 헨리와 사이가 틀어진 것이 지금 가장 통절한 회한으로 떠오른다. 이치를 따져보았을 때 전혀 내가 틀렸다고는 생각지 않는다. 그러나 그런 걸 따질 문제가 아니다. 덩치가 크고 꼬불꼬불한 수염에 붉은 얼굴, 외다리의 그 사내와 창백하고 깡마른 내가 같이 가을 스코틀랜드를 여행했을 때의 그 이십 대 시절 건강한 환희를 생각해 보라. 그 사내의 웃음소리—'얼굴과 횡격막만 웃는 게 아니라 머리서부터 발뒤꿈치에 이르기까지 온몸으로 웃는 웃음'이 지금도 들리는 듯하다. 이상한 사내였다. 그는. 그와 이야기를 하면 세상에 불가능 따위는 없을 듯한 느낌이 들었다. 이야기를 나누는 사이에 언젠가 나마저도 부자에 천재에 왕에 램프를 손에 넣은 알라딘이 된 듯한 기분이 들곤 했다. ……

* 찰스 백스터(Charles Baxter). 스티븐슨의 에든버러대학 동창으로 변호사.
** 에드먼드 윌리엄 거스(Edmund William Gosse, 1849~1928). 영국의 문예평론가이자 수필가.
*** 헨리 제임스(Henry James, 1843~1916). 영국의 소설가이자 평론가.

옛날의 그리운 얼굴들 하나하나가 눈앞에 떠올라 견딜 수가 없다. 쓸데없는 감상을 피하기 위해 글쓰기 속으로 도망친다. 며칠 전부터 쓰고 있는 사모아 분쟁사, 혹은 사모아에서 벌인 백인의 횡포사 말이다.

영국과 스코틀랜드를 떠난 지 어느덧 만 4년째에 접어들고 있었다.

5

사모아에서는 예전부터 지방자치제가 아주 공고히 이루어져서, 명목은 왕국이지만 왕은 거의 정치상의 실권을 갖지 못한다. 실제 정치는 모조리 각 지방의 포노(회의)에 의해 결정된다. 왕은 세습이 아니다. 또한 반드시 상치되는 지위도 아니다. 고래로 이 군도에는 그 유지자에게 왕이라는 자격을 부여할 수 있는 명예로운 호칭이 다섯 개 있다. 각 지방 대추장으로 하여금 이 다섯 호칭의 전부, 혹은 과반수를(인망에 의해, 혹은 공적에 의해) 얻은 자가 추천되어 왕위에 즉위하는 것이다. 그리고 통상 다섯 호칭을 한 사람이 겸해서 갖는 경우는 극히 드물며, 대부분은 왕 외에 하나 또는 두 개의 호칭을 갖는 자가 있는 것이 보통이다. 그러므로 왕은 끊임없이 다른 왕위 청구권 보유자의 존재에게 위협을 받지 않을 수 없다. 이러한 상태는 필연적으로 그 안에 내란분쟁의 요인을 지니고 있다고 할 수 있을 것이다.

—J.B.스테어 『사모아 지지(地誌)』—

1881년 다섯 호칭 중에서 '마리에토와', '나토아이텔레', '타마소알리'라는 세 개를 갖는 대추장 라우페퍼가 추대되어 왕위에 올랐다. '투이아아나'의 호칭을 갖는 타마세세와 또 하나의 호칭 '투이아투아'를 가진 마타파와는 교대로 부왕의 지위에 오를 수 있도록 정해졌고, 우선 맨 처음에는 타마세세가 부왕이 되었다.

그 무렵부터 기다린 듯 백인의 내정간섭이 심해졌다. 이전에는 포노 회의 및 그 실권자 투라파레(대지주)들이 왕을 조종하고 있었는데, 지금은 아피아 거리에 사는 극히 소수의 백인이 이를 대신한 것이다. 원래 아피아에는 영국, 미국, 독일 세 나라가 각각 영사를 두고 있다. 그러나 가장 권력이 있는 것은 영사들이 아니라 독일인 경영과 관련된 남해척식상회였다. 섬의 백인 무역상들 사이에서 이 상회는 말 그대로 소인국의 걸리버였다. 예전에는 이 상회의 지배인이 독일 영사를 겸한 적도 있으며, 또한 그 뒤로 자국의 영사(이 남자는 젊은 인도가로 상회의 토인 노동자 학대에 반대했으므로)와 충돌하여 이를 관두게 한 적도 있다. 아피아 서쪽 교외의 물리누 곶으로부터 그 부근 일대의 광대한 토지가 독일상회의 농장이었는데 거기에서 커피, 코코아, 파인애플 등을 재배했다. 천 명에 가까운 노동자들은 주로 사모아보다 더 미개한 다른 섬들이나 혹은 멀리 아프리카에서 노예나 마찬가지로 데려온 자들이다.

가혹한 노동이 강요되고 백인 감독에게 채찍으로 맞는 흑색, 갈색 사람들의 비명이 날마다 들렸다. 탈주자가 잇따랐고 그들 대부분은 다시 잡히거나 혹은 살해당했다. 한편 아주 오래전부터 식인 습관을 잊고 있던 이 섬에 기괴한 소문이 퍼졌다. 외부에서 들어온 피부 검은 사람들이 섬 아이들을 잡아먹는다는 것이다. 사모아인의 피부는 옅은 흑색, 내지는 갈색이기 때문에 아프리카 흑인이 두려운 상대로 보였을 터이다.

섬사람들이 상회에 대해 갖는 반감이 점차 높아졌다. 아름답게 정돈된 상회의 농장은 토인들 눈에 공원처럼 비쳐졌고, 그리로 자유롭게 들어가는 것을 허락받지 못하자 놀기 좋아하는 그들 입장에서는 그것이 부당한 모욕으로 여겨졌다. 모처럼 고생해서 어마어마한 파인애플을 수확하고, 그것을 자기들은 먹지도 못한 채 배에 실어 다른 곳으로 운반해 버리는 사태에 이르자 대부분의 토인들은 정말이지 말도 안 되는 난센스로 받아들였다.

밤에 농장으로 숨어 들어가 밭을 망가뜨리는 일이 유행이 되어버리고 말았다. 이것이 로빈 후드적인 협객 행위로 간주되면서 일반 섬사람들의 갈채를 받았다. 물론 상회 측도 잠자코 있지만은 않았다. 범인을 잡으면 곧바로 상회 내의 사설 감옥에 쳐 넣었을 뿐 아니라, 이 사건을 역이용하여 독일 영사와 결탁해 라우페퍼 왕을 압박하여 배상을 얻어낸 것은 물론이려니와, 더 협박하여 멋대로 세법(백인, 특히 독일인에게 유리한)에 서명을 시키기에 이르렀다. 왕을 비롯해 섬사람들은 이 압박을 견딜 수 없게 되었다. 그들은 영국에게 매달리려 했다. 그리고 너무 어처구니없게 왕과 부왕 이하 각각의 대추장들 결의로 '사모아 지배권을 영국에 위임하고 싶다'는 뜻을 신청하려 했다.

그러나 호랑이를 늑대로 대신하는 것밖에 되지 않을 이 논의는 곧바로 독일 측에 이야기가 새나갔다. 격노한 독일 상회와 독일 영사는 곧바로 라우페퍼를 물리누 왕궁에서 쫓아내고, 대신 종래 부왕이던 타마세세를 옹립하려 했다. 일설에는 타마세세가 독일 측과 손잡고 왕을 배신했다는 이야기도 있었다. 어쨌든 영국과 미국은 독일 방침에 반대했다. 분쟁이 이어지면서 결국 독일은(비스마르크식 방법이다) 군함 다섯 척을 아피아로 입항시키고, 그 위협 하에 쿠데타를 감행했다. 타마세세가 왕이 되고 라우페퍼는 남쪽 산지 깊은 곳으로 도망쳤다. 섬사람들은 새로운 왕에게 불복했지만 곳곳에서 일어난 폭동도 독일 군함의 포화 앞에서는 침묵해야 했다.

독일 군병의 추적을 피해 숲에서 숲으로 몸을 숨기던 전 왕 라우페퍼 앞으로, 어느 밤 그의 심복인 한 추장으로부터 사신이 왔다.

"내일 아침 중으로 귀하께서 독일 진영에 출두하지 않으면 더 큰 재화가 이 섬에 일어날 것입니다."

의지가 약한 남자였지만 그래도 이 섬의 귀족으로서 어울리는 일말의 도의심을 잃지 않았던 라우페퍼는 즉시 자기희생을 각오했다. 그날 밤에 그는 아피아 시가지로 나와 몰래 전 부왕 후보자였던 마타파를 만났고 이 사람에게 뒷일을 맡겼다. 마타파는 라우페퍼에 대해 독일이 요구하는 바를 잘 알고 있었다. 라우페퍼는 한동안 독일 군함을 타고 어딘가로 데려가져야 했다. 다만 독일 함장이 배 안에서는 전 왕으로서 가능한 한 정중히 대우하겠다고 보장했다는 사실을 마타파가 덧붙였다. 라우페퍼는 믿지 않았다. 그는 자신이 두 번 다시 사모아 땅을 밟지 못할지 모른다고 각오했다. 그는 모든 사모아인들에게 결별의 인사말을 적어 마타파에게 넘겼다. 두 사람은 눈물을 흘리며 헤어졌고 라우페퍼는 독일 영사관에 출두했다. 그날 오후 그는 독일 함선 비스마르크호를 타고 어디인지도 모를 곳으로 떠나버렸다. 그의 결별의 말은 슬펐다.

"……내 섬들과 내 모든 사모아인들에 대한 사랑 때문에, 나는 독일 정부 앞으로 스스로 출두한다. 그들은 바라는 대로 나를 처우할 것이다. 나는 귀한 사모아인들이 나 때문에 다시 피 흘리기를 원치 않는다. 그러나 내가 저지른 어떠한 죄가 흰 피부의 그들로 하여금 (나에 대해, 또 내 국토에 대해) 이렇게까지 분노하게 했는지 아직도 잘 모르겠다……"

마지막으로 그는 사모아 각 지방의 이름을 감상적으로 하나 하나 불렀다.

"마노노여, 안녕히. 투투일라여. 아아나여, 사파라이여……"

이를 읽고 섬사람들은 모두 눈물을 흘렸다.

스티븐슨이 이 섬에 정주하게 된 지 삼 년 전의 일이었다.

새로운 왕 타마세세에 대한 섬사람들의 반감은 맹렬했다. 많은 사람들의 기대가 마타파에게 집중되었다. 소규모 반란이 잇따라 일어나고 마타파는 자기도 모르는 사이에 자연히 추대되는 형태로 반군의 수령이 되었다. 새로운 왕을 옹립하는 독일과 이에 대립하는 영미(그들이 딱히 마타파에게 호의를 가진 것은 아니지만 독일에 대한 대항의 의미로 매사에 새로운 왕에게 대들었다)의 알력도 점차 격화되었다. 1888년 가을 무렵부터 마타파는 공공연하게 군병을 모아 산악 밀림 지대에서 농성했다. 독일 군함은 연안을 회항하며 반군 부락에 대포를 쏘아댔다. 영미가 이에 항의하고 삼국의 관계는 꽤나 위태로운 지경에 이르렀다. 마타파는 종종 왕의 군대를 격파하고 물리누에서 왕을 쫓아 아피아 동쪽 라울리 땅에서 포위했다. 타마세세 왕을 구원하기 위해 상륙한 독일 함대 육전대는 팡가리 협곡에서 마타파군 때문에 참패했다. 다수의 독일병사가 전사하고 섬사람들은 기뻐했다기보다 오히려 스스로에게 놀라버렸다. 지금까지 세미 갓, 즉 반신반인의 존재처럼 보이던 백인이 그들의 갈색 영웅 손에 무너졌기 때문이다. 타마세세 왕은 해상으로 도망쳤고 독일이 지지하는 정부는 완전히 궤멸해 버렸다.

분격한 독일 영사는 군함을 이용하여 섬 전체에 상당히 과격한 수단을 가하려고 했다. 이에 대해 다시 영미, 특히 미국이 정면에서 반대하며 각국은 각각 군함을 아피아로 급항시키고 사태는 더욱 긴박해졌다. 1889년 3월 아피아 항구 내에는 미국 함대 두 척과 영국 함대 한 척이 독일 함대 세 척과 대치하고, 시내 뒤쪽의 밀림에는 마타파가 이끄는 반군이 호시탐탐 기회를 엿보고 있었다. 실로 일촉즉발이던 이때, 하늘은 절묘한 극작가적 수완을 발휘하여 사람들을 놀라게 했다. 역사적인 대참화, 바로 1889년의 허리케인이 몰아친 것이다. 상상을 초월한 대폭풍우가 하루 낮밤을 꼬박 이어진 다음, 전날 저녁까지 정박해 있던 여섯 척 군함 중에서 크게 파손당한 채로나마 간신히 수면 위에 떠 있던 것은 단 한 척에 불과했다. 이제

적도 아군도 사라지고 백인과 토인이 한 무리가 되어 복구 작업에 바삐 움직였다. 시내 뒤쪽 밀림에 숨어 있던 반군 무리들까지 시가지나 해안으로 나와 시체의 수습과 부상자 간호에 나섰다. 지금은 독일인들도 그들을 체포하지 않았다. 이 참화는 대립하던 감정 위에 뜻밖의 융화를 초래했다.

이해에 멀리 베를린에서 사모아에 관한 삼국 협정이 성립했다. 그 결과 사모아는 의연히 명목상의 왕을 추대하였고 영국, 미국, 독일 삼국으로 구성된 정무위원회가 이를 지탱하는 형태가 되었다. 이 위원회의 윗자리에 오르게 될 정무장관과 사모아 전체의 사법권을 장악할 재판소장, 이 두 최고 관리자는 유럽에서 파견하기로 되었고, 또한 이후 왕 선출에는 정무위원회의 찬성이 절대 필요한 것으로 정해졌다.

같은 해(1889년) 연말, 이 년 전에 독일 함대 위에서 모습을 감춘 이후 전혀 소식을 알 수 없었던 전 왕 라우페퍼가 홀연 초췌한 모습으로 되돌아왔다. 사모아에서 호주로, 호주에서 독일령 서남아프리카로, 아프리카에서 독일 본국으로, 독일에서 다시 미크로네시아로, 이리저리 옮겨지며 감금호송된 것이다. 그가 돌아온 것은 꼭두각시 왕으로서 다시 옹립되기 위함이었다.

만일 왕 선출이 필요하다면 순서로 보더라도 인물이나 인망으로 보더라도, 당연히 마타파가 뽑혀야 했다. 하지만 그의 검에서는 팡가리 협곡에서 죽은 독일 수병들의 피바다가 흐르고 있었다. 독일인들은 모두 마타파 선출에 절대 반대였다. 마타파 자신도 굳이 애써서 서두르려 하지 않았다. 언젠가는 순서가 돌아오려니 낙관적으로 생각했고, 또한 이 년 전 눈물로 이별한, 그리고 지금 한없이 초라해져 돌아온 노선배에 대한 동정심도 있었다. 라우페퍼는 라우페퍼대로 처음에는 실력상 제일인자인 마타파에게 양보할 작정이었다. 원래 의지가 약한 남자가 이 년에 걸친 유랑의 세월 동안 끊임없는 불안과 공포 때문에 완전히 패기를 잃어버리고 말았기 때문이다.

이러한 두 사람의 우정을 억지로 왜곡시켜 버린 것이 백인들의 책동과 열렬한 섬사람들의 당파심이었다. 정무위원회의 지시로 어쩔 수 없이 라우페퍼가 즉위하고 나서 한 달도 지나기 전에(아직 사이가 좋았던 두 사람이 몹시 놀랄 만큼) 왕과 마타파 사이에 불화가 있다는 소문이 흘러나오기 시작했다. 두 사람은 서로를 머쓱하게 여겼고, 또 실제로도 기묘하고 애처로운 과정을 밟으며 둘 관계는 진정 어색한 것이 되어버렸다.

처음 이 섬에 왔을 때부터 스티븐슨은 여기에 있는 백인들이 토인을 다루는 방식에 화가 나서 견딜 수 없었다. 사모아 입장에서 큰 재앙은 그들 백인이 모조리 — 정무장관부터 섬 순환 행상인에 이르기까지 — 돈벌이만을 위해서 와 있다는 사실이었다. 이 사실에 영국, 미국, 독일의 구별이란 없었다. 그들 중 그저 누구 하나(극히 소수의 목사님들을 빼면) 이 섬과 섬사람들을 사랑하기 위해 이곳에 체류하는 사람은 없었던 것이다. 처음에 스티븐슨은 어처구니가 없었고 나중에는 화가 났다. 식민지적 상식에서 보자면 이것을 어처구니없다고 여기는 쪽이 어지간히 이상한 것일지도 모르지만, 그는 정색을 하고 저 멀리 떨어진 『런던 타임즈』 같은 데에 기고하여 이 섬의 이러한 상황을 호소했다. 백인의 횡포, 오만함, 후안무치, 토인의 비참함 등등. 그러나 이 공개장은 냉소적인 대꾸만 받고 말았다. 대 소설가의 놀라운 정치적 무지가 어쩌고저쩌고 하며. 정치 일번지인 '다우닝가의 속물들'을 경멸하던 스티븐슨이었으니(예전에 위대한 총리였던 윌리엄 글래드스턴이 『보물섬』 초판을 찾아 고서점을 샅샅이 찾아다닌다는 이야기를 들었을 때에도 그는 허영심으로 부추겨지기는커녕 무슨 바보 아닌가 하며 불쾌함을 느꼈다) 정치적 실정에 둔감한 것은 사실이었지만, 식민지 정책도 토착민들을 사랑하는 것부터 시작해야 한다는 자기 사고방식이 잘못된 것이라고는 도저히 생각할 수 없었다. 그가 이 섬의 백인 생활과 정책에 대해 비난을 했으니 아피아의 백인들(영국인도 포함하여)과 그의 골은 깊어만 갔다.

스티븐슨은 고향 스코틀랜드의 하일랜드, 즉 고지 사람의 씨족쿠란 제도에 애착을 지니고 있었다. 사모아의 족장 제도도 그곳과 비슷한 점이 있다. 그가 비로소 마타파를 만났을 때 그의 당당한 체구와 위엄 있는 풍모에 진정 족장다운 매력을 발견했다.

마타파는 아피아 서쪽 칠 마일 떨어진 마리에에 살고 있었다. 그는 형태상 왕은 아니었지만 공인된 왕 라우페퍼보다 훨씬 많은 사람들의 인망, 보다 많은 부하와 보다 많은 왕다움을 갖추고 있었다. 그는 백인 위원회가 옹립하는 현재의 정부에 대해 단 한 번도 반항적인 태도를 취한 적이 없다. 백인 관리들이 슬그머니 납세를 게을리할 때도 그만은 꼬박꼬박 납부했고, 부하의 범죄가 있으면 언제고 얌전히 재판소장의 소환에 응했다. 그럼에도 불구하고 어느샌가 그는 현 정부의 가장 큰 적으로 간주되었고 두려움이 대상이 되었으며 꺼려지고 미움 받게 되었다. 그가 몰래 탄약을 모은다며 정부에 밀고하는 자도 생겼다. 왕을 다시 뽑으라고 요구하는 섬사람들의 목소리가 정부를 위협하던 것은 사실이지만, 정작 마타파 자신은 아직 한 번도 그런 요구를 한 적이 없다. 그는 경건한 크리스천이었다. 독신이며 지금은 예순에 가깝지만, 이십 년 동안 '주님이 이 세상에 태어나신 것처럼' 살고자 맹세했고(부인에 관하여 말하는 것이다), 그것을 실행해왔다고 스스로 말했다. 밤마다 섬의 각 지방에서 온 이야기꾼을 등불 아래 모아 둥글게 원 모양으로 앉히고, 그들로부터 오래된 전설이나 옛날이야기를 담은 시 따위를 듣는 것이 그의 유일한 즐거움이었다.

6

1891년 9월 ×일

요즘 섬 안에 괴상한 소문이 돈다.

"바이싱가노 강물이 붉게 물들었다."

"아피아 만에서 잡힌 괴어의 배에 불길한 문자가 쓰여 있었다."

"머리가 없는 도마뱀이 추장 회의실 벽을 달렸다."

"밤마다 아폴리마 물길 상공의 구름 속에서 어마어마한 함성이 들린다. 우폴 섬 신들과 사바이 섬 신들이 싸우는 것이다."

…… 토인들은 이러한 현상들을 곧 다가올 전쟁의 전조라고 심각하게 생각했다. 그들은 마타파가 언젠가는 일어나 라우페퍼와 백인들 정부를 무너뜨릴 거라 기대했다. 무리도 아니다. 정말이지 지금 정부는 너무하다. 막대한(적어도 폴리네시아 입장에서는) 급료를 탐내면서 무엇 하나 — 정말 완벽하게 무엇 하나 — 하지 않고 빈둥대는 관리투성이다. 재판소장인 체달클랜트도 개인적으로 나쁜 사내는 아니지만, 관리로서는 완전히 무능하다. 정무장관 폰 필잭허라는 사람으로 말할 것 같으면 매사 섬사람 감정을 상하게만 한다. 세금만 뜯어내고 도로 하나 만들지 않는다. 부임한 후로 원주민에게 관리역을 맡긴 적이 한 번도 없다. 아피아 시에 대해서든 왕에 대해서든 섬에 대해서든 돈 한 푼도 내놓지 않았다. 그들은 자기들이 사모아에 있다는 것, 또 사모아인이라는 존재가 있으며 역시 눈과 귀와 약간의 지능을 가지고 있다는 사실을 잊고 있다. 정무장관이 한 유일한 일이라고는 자기를 위해 당당한 관저 짓기를 제안하였고 이미 착수했다는 것뿐이다. 더구나 라우페퍼 왕이 사는 곳은 그 관저 바로 건너편의, 섬에서도 중류 이하의 초라한 건물(초라한 가옥?)이다.

지난달 정부의 인건비 내역을 보자.

재판소장 봉급	500 달러
정무장관 봉급	415 달러
경찰서장(스웨덴인) 봉급	140 달러
재판소장 비서관 봉급	100 달러
사모아왕 라우페퍼의 봉급	95 달러

하나를 보면 열을 안다고 했다. 이게 신정부 하의 사모아인 것이다.

식민 정책에 관해 무엇 하나 알지도 못하는 문사 주제에 주제넘게 나서며 무지한 토인에게 값싼 동정이나 보이는 R.L.S. 씨는 마치 돈키호테 같다고? 이것은 아피아의 어느 영국인이 한 말이다. 그 괴짜 같은 의인 돈키호테의 막대한 인간애와 비교된 것을 우선 감사해야 할 정도다. 실제로 나는 정치에 관해서는 아무것도 모르고, 또 모르는 게 자랑스럽다. 식민지 혹은 반식민지에서 무엇이 상식인지도 모르겠다. 가령 안다고 해도 나는 문학자니까 진심으로 납득하지 못하는 한 그따위 상식을 행동의 기준으로 삼을 수는 없다.

진실로 마음에 곧장 스며들어 느껴지는 것, 그것만이 나를(혹은 예술가를) 행동으로까지 움직이게 하는 것이다. 그런데 지금 나에게 그 '곧장 스며들어 느껴지는 것'이란 무엇인고 하니, 그것은 '내가 이미 한 여행자의 호기심 어린 눈으로써가 아니라, 한 거주자의 애착으로써 이 섬과 섬사람들을 사랑하기 시작했다'는 것이다.

어쨌든 눈앞에 위험이 느껴지는 내란과 또 그것을 유발하려는 백인의 압박을 어떻게든 막아야 한다. 하지만 이러한 일에 나는 얼마나 무력한가! 나는 아직 선거권조차 갖지 못한 상태이다. 아피아의 요인들과 만나 이야기해 보겠지만 그들이 나를 진지하게 대해주지는 않을 것 같다. 참고 내 얘기를 들어주는 것도 사실은 문학자로서의 내 명성에 대한 배려에 불과하다. 내가 떠나버린 후에는 틀림없이 혀라도 낼름 내밀고 있을 게 틀림없다.

내 무력감이 아프게 나를 씹어댄다. 우매함과 부정과 탐욕이 날마다 심해지는 것을 보면서도 이에 대해 아무것도 할 수 없다니!

9월 ××일

마노노에서 다시 새로운 사건이 일어났다. 정말이지 이렇게 계속 소동만 일어나는 섬도 없으리라. 작은 섬이면서 모든 사모아 분쟁의 칠 할은 여기에서 발생한다. 마노노의 마타파 측 청년들이 라우페퍼 측 사람들 집을 습격하여 불을 질렀다는 것이다. 섬은 대혼란에 빠졌다. 마침 재판소장이 관비를 써가며 피지에서 호화로운 여행을 하고 있었으므로 장관 필책허가 직접 마노노로 가서 혼자 상륙하여 (이 남자도 감탄스럽게 용기만큼은 가상하다) 폭도들을 설득했다. 그리고 범인들에게 자진하여 아피아까지 출두하라고 명령했다. 범인들은 사내답게 자진하여 아피아로 나왔다. 그들은 육 개월 금고 선고를 받고 곧바로 감옥으로 들어가게 되었다. 그들을 따라 같이 온 다른 날렵하고 사나워 보이는 마노노 사람들은 범인들이 거리를 지나 감옥으로 연행되는 도중에 큰소리로 외쳤다.

"곧 구출해 주마!"

실탄 총을 멘 서른 명의 병사들에게 둘러싸여 나아가는 죄수들이 대답했다.

"그럴 것까지 없어. 괜찮아."

이것으로 이야기는 끝났지만 일반인들은 가까운 시일 내에 탈옥 구조가 이루어지리라 굳게 믿었다. 감옥에서는 엄중한 경계가 펼쳐졌다. 밤낮으로 걱정에 시달려 참을 수 없게 된 간수장(젊은 스웨덴인)은 마침내 난폭하기 짝이 없는 조치를 생각해내기에 이르렀다. 다이너마이트를 감옥 아래에 설치하고 습격을 받을 경우 폭도와 죄수들을 모두 폭파시켜 버리는 게 어떨까 하고 말이다. 그는 정무장관에게 이 이야기를 하고 찬성을 얻어냈다. 그래서 정박 중인 미군함으로 가서 다이너마이트를 받아보려 했지만 거절당하고, 겨우 난파선 인양업자(재작년 큰 허리케인으로 만 내에 침몰한 채였던 군함 두 척을 미국이 사모아 정부에 기증하게 되었으므로, 그 인양작업을 위해 지금 아피아에 와 있다)로부터 그것을 입수한 모양이다. 이에 대한 소문이 새나와 최근 이삼 주 동안 유언비어가 빈번했다. 너무도 큰 소요가 될 것 같아 두려워진 정부가, 최근 돌연 죄수들을 작은 범선에 태우고 트켈라우스 섬으로 옮겨 버렸다. 얌전히 복역하고 있는 자를 폭파하려는 것도 물론 언어도단이지만, 멋대로 금고형을 유배형으로 변경하는 것도 꽤 터무니없는 이야기다. 이러한 비열함과 비겁과 파렴치가 야만을 대하는 문명의 전형적인 자세다. 토인들로 하여금 백인이면 모조리 이런 일에 찬성일 것이라 생각하도록 내버려 둘 수는 없다.

이 건에 관한 질문서를 급히 장관 앞으로 보냈지만 아직 답신이 없다.

10월 ×일

드디어 장관으로부터 답신이 왔다. 어린애 같은 오만함과 교활한 발뺌. 요령부득이다. 즉시 다시 질문서를 보냈다. 이런 옥신각신이 너무 싫지만 토인들이 다이너마이트로 날아가는 것을 잠자코 보고 있을 수만은 없는 노릇이다.

섬사람들은 아직 조용하다. 이것이 언제까지 지속될지 나는 모른다. 백인에 대한 불신은 나날이 높아지는 듯하다. 온화한 우리 헨리 시메레조차 오늘 이렇게 말했다.

"아피아의 백인은 싫어요. 쓸데없이 잘난 척해서."

몹시 거드름피우던 한 백인 취객이 헨리에게 큰 칼을 들어 올리며 협박을 했단다.

"네 놈의 목을 베어주마."

이게 문명인이 할 짓인가? 사모아 사람들은 대부분 은근한 성격이고 (항상 품위가 있다고는 할 수 없지만) 온화하며, (도벽은 별도로 치더라도) 그들 자신의 명예관을 지니고 있으며 또 적어도 다이너마이트 장관보다야 개화되어 있다.

뉴욕 잡지『스크리브너』에 연재 중인『렉커』제23장을 다 썼다.

11월 ××일

동분서주, 완전히 정치가가 되어 버렸다. 희극일까? 비밀모임, 밀봉된 서류, 야음의 서두르는 발길. 컴컴한 밤에 이 섬의 숲속을 지나면 창백한 인광이 점점이 지상에 가득 뿌려진 듯 깔려 있어서 아름답다. 일종의 버섯류가 빛을 내는 것이란다.

장관에 대한 질문서가 서명인 중 한 사람에게 거부되었다. 그 집으로 가서 설득에 성공했다. 내 신경도 꽤나 둔하고 완강해진 게지!

어제 라우페퍼 왕을 방문했다. 낮고 참담한 집. 지방 한촌이라도 이 정도 되는 집이야 얼마든지 있다. 마침 건너편에 거의 준공된 정무장관 관저가 우뚝 서 있어서 왕은 날마다 이 건물을 올려다보아야 한다. 그는 백인 관리에 대한 껄끄러움 때문에 나를 만나는 것을 별로 내켜하지 않는 것 같다. 수확 없는 회담. 그러나 이 노인의 사모아어 발음—특히 그 모음 발음은 아름답기도 하다. 몹시.

11월 ××일

『렉커』 드디어 다 썼다. 『사모아사 각주』도 진행 중이다. 현대사를 쓰는 일이란 얼마나 어려운지. 특히 등장인물이 모조리 내 지인들일 때 그 어려움은 배가된다.

내가 며칠 전 라우페퍼 왕을 방문한 일이, 아니나 다를까 큰 소란을 야기했다. 새로운 포고가 나온 것이다. 어떤 사람도 영사의 허가가 없으면, 그리고 허가받은 통역자가 없으면 왕과 회견할 수는 없다는 것이었다. 거룩한 꼭두각시로다.

장관으로부터 회담 신청이 왔다. 회유하려는 수작일 게 뻔했다. 거절했다.

이렇게 나는 공공연하게 독일 제국에 대립하는 적이 되어버린 것 같다. 항상 우리 집에 놀러 오던 독일사관들도 출범에 즈음하여 인사하러 오지 못한다는 전언을 보내왔다.

정부가 여기 시내의 백인들에게조차 인기가 없는 것이 우습다. 괜스레 섬사람들 감정을 자극해서 백인들 생명과 재산마저 위험에 빠뜨렸기 때문이다. 백인들은 토인들보다 세금을 덜 납부한다.

인플루엔자가 창궐한다. 시내 댄스장도 문을 닫았다. 바일레레 농장에서는 칠십 명이나 되는 인부들이 한꺼번에 쓰러졌다고 한다.

12월 ××일

그저께 오전에 코코아 종자 천오백 개, 이어서 오후에 칠백 개가 도착했다. 그제 정오부터 어제저녁까지 온 집 안사람들이 총출동하여 이걸 심는 일에 매달렸다. 모두 흙투성이가 되었고 베란다는 아일랜드 이탄 늪지 같다. 코코아는 처음에 코코아나무 잎으로 짠 바구니에 파종한다. 열 명의 토인이 뒷숲 오두막에서 이 바구니를 짰다. 네 명의 소년이 흙을 퍼서 상자에 담아 베란다로 운반한다. 로이드와 벨(이소벨)과 내가 돌이나 점토 덩어리를 털어내고 흙을 상자에 넣는다. 오스틴 소년과 하녀 파우마가 그 상자를 패니에게 가져간다. 패니가 상자 하나에 종자 하나를 심어서 그것을 베란다에 나란히 놓는다. 일동은 물에 불은 솜처럼 녹초가 되었다. 오늘 아침까지 아직 피로가 가시지 않았지만 우편배가 들어올 날이 가까워졌으므로 서둘러 『사모아사 각주』 제5장을 썼다. 이것은 예술품이 아니다. 그저 급하게 쓰고 급하게 읽히는 글일 뿐. 오히려 그렇지 않으면 무의미하다.

정무장관이 사임한다는 소문이 돌았다. 믿지는 못하겠다. 영사 쪽과의 충돌이 이러한 소문을 낳았을 터이다.

1892년 1월 ×일

비. 폭풍이 올 것 같다. 문을 닫고 램프에 불을 붙였다. 감기 기운이 좀처럼 가시지를 않는다. 류머티즘도 생겼다. 어느 노인이 한 말을 떠올린다.

"모든 이즘 중에서 제일 끔찍한 게 류머티즘."

얼마 전부터 휴양의 의미로 증조부 때부터 스티븐슨 가문의 역사를 쓰기 시작했다. 아주 즐겁다. 증조부와 조부, 그의 세 아들(우리

아버지도 포함해서)이 잇따라 묵묵히 안개 깊은 북스코틀랜드 바다에서 등대를 계속 세워온 그 존엄한 모습을 생각할 때, 새삼스럽지만 나는 자부심에 충만해진다. 제목을 뭐라고 하지? 『스티븐슨 가 사람들』? 『스코틀랜드인 가문』? 『엔지니어 일가』? 『북방의 등대』? 『가족사』? 『등대 기사의 가문』?

조부가 거의 상상도 못 할 어려움과 싸워서 벨 록 암초 곶의 등대를 세웠을 때의 상세한 기록이 남아 있다. 그것을 읽고 있던 중에 무언가 내가(혹은 미생의 내가) 정말로 그런 경험을 한 듯한 느낌이 들었다. 나는 내가 생각하는 만큼 내가 아니라, 지금부터 팔십오 년 전 북해의 풍파와 해무 연기에 괴로워하며 썰물 때만 모습을 드러내는 마의 곶과 실제로 싸운 적이 있노라고, 분명히 그렇게 여겨졌다. 심한 바람. 차디찬 물. 거룻배의 요동. 바닷새의 절규. 그런 것까지 생생히 느낄 수 있다. 돌연 가슴이 타는 듯한 기분이 들었다. 울퉁불퉁 거친 스코틀랜드의 산들, 무성한 히스 꽃. 호수. 아침저녁으로 귀에 익은 에든버러 성의 나팔소리. 펜틀랜드, 바라헤드 곶, 커크월, 라스 곶, 아아!

내가 지금 있는 곳은 남위 13도, 서경 171도. 스코틀랜드와는 딱 지구 반대편이다.

7

『등대 기사의 가문』 재료를 만지작거리던 중에 어느새 스티븐슨은 만 마일이나 저편에 떨어진 에든버러의 아름다운 시가지를 떠올렸다. 아침저녁으로 안개 속에서 떠오르는 언덕들과 그 위에 우뚝 솟아 있는 고성곽부터 저 멀리 성 자일스 교회의 종루에 걸친 험한 실루엣이 선명하게 눈앞에 떠올랐다.

어릴 적부터 기관지가 몹시 약했던 소년 스티븐슨은 겨울 새벽마다 늘 심한 기침 발작에 누워 있을 수가 없었다. 일어나서 유모 카미의 도움을 받아 모포를 감고 창가 의자에 앉았다. 카미도 소년과 나란히 앉아 기침이 진정될 때까지 서로 말없이 가만히 밖을 바라보았다. 유리창 넘어 보이는 헤리엇 거리는 아직 밤의 어두운 상태 그대로였고 곳곳에 가로등 불빛이 흐릿하게 배였다. 이윽고 수레가 삐걱대는 소리가 들리며 창 앞을 스쳐 지나고 시장을 향해 채소 수레를 끄는 말이 하얀 입김을 토하며 지나간다. ······ 이것이 스티븐슨의 기억에 남아 있는 이 도시의 첫인상이었다.

에든버러의 스티븐슨 집안은 대대로 등대 기사로 유명했다. 소설가의 증조부에 해당하는 토머스 스미스 스티븐슨은 북부 영국 등대국 최초의 기사장이며, 그 아들 로버트 또한 그 일을 이었으며, 유명한 벨 록의 등대를 건설했다. 로버트의 세 아들인 앨런, 데이비드, 토머스도 각각 잇따라 이 일을 물려받았다. 소설가의 아버지 토머스는 회전등, 총광반사경의 완성자로서 당시 등대 광학의 태두였다. 그는 형제들과 협력하여 스케리보어, 치큰스를 비롯하여 몇 개의 등대를 지었고 많은 항만을 수리했다. 그는 유능한 실질적 과학자였으며 충실한 대영제국의 기술관이자 경건한 스코틀랜드 교회 신도로, 이쪽 기독교의 키케로*라 일컬어지는 락탄티우스**의 애독자였고 또한 골동품과 해바라기의 애호가였다. 그 아들이 기록한 바에 따르면, 토머스 스티븐슨은 늘 자기 가치에 관하여 몹시 부정적인 사고를 가졌고 켈트***적 우울감을 지닌 채 끊임없이 죽음을 생각하고 무상관을 품었다고 한다.

고귀한 오랜 도시와 그곳에 사는 종교적인 사람들(그의 가족도 포함하여)을 청년기의 로버트 루이스 스티븐슨은 아주 혐오했다. 장로교회파의 중심인 이 도시가 그에게는 모조리 위선의 장소로 보였던 것이다. 18세기 후반 이 도시에 디콘 브로디****라는 사내가 있었다. 낮에는 가구를 만들어 팔고 시의원 일을 하지만, 밤이 되면 돌변하여 도박사가 되고 흉악한 강도가 되어 활개 쳤다. 꽤나 한참 뒤에 겨우 정체가 드러나 처형되었지만 이 사내야말로 에든버러 상류 인사의 상징이라고 스무 살 스티븐슨은 생각했다. 그는 오래 다니던 교회 대신에 서민 동네 술집을 들락거렸다. 아들의 문학자 지망 선언(아버지는 처음에 아들도 엔지니어로 만들고자 생각했지만)을 마지못해

* 카이사르 시대의 로마 정치가이자 웅변가.
** 로마 제정기의 수사학자로 『신의 업에 관하여』와 같은 기독교 호교론 서적을 씀.
*** 고대 유럽 중서부에 살던 민족. 게르만 민족에 쫓겨 스코틀랜드, 아일랜드 등에 거주.
**** 스티븐슨의 『지킬 박사와 하이드 씨』의 모델이 된 인물.

인정했던 아버지도 그의 배교만큼은 용서할 수가 없었다. 아버지의 절망과 어머니의 눈물과 아들의 분노 속에서 부자지간의 충돌이 여러 차례 반복되었다. 그는 자신이 파멸의 늪에 빠져 있다는 것을 깨닫지 못할 정도로 아직 어린애였고, 한편으로 아버지가 하는 구원의 말을 받아들이지 않을 만큼 어른이 된 아들을 보고, 아버지는 아버지대로 절망했다. 이 절망은 아주 내성적이던 그에게 기묘한 형태로 나타났다. 몇 차례 말다툼 끝에 그는 더 이상 자식을 책망하려고도 않고 그저 자신만 탓했다. 그는 홀로 무릎 꿇고 울며 기도하였고 스스로가 모자란 탓에 자식을 신의 죄인으로 만든 것을 심하게 자책했으며, 또 신에게 사죄했다. 자식은 과학자인 아버지가 왜 이런 어리석은 소행을 보이는지 도저히 이해할 수 없었다.

그는 그 나름대로 아버지와 언쟁을 한 뒤에는 항상 '어째서 부모 앞에서는 이렇게 어린애 같은 말밖에 못 하는 것일까' 싶어 스스로가 너무 싫어졌다.

친구와 서로 이야기 나눌 때라면 시원시원한(적어도 어른들 간의) 논쟁이 멋지게 가능할 텐데, 이건 대체 무슨 이유란 말인가? 가장 원시적인 기독교 교리문답, 유치한 기적 반박론, 무엇보다 어린애 속여먹기 같은 졸렬한 예로 증명되어야 하는 무신론. 내 사상이 이런 유치한 것일 턱이 없다고 생각했지만, 아버지와 마주하면 결국 언제나 이렇게 되어 버린다. 아버지의 논법이 뛰어나서 내가 패배한다는 의식은 털끝만큼도 없다. 교의에 관한 세밀한 사색 같은 것을 해 본 적이 없는 아버지를 논파하기란 지극히 간단하지만, 그 간단한 일을 하는 동안에 어느샌가 나 스스로 몸서리쳐질 만큼 어린애 같은 히스테릭하고 토라진 태도를 취하다 보니 언쟁 내용 그 자체까지 리디큘러스한 것이 된다. 아버지에 대한 어리광이 아직 나에게 남아 있고 (왜냐하면 나는 아직 진정 어른은 아니니까) 그것이 '아버지가 나를 아직 어린애로 보고 있다는 사실'과 맞물려 이러한 결과를 초래한 것일까? 아니면 내 사상이 원래 하찮고 미숙하며 어디에서 빌려온 것이어서, 그것이 아버지의 소박한 신앙과 대치되어 그 말초적인 장식 부분을 벗겨내 버릴 때 그 진정한 모습을 드러내는 것일까?

그 무렵 스티븐슨은 아버지와 충돌한 후에는 백이면 백 이런 불쾌한 의문을 가져야 했다.

스티븐슨이 패니와 결혼하겠다는 의지를 밝혔을 때 부자지간은 다시금 험악해졌다. 토머스 스티븐슨 씨 입장에서는 패니가 미국인에다 아이도 있고 연상이라는 조건들보다, 실제야 어떻든 그녀가 호적상으로 현재 오스본 부인이라는 사실이 가장 참을 수 없는 부분이었던 것이다. 제멋대로 구는 외아들은 나이 서른이 되어 처음으로 자활—그것도 패니와 그 자식들까지 부양할 결심을 하고 영국을 뛰쳐나갔다. 부자지간은 소식을 끊고 살았다.

그러고 일 년 뒤 몇천 마일이나 떨어진 바다와 육지 저편으로부터 아들이 오십 센트짜리 점심식사에도 벌벌 떨며 병마와 싸운다고 전해 들은 토머스 스티븐슨 씨는, 아니나 다를까 이 소식에는 더 이상 견디지 못하고 구원의 손길을 뻗어주었다.

패니는 미국에서 아직 만난 적 없는 시아버지 앞으로 자기 사진을 보내며 이렇게 덧붙였다.

'실물보다 훨씬 잘 찍힌 사진이니 절대로 이 모습 그대로이리라 생각지는 말아 주세요.'

스티븐슨은 아내와 의붓자식들을 데리고 영국으로 돌아왔다. 의외로 토머스 스티븐슨 씨는 며느리에게 대단히 만족했다. 원래 그는 아들의 재능은 분명하게 인정하면서도, 아들 내면에는 어딘가 통속적 의미로 안심할 수 없는 부분이 있다고 느꼈다. 이 불안감은 아들이 다소 나이가 들어도 결코 사라지지 않았다. 그랬는데 이제 패니로 인해 (처음에는 반대한 결혼이기는 했지만) 아들을 위한 실무적이고 확실한 지주를 얻은 듯한 느낌이 들었다. 아름답고 연약하며 꽃 같은 정신을 지탱해 줄 생기에 가득 찬 강인한 지주 말이다.

오랜 불화 끝에 일가 — 부모, 아내, 로이드까지 모두가 블레이머 산장에서 보낸 1881년의 여름을, 스티븐슨은 지금도 기분 좋게 떠올릴 수 있다. 그것은 애버딘 지방 특유의 북동풍이 매일 비와 우박을 동반해 거칠게 휘몰아치던 침울한 8월이었다. 스티븐슨의 몸은 평소대로 상태가 나빴다. 어느 날 에드먼드 거스가 찾아왔다. 스티븐슨보다 한 살 위의 이 박식하고 온후한 청년은 아버지 스티븐슨 씨와도 대화를 잘 나누곤 했다. 매일 아침 거스는 아침 식사를 마치면 이층 병실로 올라왔다. 스티븐슨은 침상에 일어나 앉아 기다렸다. 그리고 체스를 두었던 것이다.

"환자는 오전 중에는 말을 많이 하면 안 됩니다."

의사에게 이런 당부를 받았기 때문에 무언의 장기를 둔다. 그러다 피곤해 지면 스티븐슨이 체스판 가장자리를 두드려 신호를 한다. 그러면 거스나 패니가 그를 눕힌 다음 언제고 쓰고 싶을 때 누운 상태에서도 쓸 수 있도록 이불 위치를 잘 조절해 둔다. 디너 시간까지 스티븐슨은 혼자 누운 채 쉬다가 쓰고, 쓰다가 쉰다. 그는 아들 로이드가 그리고 있던 어느 지도에서 착상을 얻은 해적 모험담을 계속 쓰고 있었다. 디너 때가 되면 스티븐슨은 계단 아래로 내려온다. 오전 중의 금지 항목이 해제되므로 이때는 요설이 된다. 밤이 되면 그는 그날 써두었던 분량을 모두에게 읽어서 들려준다. 밖에서는 비바람 소리가 맹렬하고 틈새로 불어 드는 바람에 촛대의 불이 깜박깜박 흔들린다. 일동은 각자의 자세로 열심히 듣는다. 읽기가 끝나면 제각기 여러 주문이나 비평을 꺼내놓는다. 하룻밤 지날 때마다 관심이 더해지더니 급기야 아버지까지 이렇게 말을 꺼냈다.

"그 빌리 본즈*의 상자 안 품목 제작은 내가 담당하마."

거스는 거스대로 또 다른 일을 생각하면서 암담한 기분으로 이 행복해 보이는 단란한 광경을 바라보았다.

'이 화려한 준재의 좀먹은 육체는 과연 언제까지 버틸 수 있을까? 지금 행복해 보이는 이 아버지는 과연 외아들이 먼저 죽는 불행을 보지 않고 인생을 마칠 수 있을까?'

그러나 토머스 스티븐슨 씨는 그 불행을 보지 않고 인생을 마쳤

---

* 스티븐슨의 소설 『보물섬』에 등장하는 해적 출신 선장으로 그의 상자 밑바닥에 보물섬 지도가 있음.

다. 아들이 마지막으로 영국을 떠나기 삼 개월 전에 그는 에든버러에서 사망했다.

8

1892년 4월 ×일

생각지도 못하게 라우페퍼 왕이 호위를 데리고 찾아왔다. 우리 집에서 점심을 들었다. 노인이 오늘은 꽤나 붙임성이 좋다. 왜 자신을 찾아와 주지 않았는지 묻는다. 왕과의 회견에는 영사를 비롯한 다른 사람들의 양해가 필요하기 때문이라고 말하자, 그런 건 아무래도 상관없다며 다시 점심을 같이하고 싶으니 날짜와 시간을 정하란다. 이번 목요일에 같이 식사하기로 약속을 잡았다.

왕이 돌아가고 얼마 지나지 않아 순사 휘장 같은 것을 단 남자가 찾아왔다. 아피아 시의 순사가 아니다. 이른바 반란자 측(마타파 측 사람을 아피아 정부 관리는 그렇게 부른다)의 사람이다. 마리에로부터 한참을 통과해서 걸어왔다고 한다. 마타파의 편지를 가지고 온 것이다. 나도 이제는 사모아어를 읽을 수 있다.(말하기는 아직 멀었지만) 그가 자중하기를 부탁했던 지난번 내 편지에 대한 답신의 형태였으며 만나고 싶으니 다음 주 월요일에 마리에로 와 달라고 했다. 원주민 말로 된 성경을 유일한 참고서 삼아 ('내가 진실로 너희에게 이르노니' 식의 편지라 상대방도 놀랄 것이다) 잘 알겠다는 뜻을 더듬더듬 사모아어로 적었다. 일주일 사이에 왕과 그 대립자 양쪽을 만나는 셈이다. 알선의 결실이 있으면 좋겠다.

4월 ×일

몸 상태가 별로 좋지 못하다.

약속을 했으니 물리누의 초라한 왕궁에 식사 대접을 받으러 갔다. 늘상 그렇지만 바로 건너편 정무장관 관저가 눈에 거슬려 보기 싫다. 오늘 라우페퍼의 이야기는 재미있었다. 오 년 전 비장한 결심을 하고 독일 진영으로 투신하여 군함을 탄 채 낯선 곳으로 연행되었을 때의 이야기였다. 소박한 표현이 가슴을 쳤다.

"…… 낮에는 안 됐지만 밤에만은 갑판으로 올라가도 된다더군. 오랜 항해 뒤에 한 항구에 도착했지. 상륙하니 무섭게 더운 곳에서 두 명씩 발목이 쇠사슬로 연결된 죄수들이 일을 하고 있었어. 거기에는 바닷가 모래알처럼 수많은 흑인들이 있었다네. …… 그리고 다시 한참 배를 타고 독일이 가까워졌다던 무렵 이상한 해안을 봤지. 내다보니 보이는 곳이 온통 새하얀 절벽이었고 햇볕에 빛나고 있더군. 세 시간이나 지나자 그게 하늘로 사라져 버려서 거기에 더 놀랐다네. …… 독일에 상륙하고 나서 안에 기차라는 것이 많이 들어 있는 유리 지붕의 거대한 건물 안을 걸었어. 그러고 나서 집처럼 창문과 발판이 있는 마차를 타고, 오백 개나 방이 있는 집에 머물렀지. …… 다시 독일을 떠나 한참 항해를 하고 나서 강처럼 좁은 바다를 배가 천천히 나아갔어. 성경에서 본 홍해라고 가르쳐 주길래 반가운 호기심으로 바라봤지. 그리고 바다 위를 석양의 빛이 눈부시도록 빨갛게 흐르던 때에 다른 군함으로 옮겨 탔다네. ……"

오래되고 아름다운 사모아어 발음으로 천천히 느릿느릿 말하는 이 이야기는 아주 재미있었다.

왕은 내가 마타파의 이름을 입 밖에 내는 것을 두려워하는 듯했다. 말하기 좋아하고 사람 좋은 노인이다. 다만 현재의 자기 위치에 관한 자각이 없다. 모레 다시 꼭 찾아와달라고 한다. 마타파와의 회견도 가까워졌고 몸 상태도 좋지 않았지만 어쨌든 알겠다고 해 두었다. 이후 통역은 목사인 휘트미 씨에게 부탁하자고 생각했다. 이 사람 집에서 모레 왕과 만나기로 정했다.

4월 ×일

이른 아침 말을 타고 시내로 가서 8시 무렵 휘트미 씨 집으로 갔다. 왕과 약속한 회견 때문이다. 10시까지 기다렸지만 왕은 오지 않았다. 사신이 와서 왕이 지금 정무장관과 이야기 중이라 올 수가 없다고 했다. 밤 7시 무렵이라면 올 수 있단다. 일단 집으로 돌아와 저녁에 다시 휘트미 씨 집으로 와서 8시까지 기다렸지만 결국 오지 않았다. 헛수고를 하니 피로감이 너무 심하다. 소심한 라우페퍼로서는 장관의 감시를 피해 몰래 오는 것조차 불가능했던 것이다.

5월 ×일

오전 5시 반 출발. 패니와 벨이 동행했다. 통역 겸 노 젓는 사람으로 요리사 타로로를 데리고 갔다. 7시에 산호초 호수를 노 저어 나간다. 몸 상태는 아직 썩 개운하지 않다. 마리에에 도착하자 마타파로부터 크게 환영받았다. 다만 패니와 벨이 둘 다 내 아내라고 생각했던 모양이다, 타로로는 통역으로서는 아주 젬병 수준이었다. 마타파가 길고 길게 이야기했건만 이 통역은 그저 '나는 아주 놀랐다'고밖에 통역을 못한다. 무슨 말을 해도 '놀랐다'는 한 마디만 고집한다. 내 말을 상대방에게 전달하는 것도 마찬가지인 듯했다. 중요한 용건 이야기가 진척되지 않았다.

까바 술을 마시고 애로 루트* 요리를 먹었다. 식후에 마타파와 산책했다. 내 빈약한 사모아어가 허락하는 범위 내에서 이야기를 나눴다. 부인들을 위해 집 앞에서 춤이 벌어졌다.

해가 지고 나서야 귀갓길에 올랐다. 이 근처의 산호초 호수는 꽤 얕아서 보트 밑바닥이 여기저기 부딪친다. 실처럼 가는 달빛이 흐리다. 상당히 먼 바다로 나왔을 무렵 사바이로부터 돌아오는 몇 척의 포경 보트가 우리를 추월했다. 불을 밝힌 열두 자루의 노, 마흔 명이 탄 대형 보트. 어느 배든 모두 노를 저으며 합창을 한다.

늦어서 집으로는 가지 못했다. 아피아의 호텔에서 머물렀다.

5월 ××일

아침에 말을 타고 빗속을 헤치며 아피아로 갔다. 오늘 통역사 살레테라와 만나기로 약속을 해서 오후부터 다시 마리에로 갔다. 오늘은

* 열대 식물로 다육질의 비대한 뿌리줄기를 삶거나 구워 먹고 녹말을 채취해 먹기도 함.

육로다. 칠 마일을 가는 동안 계속 억수같이 비가 내렸다. 진창이었다. 말의 목까지 오는 잡초. 돼지우리 울타리도 여덟 곳 정도 뛰어넘었다. 마리에에 도착했을 때는 이미 어스름 해 질 녘이 되었다. 마리에 마을에는 상당히 훌륭한 민가가 꽤 된다. 높은 돔 형태의 띠 지붕을 하고 바닥에 작은 돌을 깔았으며 사방 벽을 밝게 해둔 건물이다. 마타파의 집도 과연 훌륭하다. 집 안은 이미 어둡고 야자 껍데기로 만든 등불이 중앙에 켜져 있다. 네 명의 하인이 나와 마타파가 지금 예배당에 있다고 했다. 그 방향에서 노랫소리가 들려왔다.

이윽고 주인이 들어왔고 우리는 젖은 옷을 갈아입고 나서 정식으로 인사를 했다. 까바 술이 나왔다. 줄지어 앉은 여러 추장을 향해 마타파가 나를 소개했다.

"아피아 정부의 반대를 무릅쓰고 나(마타파)를 돕기 위해 빗속을 달려온 인물이니, 경들은 이제부터 투시탈라와 친하게 지내고 어떤 경우에도 이 사람에게 원조를 아끼지 말라."

디너, 정치 이야기, 기쁨의 웃음, 까바 술, — 한밤중까지 이어졌다. 육체적으로 견딜 수 없게 된 나를 위해 집 한구석을 칸막이로 두르고 거기 침대가 놓여 있었다. 오십 장짜리 최상급 매트를 늘어놓은 위에서 혼자 잠들었다. 무장한 호위병과 그 외에 몇 사람의 야경이 밤새도록 집 주위를 지켰다. 일몰부터 일출까지 그들은 교대도 하지 않았다.

새벽 4시 무렵에 잠이 깼다. 가늘고 부드럽게 피리 소리가 바깥 어둠 속에서 들려온다. 듣기 좋은 음색이다. 부드럽고 감미롭고 꺼져 들어갈 듯한 소리…….

나중에 들으니 이 피리는 매일 아침 정해진 시각에 불게 되어 있다고 했다. 집 안에 잠든 사람에게 좋은 꿈을 보내기 위해서. 이 얼마나 우아한 사치란 말인가! 마타파의 아버지는 '작은 새의 왕'이라 불릴 정도로 작은 날짐승의 소리를 애호했다는데, 그 피가 그에게도 고스란히 전해진 것이었다.

아침식사 후에 테라와 더불어 말을 달려 귀갓길에 올랐다. 승마 장화가 젖어 신을 수 없었으므로 맨발이었다. 아침은 아름답고 화창했지만 길은 여전히 진창이었다. 풀 때문에 허리까지 젖었다. 너무 달렸는지 테라는 돼지우리 울타리에서 두 번이나 말에서 내팽개쳐졌다. 시커먼 진창. 초록색 맹그로브. 붉은 게, 게, 게들. 시내에 들어서니 파테(나무의 짧고 굵은 가지)가 소리를 내고, 화려한 옷을 입은 토인 아가씨들이 교회로 들어간다. 오늘은 일요일이었다. 시내에서 식사를 하고 귀가했다.

열여섯 개의 울타리를 뛰어넘어 이십 마일의 말달리기(더구나 그 전반은 호우 속에서). 여섯 시간의 정치 이야기. 스케리보어에서 비스킷 안의 바구미 벌레처럼 움츠려 살던 예전의 나와는 얼마나 큰 차이인가!

마타파는 아름답고 훌륭한 노인이다. 우리는 어젯밤 완전한 감정의 일치를 보았다.

5월 ××일

비, 비, 비. 이전 우기의 부족함을 메우기라도 하듯 계속 비가 내린다. 코코아 싹도 물을 충분히 빨아들였을 것이다. 지붕을 두드리는 빗소리가 그치자 급류 소리가 들린다.

『사모아사 각주』를 완성했다. 물론 문학작품은 아니지만 공정하고 또한 명확한 기록임에는 의심할 나위가 없다.

아피아에서는 백인들이 납세를 거부했다. 정부의 회계보고가 분명치 않기 때문이다. 위원회도 그들을 소환할 능력이 없다.

최근에 우리 집에서 일하는 거구 라파엘레의 아내 파우마가 도망갔다. 크게 실망하여 친구들 이 사람 저 사람에게 하나하나 공모의 혐의를 덮어씌웠던 모양인데, 지금은 포기하고 새 아내를 찾는 쪽으로 노력하고 있다.

『사모아사 각주』가 완결되어 드디어 『데이비드 밸포어』에 전념할 수 있게 되었다. 『납치』의 속편이다. 몇 번인가 기필은 했지만 도중에 포기했는데, 이번에야말로 마지막까지 지속할 수 있겠다는 전망이 섰다. 『렉커』는 너무 저조하다. (그래도 남들이 비교적 잘 읽힌다고 하니 이상한 일이지만) 『데이비드 밸포어』야말로 『발란트래 경』을 잇는 작품이 될 수 있을 것이다. 데이비드 청년에 대해 작가인 내가 품는 감정을 아마 다른 사람은 잘 이해하지 못할 것이다.

5월 ××일

C. J.(재판소장) 체달클랜트가 찾아왔다. 무슨 바람이 불어서였을까? 우리 가족들과 아무렇지 않게 세간 이야기를 하다가 돌아갔다. 그는 최근 『타임즈』의 내 공개장(그 내용 속에서 나는 그에게 아주 호되게 해댔다)을 읽었을 터이다. 무슨 생각으로 왔을까?

6월 ×일

마타파의 대향연에 초대되었으므로 아침 일찍 출발했다. 동행자 — 어머니, 벨, 타우일로(우리 요리당번 어머니로 근처 부락의 추장 부인. 어머니와 나와 벨, 세 사람을 합한 것보다 두 배는 더 크고 어마어마한 체구를 가졌다), 통역인 혼혈아 살레 테라, 그 밖에 소년 두 명.

카누와 보트에 나누어 탔다. 도중에 보트는 얕은 환초 호수 속에서 걸려 움직이지 않았다. 도리가 없다. 맨발로 해안까지 걸어왔다. 약 일 마일 정도 되는 물 빠진 개펄을 걸어서 건넜다. 위에서는 해가 쨍쨍 내리쬐고 아래는 진흙으로 질척질척 미끄럽다. 시드니에서 갓 도착한 내 옷도 이소벨의 하얗고 테두리를 두른 드레스도 끔찍한 꼴을 당했다. 낮이 지나 진흙투성이 꼴로 겨우 마리에에 도착했다. 어머니 일행이 탄 카누는 이미 도착해 있었다. 벌써 전투 무용은 끝나고 우리는 음식 헌납식 도중부터(그렇기는 해도 두 시간 이상은 족히 걸렸지만) 볼 수 있었다.

집 전면의 녹지 주위에 야자 잎과 거친 헝겊으로 둘러싸인 오두막이 즐비하고, 커다란 장방형 세 면에 토인들이 부락별로 모여 있다. 실로 알록달록한 색채의 복장이다. 타파를 휘감은 자, 패치워크를 걸친 자, 가루를 뿌린 백단을 머리에 붙인 자, 보라색 꽃잎으로 머리 가득 장식한 자……

중앙 공터에는 음식의 산더미가 점점 더 커져간다. (백인에 의해 세워진 꼭두각시가 아니라) 그들 마음으로부터 추종하는 진정한 왕에게 보내진 대추장, 소추장들로부터의 헌상품이다. 관리나 인부들이 줄지어 서서 노래를 부르며 증정물을 차례대로 운반해 들여왔다.

그 증정물들은 하나하나 높이 들어 올려 모인 사람들에게 보여졌고, 접수하는 사람이 정중하고 의례적인 과장으로 품목 이름과 증정자를 호명한다. 이 관리는 건장한 체격의 남자로, 전신에 기름이 잘 발라진 듯 번들번들 빛이 난다. 돼지고기 통구이를 머리 위로 돌리면서 폭포수 같은 땀을 흘리며 소리치는 모습은 장관이다. 우리가 지참한 비스킷 캔과 더불어 '아일리 투시탈라 오 레 아일리 오 말로 테테레(이야기 작자 추장, 대정부의 추장)'라고 소개되는 목소리를 들을 수 있었다.

우리를 위해 특별히 마련된 자리 앞에 한 노인이 녹색 잎을 머리에 올리고 앉아 있다. 약간 어둡고 험상궂은 그 옆얼굴이 단테*와 똑같이 닮았다. 그는 이 섬 특유의 직업적 이야기꾼 중 한 명으로 더구나 그 최고 권위자였으며 이름이 포포였다. 그의 곁에는 아들이나 동료들이 앉아 있다. 우리 오른쪽으로 꽤 떨어져서 마타파가 앉아 있으며, 이따금 그의 입술이 움직이고 손목의 염주가 흔들리는 것이 보인다.

일동은 까바 술을 마셨다. 왕이 한 입 마셨을 때 정말 놀랍게도 포포 부자가 턱없이 기묘하게 짖는 소리를 내며 이를 축복했다. 이런 이상한 소리는 아직 들어본 적이 없다. 늑대가 짖는 소리 같은데 '투이아투아 만세'라는 의미란다. 이윽고 식사시간이 되었다. 마타파가 다 먹고 나자 다시 기괴하게 짖는 소리가 울려 퍼졌다. 이 비공인

* 알리기에리 단테(Alighieri Dante, 1265~1321). 『신곡』으로 유명한 이탈리아 시인. 산드로 보티첼리의 단테 초상화가 가장 알려짐.

왕의 낯빛에 일순간 젊은 느낌의 자부심과 야심의 빛이 생동하였다가 곧바로 다시 사라지는 것을 나는 보았다. 라우페퍼와의 분리 이후 처음으로 포포 부자가 마타파가 있는 곳으로 와서 투이아투아 이름을 찬미했기 때문일 것이다.

이미 음식물 반입은 끝났다. 증정물은 순서대로 주의 깊게 헤아려 기재되었다. 웃기는 이야기꾼이 품명이나 수량을 하나하나 이상한 가락으로 불러대면서 청중들을 웃게 만들었다.

"타로 토란 육천 개"

"돼지구이 삼백열아홉 마리"

"큰 바다거북 세 마리"……

그리고 나서 아직 본 적 없는 이상한 정경이 펼쳐졌다. 갑자기 포포 부자가 일어서서 긴 막대기를 손에 들고 먹을 것이 높다랗게 쌓인 마당으로 뛰어 나가 기묘한 춤을 시작한 것이다. 아버지는 팔을 뻗어 막대기를 흔들며 춤추고, 아들은 땅에 웅크린 상태로 뭐라고 표현하기 힘든 자세로 뛰어올랐는데 이 춤이 그리는 원이 점점 커진다. 그들이 뛰어넘은 만큼의 것들이 그들 소유가 되는 것이다. 중세의 단테가 홀연 수상하고 한심한 사람으로 바뀌었다. 이 옛날식(그리고 지방적인) 의례는 역시나 사모아인들 사이에서조차 웃음소리를 불러일으켰다. 내가 보낸 비스킷도, 살아 있는 한 마리의 송아지도 모두 포포가 뛰어넘어 버렸다. 하지만 대부분의 먹거리는 한 번 자기 것이라고 선언한 다음 다시 마타파에게 헌상되었다.

그런데 이야기꾼 추장, 즉 르 아일리 투시탈라, 내 순서가 왔다. 그는 춤을 추지는 않았지만 다섯 마리의 살아 있는 닭, 기름이 들어간 표주박 네 개, 깔개 네 장, 타로 토란 백 개, 돼지구이 두 마리, 상어 한 마리 및 큰 바다거북 한 마리를 증정받았다. 이것은 '왕이 대추장에게 보내는 선물'이다. 이 선물들은 신호에 맞추어 전통 의상 라바라바를 앞가리개만큼 짧게 입은 몇몇 젊은이에 의해 음식의 산더미 속에서 운반되어 나왔다. 음식의 산더미 위에 쭈그리고 앉나 싶더니 금세 틀림없는 속도로 명령받은 품목과 수량을 들어 올린 다음 가뿐하게 그것을 다시 따로 떨어진 곳에 깨끗하게 쌓아올린다. 그 절묘함이라니! 보리밭을 훑고 가는 새들의 무리를 보는 듯하다.

돌연 보라색 허리 천을 입은 장한이 아흔 명 정도 나타나서 우리 앞에 버티고 섰다. 그러자마자 그들 손에서 각각 하늘 높이 살아 있는 영계가 힘껏 던져 올려졌다. 백 마리에 가까운 닭이 날개를 퍼덕거리며 떨어지자 그것을 받아들어 하늘로 도로 던졌다. 그것이 몇 차례 반복되었다. 소음, 환성, 닭의 비명. 휘둘러서 던져 올리는 튼실한 구릿빛 팔, 팔, 팔, …… 구경거리로는 너무 재미있지만 대체 몇 마리의 닭이 죽었을까 말이다!

집에서 마타파와 일 이야기를 마치고 나서 물가로 내려가니 이미 받은 음식물들이 배에 쌓여 있었다. 올라타려고 하니 스콜이 닥쳐서 집으로 되돌아갔다가 반 시간 정도 쉬고 나서 5시에 출발했고, 다시 보트와 카누에 나누어 탔다. 물 위로 어둔 밤이 떨어졌고 해안의 등불이 아름다웠다. 모두 노래를 시작했다. 작은 산처럼 풍만한 타우일로 부인이 멋지고 아름다운 목소리를 지녀서 깜짝 놀랐다. 도중에 다시 스콜. 어머니, 벨, 타우일로, 나, 바다거북, 돼지,

타로 토란, 표주박, 전부 다 흠뻑 젖었다. 보트 바닥에 고인 미지근한 물에 잠긴 채 아홉 시간 가까이 지나 겨우 아피아에 도착했다. 호텔에 머물렀다.

6월 ××일

하인들이 뒷산 덤불 속에서 해골을 발견했다며 소동이 나서 모두를 데리고 가 보았다. 사람 해골임에는 틀림없었는데 상당히 시간이 지난 것이었다. 이 섬의 어른으로 보기에는 아무래도 너무 작았다. 덤불에서 쑥 안으로 들어간 어두침침하고 축축한 곳이어서 지금까지 사람 눈에 띄지 않았을 것이다. 그 부근을 휘젓고 있는 동안 다시 다른 두개골(이번에는 머리만)이 발견되었다. 내 엄지손가락이 두 개 들어갈 정도의 탄환 구멍이 뚫려 있다. 두 개의 두개골을 나란히 놓자 하인들은 슬쩍 로맨틱한 설명을 덧붙였다. 이 가여운 용사는 전쟁터에서 적의 머리를 벤 (사모아 전사 최고의 영예) 사람인데, 자신도 중상을 입었기 때문에 아군에게 이것을 보여줄 수가 없어 여기까지 기어 왔지만 허무하게 적의 목을 끌어안은 채 죽어 버렸을 것이라고. (그렇다면 십오 년 전의 라우페퍼와 탈라보우와의 전쟁 때 일일까?) 라파엘레 일행이 곧바로 뼈를 묻어주러 갔다.

저녁 6시경 말을 타고 뒤쪽 언덕을 내려가려던 때 앞쪽 숲 위에 큰 구름을 보았다. 그것은 투구벌레 같은 이마를 하고 코가 긴 사내의 옆얼굴을 분명히 드러내고 있었다. 얼굴 근육에 해당하는 부분은 절묘한 복숭앗빛이고 모자(카라마크인이 쓰는 커다란 모자), 수염, 눈썹은 푸르스름한 회색. 아이 같은 이 그림과 색의 선명함, 그 큰 스케일(정말 얼토당토않은 크기)가 나를 멍하게 만들었다. 보고 있는 사이에 표정이 바뀐다. 분명 한쪽 눈을 감고 턱을 당기는 모습이다. 돌연 납빛의 어깨가 앞으로 밀려나오더니 얼굴을 지워버리고 말았다.

나는 다른 구름들을 보았다. 화들짝 나도 모르게 숨을 삼켜버릴 만큼 장대하고 밝은 거대한 구름 기둥이 몇 개나 세워졌다. 그 다리들이 수평선에서 수직으로 일어서 있고, 그 꼭대기는 천정 거리 30도 이내에 있었다. 이렇게나 숭고한 광경이 있던가! 아래쪽은 빙하의 음영처럼 위로 감에 따라 어두운 인디고 블루에서 흐린 유백색에 이르기까지 미묘한 색채 변화의 온갖 단계를 보여준다. 배후의 하늘은 벌써 다가온 밤 때문에 풍부해졌다가 다시 어두워진 청색 일색. 그 바닥에 움직이는 남보라색의 우아하기만 한 깊고 그윽한 빛과 그림자. 언덕은 벌써 일몰의 빛을 띠고 있는데 거대한 구름 정상은 하얀 햇볕 같은 빛에 반사되어, 불처럼 보석처럼 가장 화려하고 부드러운 밝기로 세상을 환하게 만든다. 그것은 상상할 수 있는 어떠한 높이보다 높은 곳에 있다. 아래 세상의 밤에서 도망치는 그 청정무구하고 화려한 장엄함은 경이로움 그 이상이다.

구름 가까이 가느다란 상현달이 떴다. 달의 서쪽 뾰족한 부분 바로 위에 달과 거의 같은 밝기로 빛나는 별을 보았다. 검어지는 아래 세상 숲에서는 새들의 높고 가는 저녁 합창 소리가 들린다.

8시 무렵에 보니 달은 아까보다 더 밝고 별은 이제 달 아래에서 돌아다닌다. 밝기는 여전히 비슷하다.

7월 ××일

『데이비드 밸포어』의 진척이 점차 쾌조를 띤다.

퀴라소 호가 입항하여 함장인 깁슨 씨와 식사를 했다.

항간의 소문으로는 나 R.L.S.은 본도에서 추방되어야 한단다. 영국 영사가 다우닝가에 훈령을 부탁했단다. 내 존재가 섬 안의 치안에 방해가 된다고? 이것 참, 나 또한 위대한 정치적 인물이 되어버리고 말았다.

8월 ××일

그저께 다시 마타파가 초대하여 마리에로 향했다. 통역은 헨리(시메레). 회담 중에 마타파가 나를 '아피오가'라고 부르는 바람에 헨리를 화들짝 놀라게 했다. 지금까지 나는 '스스가'(각하 정도에 해당할까?)로 불렸는데, '아피오가'는 왕족을 부르는 호칭이기 때문이다. 마타파 집에서 하루 잤다.

오늘 아침 식사 후에 로열 까바라는 왕위 제사의식을 보았다. 왕위를 상징하는 오래된 돌덩어리에 까바 술을 붓는 것이다. 이 섬에서조차 반쯤 잊힌 쐐기 모양의 문자적 전례이다. 노인의 흰 수염을 모아 만든 투구 장식 털을 바람에 휘날리며, 짐승의 이빨이 달린 목걸이를 걸고 키가 이 미터에 육박하는 기골이 장대한 붉은 구릿빛 전사들이 정장한 모습은 정말 압권이다.

9월 ×일

아피아 시의 부인회가 주최하는 무도회에 출석했다. 패니, 벨, 로이드 및 해거드(예의 그 라이더 해거드의 동생으로 쾌남아다)도 동행했다. 모임 중반쯤 재판소장 체달클랜트가 나타났다. 몇 개월 전에 요령부득의 방문을 받은 이후 처음 하는 대면이다. 잠시 쉰 다음 그와 조를 이루어 카드리유 춤*을 춘다. 신묘하면서도 가공할 카드리유 춤! 해거드가 말했다.

"날뛰는 말의 도약과 비슷하군."

우리 두 사람의 공적이 각각 방대하고 존경할 만한 두 부인에게 안긴 상태로 손을 맞대고 발을 차올리며 폴짝거리고 돌다 보면, 대법관이든 대작가든 모조리 그 위엄이 한도 끝도 없이 실추될 따름이다.

일주일 전에 재판소장은 혼혈아 통역사를 교사하여 나에게 불리한 증거를 붙잡으려 안달을 했고, 나는 나대로 오늘 아침에도 이 남자를 맹렬하게 공격하는 일곱 번째 공개장을 『타임즈』에 쓰고 있었다.

우리는 지금 미소를 나누며 날뛰는 말의 도약을 흉내 내기에 여념이 없다!

9월 ××일

『데이비드 밸포어』 마침내 완성. 그와 동시에 작가도 녹초가 되어 버렸다. 의사에게 진찰을 받으면 꼭 이 열대 기후가 '온대인을 아프게 하는' 성질이 있다는 설명을 듣게 된다. 아무래도 믿을 수가

* 19세기 유럽 전역에서 유행한 네 명이 한 조가 되어 서로 마주 보고 추는 프랑스 춤.

없다. 최근 일 년 동안 번잡한 정치적 소동 속에서 지속해 온 노작과도 같은 작품을 설마 노르웨이에서인들 쓸 수 있었겠느냐는 말이다. 어쨌든 몸은 극한의 피로에 도달해 있었다. 『데이비드 밸포어』의 만듦새는 대체로 만족스럽다.

어제 오후 시내로 심부름을 보낸 알리크 소년이 어젯밤 늦게 붕대를 하고 눈을 빛내며 돌아왔다. 말라이타 부락 소년들과 결투를 해서 그쪽 서너 명을 다치게 했단다. 오늘 아침 그는 집안 영웅이 되어 있었다. 그는 줄 하나짜리 호궁을 만들어 승리를 자축하는 노래를 연주하고 또 춤도 추었다. 흥분했을 때의 그는 상당히 미소년이다. 뉴 헤브리디스에서 왔을 당시에는 우리 집 식사가 맛있다면서 무턱대고 과식하다가 배가 어마어마하게 불룩해져서 괴로워한 적도 있었지만 말이다.

10월 ×일

아침부터 계속 위통이 심하다. 아편 팅크를 오십 방울 정도 복용했다. 최근 이삼일은 일을 하지 않았다. 내 정신은 소유자가 없는 상태다.

예전에 나는 화려한 청년이었던 모양이다. 왜냐하면 젊었을 무렵 친구들은 누구나 내 작품보다 내 성격과 대화의 현란함을 높이 샀던 것 같으니까. 하지만 사람은 언제까지고 아리엘이나 퍽 같은 요정 상태로 머물 수만은 없다. 『젊은이들을 위하여』의 사상이나 문체도 지금 와서 보면 못내 거추장스러운 것이 되어 버렸다. 실제

예르에서 각혈을 한 뒤로 모든 것의 밑바닥이 보인 것처럼 느껴졌다. 나는 이제 무슨 일에도 희망을 품을 수가 없다. 죽은 개구리처럼. 나는 온갖 일에 차분한 절망을 품고 들어간다. 마치 바다로 갈 때 내가 늘 빠지리라는 것을 확신하고 가는 것과 마찬가지다. 그렇다고 자포자기 상태라는 건 전혀 아니다. 자포자기는커녕 나는 죽을 때까지 쾌활함을 잃지 않을 것이다. 이 확신 있는 절망은 일종의 희열이기조차 하다. 그것은 의식적이고 용감한 즐거움이며 이후의 삶을 지탱해 가기에 충분한 것 — 신념에 가까운 것이다. 쾌락도 필요 없다. 인스피레이션도 필요 없다. 의무감만으로 충분히 해나갈 자신이 있다. 개미의 마음가짐으로 매미의 노래를 계속 부를 수 있는 자신감 말이다.

시장에서 거리에서
나는 큰북을 둥둥둥 울리지
붉은 코트를 입고 내가 가는 곳
머리 위에 리본은 팔락팔락 나부껴.

새로운 전사를 찾아
나는 큰북을 둥둥둥 울리지
내 반려에게 나는 약속하네
살아갈 희망과 죽을 용기를.

9

만 열다섯 살 이후로 글을 쓴다는 것이 그의 생활의 중심이었다. 자신이 작가가 되려고 태어났다는 신념이 언제 어디에서 생겼는지 스스로도 알 수 없었지만, 어쨌든 열대여섯 살 무렵이 되자 이미 그것 말고 다른 직업에 종사하는 미래의 자신을 상상하기란 불가능한 지경에까지 이르렀다.

그 무렵부터 그는 외출할 때면 늘 한 권의 노트를 주머니에 넣고 다니며 길에서 본 것, 들은 것, 생각난 것을 모두 그 자리에서 곧바로 문자로 바꿔 쓰는 연습을 했다. 또한 그 노트에는 그가 읽은 책 중에서 '적절한 표현'이라 여겨지는 것들이 모조리 발췌되어 적혀 있었다. 제가들의 스타일을 습득하는 연습도 열심히 이루어졌다. 어떤 문장을 읽으면 그와 똑같은 주제를 온갖 다른 작가들의—어떨 때는 헤즐릿,* 어떨 때는 러스킨,** 어떨 때는 토머스 브라운 경***—문체로 몇 가지나 다시 써보곤 했다. 이러한 연습을 소년시절 몇 년에 걸쳐 지치지도 않고 반복했다. 소년시절을 겨우 벗어날 무렵 아직 소설 하나도 제대로 써보기 전에, 체스 명인이 체스판에서 가질 만한 자신감을 그는 표현술에서 가지게 되었다. 엔지니어의

---

* 윌리엄 해즐릿(William Hazlitt, 1778~1830). 영국의 낭만주의를 대표하는 평론가이자 수필가.

** 존 러스킨(John Ruskin, 1819~1900). 『근대화가론』으로 유명한 영국의 미술평론가.

*** 토머스 브라운 경(Sir Thomas Browne, 1605~1682). 영국의 의사이자 사상가.

피를 이어받은 그는 자기 장래의 길에 대해서도 기술가적 자부심을 일찍부터 품었다.

그는 거의 본능적으로 '나는 내가 생각하는 만큼 내가 아니라는 것'을 알고 있었다. 그리고 '머리는 틀릴 경우가 있어도 피는 틀리지 않는 법이라는 것. 가령 언뜻 봐서 틀린 것처럼 보여도 결국 그것이 진정 자기에게 가장 충실하고 현명한 코스를 밟게 하리라는 것', '우리 안에 있는 알 수 없는 무언가는 우리 이상으로 현명하다는 것'을 알고 있었다. 이렇게 스스로의 생활을 설계함에 있어 그 유일한 길—우리보다 현명한 것이 이끌어주는 그 유일한 길을 가장 충실하고 근면하게 걷는 것에만 전력을 다하고, 그 밖의 것들은 일체 버리고 거들떠보지도 않았다. 저속한 대중의 조롱이나 매도, 부모의 비탄을 외면하면서 그는 이러한 삶의 방식을 소년시절부터 죽음의 순간에 이르기까지 지속했다. '얄팍하고' '불성실하며' '호색한'이고 '자아도취자'인 데다가 '제 잇속만 차리는 이기주의자'이며 '눈꼴사나운 잘난척쟁이'인 그가, 글을 쓴다는 이 길에서만은 시종일관 오롯이 수도승 같은 경건한 정진을 게을리하지 않았다. 그는 거의 단 하루도 무언가를 쓰지 않고 보내는 날이 없었다. 그것은 이미 육체적 습관의 일부가 되었다. 끊임없이 이십 년에 걸쳐 그의 육체를 괴롭히던 폐결핵, 신경통, 위통도 이 습관을 바꾸지 못했다. 폐렴과 좌골신경통, 결막염이 동시에 발병했을 때 그는 눈에 붕대를 대고 절대 안정을 취해야 하는 반듯이 누운 상태에서 속삭이는 목소리로 『신 아라비안나이트 : 다이너마이트 당원』을 구술하여 아내에게 필기를 시켰다.

그는 늘 죽음과 너무 가까운 곳에서 살았다. 기침을 하는 입을 막은 손수건 안에 빨간 피를 보지 않을 경우가 드물었다. 죽음에 대한 각오에 있어서만큼은 이 미숙하고 아니꼬운 청년도 대오각성 철두철미한 고승과 상통하는 무언가가 있었다. 평생 그는 자기의 묘비명으로 삼아야 할 시구를 주머니 속에 숨기고 있었다.

'별빛 반짝이는 하늘 아래 고요히 나를 잠들게 하라. 즐겁게 살았던 나였으니 이제 즐겁게 죽으러 가노라.'

그는 자기 죽음보다도 친구의 죽음을 오히려 두려워했다. 자기 죽음에 관해서는 이미 익숙했다. 아니, 그렇다기보다 한 발 나아가 죽음과 놀고 죽음과 도박이라도 하는 마음을 품고 있었다. 죽음의 차가운 손이 그를 잡기 전에 얼마나 아름다운 '공상과 언어의 직물'을 짜낼 수 있을 것인가? 이게 몹시 호사스러운 도박 같았다. 출발 시각이 임박한 나그네 같은 기분에 몰려서 오로지 그는 쓰고 또 썼다. 그리고 실제로 몇몇 아름다운 '공상과 언어의 직물'을 남겼다. 「오랄라」 같은, 「목이 돌아간 재닛」 같은, 『발란트래 경』 같은 작품들 말이다.

"정말 그 작품들은 아름다고 매력 넘치기는 하지만, 요컨대 깊은 맛이 없는 이야기야. 스티븐슨은 결국 통속작가라니까." 많은 사람들이 이렇게 말했다.

그러나 스티븐슨 애독자라면 결코 반박할 말이 궁하지 않았다.

"현명한 스티븐슨의 수호천사 지니어스(그것이 이끄는 바에 따라 그가 작가인 그의 운명을 걷게 된 셈이지만)가 그의 수명이 짧을 것을 알고, (어떤 사람도 마흔 이전에 걸작을 낳기란 어쩌면 불가능한데) 인간성이

도려내진 근대소설의 길을 버리고 그 대신 더할 나위 없이 매력 넘치는 괴기한 이야기 구성과 그 탁월한 화법 연습으로 (이거면 설사 요절해도 최소 몇몇의 괜찮고 아름다운 작품은 남길 것이다) 향하게 만든 것이다."

"그리고 그야말로 일 년 대부분이 겨울인 북쪽 나라 식물에게도 극히 짧은 봄과 여름 사이에 몹시 서둘러 꽃을 피우고 열매를 맺게 하는, 자연의 절묘한 안배 중 하나인 것이다."

사람들은 어쩌면 이렇게 말할 것이다. 러시아 및 프랑스의 가장 탁월하고 가장 깊이 있는 단편 작가들도 모두 스티븐슨과 같은 나이거나 혹은 보다 젊어서 죽었지 않은가. 그러나 그들은 스티븐슨이 그랬던 것처럼 끊임없는 병고로 단명하리라는 예견에 끝끝내 위협받지는 않았던 것이다.

소설 즉 로맨스란 circumstance(정황)의 시라고 그는 말했다. 그는 사건보다도 그것에 의해 생기는 몇 가지 장면 효과를 즐겼다. 로맨스 작가를 자처한 그는 (스스로 의식했든 못했든 상관없이) 자신의 일생을 자기 작품 속 최대 로맨스로 만들려 했다. (그리고 실제로 그것은 어느 정도 성공한 것처럼 보인다.) 따라서 그 주인공 자신이 사는 분위기는 항상 그의 소설적 요구와 마찬가지로 시를 품은 것, 로맨스적 효과가 풍부한 것이어야 했다. 분위기 묘사의 대가인 그는 실생활에서 자신이 행동하는 장면 장면들이, 늘 그의 영묘한 묘사의 필치에 값할 정도의 것이 아니면 참지 못했다. 옆에서 보는 사람 눈에 괴롭게 비쳤을 것이 틀림없는, 그의 이 쓸데없는 잰 체(혹은 댄디즘)의 정체가 바로 여기에 있었다. 무엇 때문에 유별스럽게 당나귀 따위를 끌고 남프랑스 산속을 헤매야 했단 말인가? 무엇 때문에 좋은 집안의 아들이 너덜너덜한 넥타이를 매고 길고 붉은 리본이 달린 낡은 모자를 쓴 채 방랑자인 체할 필요가 있었단 말인가? 또 무엇 때문에 경박하고 아니꼽고 우쭐한 태도로 '인형은 아름다운 장난감이지만 속은 톱밥투성이다'라는 식의 여성론을 떠들어대지 않으면 안 되었단 말인가?

스무 살의 스티븐슨은 같잖음의 덩어리이자 불쾌한 무뢰배로, 에든버러 상류 인사들의 규탄의 대상이었다. 엄격한 종교적 분위기 속에 성장한 흰 얼굴의 병약한 도련님이 갑자기 스스로의 순결함을 부끄러워하여 한밤중에 아버지 저택을 빠져나와 홍등가 거리를 헤매고 다녔다. 그러나 비용*을 흉내 내고 카사노바를 따라 하던 이 경박한 사내도 외줄기 길을 택하였고, 여기에 자기의 약한 육체와 짧을 게 틀림없는 생애를 거는 것 말고는 구원의 도리가 없다는 것을 잘 알고 있었다. 달콤한 술과 여인의 분 냄새가 풍기는 자리에서도, 그는 그 외길이 늘 환하게 야곱이 사막에서 꿈꾸던 빛의 사다리처럼 별이 걸린 하늘까지 높게 닿는 것을 보았던 것이다.

* 프랑수와 비용(Francois Villon, 1431~1463). 방랑과 방탕의 프랑스 중세 시인.

10

1892년 11월 ××일

우편 배가 들어오는 날이라 벨과 로이드는 어제부터 시내로 나가 있었고, 이오프는 다리가 아팠으며, 파우마(거구의 아내는 다시 천연덕스럽게 남편에게 돌아왔다)는 어깨에 종기가 생기고, 패니는 피부에 황반이 생기기 시작했다. 파우마의 종기는 단독(丹毒) 전염병일 염려가 있어서 어설픈 민간요법으로는 안 되는 모양이었다. 저녁 식사 후 말을 타고 의사에게 갔다. 어스름 달밤에 바람이라곤 없다. 산 쪽에서 우렛소리가 들린다. 숲속을 서둘러 가니 예의 그 버섯의 푸른 불빛이 땅 위에 점점이 빛난다. 의사에게 가서 내일 왕진을 부탁한 다음 9시까지 맥주를 마시고 독일문학에 관하여 이야기 나누었다.

어제부터 새 작품의 구상을 세우기 시작했다. 시대는 1812년 무렵. 장소는 람메르무어의 허미스턴 부근 및 에든버러. 제목은 아직이다. 『블랙스필드』? 『허미스턴의 둑』?

12월 ××일

증축이 완공되었다.

금년도 year bill이 도착했다. 약 사천 파운드. 올해는 어쩌면 수지를 맞출 수 있을지도 모르겠다.

밤에 대포소리가 들렸다. 영국 함선이 입항한 모양이다. 시내에 도는 소문으로는 내가 가까운 시일 내에 체포 호송될 것이란다.

캐슬출판사가 「악마가 깃든 병」과 「팔레사의 해변」을 합하여 『섬밤의 여흥』으로 출판하자고 했다. 이 두 소설은 그 맛이 서로 너무 다른데 이상하지 않을까? 「목소리의 섬」과 「방랑의 여인」을 추가하는 게 어떨까 싶다.

「방랑의 여인」을 넣는 것에 패니는 반대란다.

1893년 1월 ×일

계속해서 미열이 가시지 않는다. 속 쓰림도 심하다.

『데이비드 밸포어』 교정쇄가 아직 오지 않았다. 어찌 된 영문일까? 이제 최소한 반은 나와야 하는 상황인데.

날씨가 아주 안 좋다. 비. 물보라. 안개. 추위.

지불할 수 있으리라 생각했던 증축 비용을 반밖에 내지 못했다. 어째서 집은 이렇게 돈이 많이 들까? 특별히 사치를 부린 것도 아닌데 말이다. 달마다 로이드와 머리를 짜내 보지만, 구멍 하나를 메우면 다른 데서 무리가 생긴다. 겨우 잘 넘어갈 듯한 달에는 꼭 영국 함선이 입항하는 바람에 사관들을 초대해서 연회를 베풀어야 할 일이 생긴다. 우리 집에 일꾼들이 너무 많다는 사람도 있다. 고용한 사람들은 그렇게 대단한 인원이 아니지만, 그들의 친척이나 친구들이 내내 뒹굴뒹굴하고 있으니 정확한 숫자는 나도 모른다. (그래도 백 명을 많이 넘지는 않을 것이다.) 하지만 이것도 어쩔 수 없다. 나는 족장이니까. 바일리마 부락의 추장이니까. 대추장은 그런 자잘한 일에 이러쿵저러쿵하는 게 아니다. 게다가 실제로 토인이 얼마나 있든 그 식비는 빤하니까. 우리 집 하녀들이 섬사람 표준보다 다소 용모가 괜찮다며 바일리마를 술탄의 후궁에 비견한 멍청이가 있다. 그러니 돈이 들 거라면서 말이다. 명백히 중상모략을 목적으로 한 말이 틀림없지만 농담도 적당해야지 말이다. 나는 술탄처럼 정력이 좋기는커녕 숨도 근근이 붙어 살아가는 야윈 남자다. 돈키호테에 비교하거나 하룬 알 라시드*로 만들어 버리는 등 별 이야기를 다 하는 작자들이다. 좀 있으면 성 바오로나 칼리굴라가 될지도 모르겠다. 또한 생일에 백 명 이상의 손님을 초대하는 게 사치라는 사람도 있다. 나는 그렇게 많은 손님을 부른 기억이 없다. 저쪽이 멋대로 오는 거다. 나에게(혹은 적어도 우리 집 식사에) 호의를 가지고 와주는 것이니 이도 어쩔 수 없는 노릇 아닌가? 축하연회 같은 때 토인도 초대해서 문제라는 말까지 듣는데 이건 정말 언어도단이다. 백인은 거절할지언정 그들은 초대하고 싶을 정도다. 그러한 모든 비용을 처음부터 계산해 넣고도 잘 해나갈 수 있을 거라 생각했었다. 아무래도 좁은 섬이라 사치를 부리려야 부릴 수가 없으니 말이다. 어쨌든 나는 작년에 사천 파운드 이상 마구 썼다. 그래서 이렇게 부족한 것이다. 월터 스콧 경**을 떠올렸다. 갑자기 파산하고 곧이어 아내를 잃고 끊임없이 빚에 떠밀려 기계적으로 엉터리 작품을 휘갈겨 써야 했던 만년의 스콧 경. 그에게 무덤 말고는 쉴 곳이 없

* 하룬 알 라시드(Hārūn al-Rashīd, 766?~809). 아바스 왕조의 제5대 칼리프로 『아라비안나이트』의 등장인물.

** 월터 스콧 경(Sir Walter Scott, 1771~1832). 영국의 시인이자 『아이반호』를 쓴 소설가.

었던 게다.

다시 전쟁이 날 거라는 소문이다. 정말 미적지근한 폴리네시아적 분쟁이다. 타오를 듯 타오르지 않고 꺼질 듯하면서도 여전히 연기가 난다. 이번에도 투투일라 서부에서 추장들 사이에 작은 경합이 있었던 것뿐이니 큰일까지야 안 날 성싶다.

1월 ××일

인플루엔자가 유행했다. 우리 집 사람들은 대부분 다 걸렸다. 내 경우에는 쓸데없이 각혈까지 수반했다.

헨리(시메레)가 정말 일을 잘해준다. 원래 사모아인은 지극히 비천한 자라도 오물 나르는 일을 싫어하는데, 작은 추장인 헨리가 매일 밤 의젓하게 오물 양동이를 들고 모기장을 빠져나가 버리러 갔다. 모두가 대부분 쾌차한 지금, 막판이 되어서야 그에게 감염이 된 듯 열이 났다. 요즘 그를 장난삼아 데이비드(밸포어)라고 부르기로 했다.

병이 난 와중에 다시 새 작품을 시작했다. 벨에게 받아쓰게 했다. 영국에 포로가 된 한 프랑스 귀족의 경험을 쓰는 것이다. 주인공 이름이 앙느 드 생트 이브. 이것을 영어로 읽어서 「세인트 아이브스」라는 제목으로 할 참이다. 롤랜드슨*의 『문장법』과 1810년대의 프랑스 및 스코틀랜드 풍속 습관, 특히 감옥 상태에 관한 참고서를 보내달라고 백스터와 콜빈에게 부탁해 두었다. 『허미스턴의 둑』과

* 토머스 롤랜드슨(Thomas Rowlandson, 1756~1827). 영국의 풍자 소묘가.

「세인트 아이브스」 둘 다에 필요하니까. 도서관이 없다는 것과 책방과의 교섭에 품이 드는 것. 이 두 가지 사실에는 정말이지 손들었다. 기자가 내 뒤를 쫓아오는 번거로움이 없는 건 좋은 대신에 말이다.

정무장관과 재판소장의 사직 소문이 돌면서도 아피아 정부의 무리한 정책에는 여전히 변화가 없다. 그들은 세금을 무리하게 징수하기 위해 군대를 증강하고 마타파를 쫓아내려는 것 같다. 성공하든 하지 못하든 백인들에 대한 불신과 인심의 불안, 이 섬의 경제적 피폐상은 더해만 갈 뿐이다.

정치적인 일에 개입하는 것은 번거롭다. 정치 방면에서 성공이란 인격 훼손 말고는 아무런 결과도 얻지 못하는 것 같다. …… 내 정치적 관심(이 섬에 대한)이 줄어든 게 아니다. 다만 오랫동안 병을 앓고 각혈을 하다 보니 창작에 할애할 시간이 자연히 제한되므로, 앞으로도 귀중한 시간을 잡아먹게 될 정치문제가 다소 성가시다. 그러나 가여운 마타파를 생각하면 가만히 있을 수가 없다.

정신적 원조밖에 해줄 수 없는 한심한 처지라니! 허나 너에게 정치적 권력이 있다고 치면 대체 어떻게 하고 싶다는 거지? 마타파를 왕으로 앉힐 건가? 좋아. 그렇게 되면 사모아는 보란 듯이 존속할 수 있다고 생각하는 거야? 불쌍한 문학자여. 너는 정말 그렇게 믿는 게냐? 아니면 가까운 장래에 사모아가 쇠망하리라 예상하고 그저 감상적 동정을 마타파에게 쏟아붓는 것에 불과한 거냐? 몹시도 백인스러운 동정을.

콜빈에게서 온 편지를 보니, 내가 편지에서 항상 '블랙 앤드 초콜릿, 즉 흑색인 및 갈색인'이라는 말을 지나치게 많이 쓴다고 했다. 블랙 앤드 초콜릿에 대한 관심이 나의 창작 시간을 너무 빼앗아서 난감하다는 그의 심정을 모르는 바는 아니다. 하지만 결국 그(및 다른 영국에 있는 친구들)는 내가 내 블랙 앤드 초콜릿에 대해 얼마나 친근한 마음을 가지고 있는지 진정으로 이해하지 못한다. 이번 경우만이 아니라 다른 일반인들도, 사 년 동안이나 만나지 못하고 전혀 다른 환경에 몸을 둔 사이에 그들과 나 사이에 극복하기 어려운 골이 생긴 것은 아닐까? 이런 생각을 하니 몸서리친다. 친한 사람과 오랫동안 떨어져 지내는 것은 좋지 않다. 울고 싶을 만큼 보고 싶었으면서 만난 순간 뜻밖에 양쪽 다 버젓하게 깊은 골을 의식해야 하지는 않을까? 두렵지만 이게 사실일지 모른다. 사람은 변한다. 시시각각으로. 우리들 인간이란 괴물이 아니던가!

2월 ××일 시드니에서

내가 나 자신에게 휴가를 주어 5주 예정으로 오클랜드를 거쳐 시드니로 놀러 왔는데, 동행한 이소벨은 치통, 패니는 감기, 나는 감기에서 시작하여 늑막염까지 앓게 되었다. 무엇 때문에 온 건지 모르겠다. 그래도 여기에서 장로교회 총회와 예술클럽에서 도합 두 번의 강연을 했다. 사진을 찍히고 상패도 받았으며 거리를 걸으면 사람들이 돌아보며 나를 가리키고 내 이름을 속닥거린다. 명성이라는 건가? 이상하다. 과거에 스스로 명성을 얻으려는 것을 비천하게 여기던 내가 어느덧 명사가 되어 버린 것인가? 웃기는 이야기다. 사모아에서는 토인의 눈으로 볼 때는 대부분 집에서 지내는 백인 추장.

아피아 백인들 입장에서는 정치 문제의 적군이거나 아군이거나 어느 한 쪽이다. 이게 훨씬 건전한 상태일지 모른다. 온대의 땅에서 색이 바랜 유령 같은 풍경과 비교할 때 나의 바일리마 숲은 얼마나 아름다운가! 나의 바람 부는 집은 얼마나 빛나는가!

이곳에서 은퇴생활을 하는 뉴질랜드의 아버지, 더 조지 그레이를 만났다. 정치가를 싫어하는 내가 그에게 면담을 요구한 것은, 그가 인간이라는 것을—마오리 족에게 가장 막대한 인간애를 쏟아부은 인간이라는 것을 믿었기 때문이다. 만나보니 과연 훌륭한 노인이었다. 그는 정말 토인을 아주 잘—그 미묘한 생활감정에 이르기까지 알고 있었다. 그는 진정으로 마오리 사람 입장에서 그들을 생각해 주었다. 식민지 총독으로서는 정말이지 이례적이다. 그는 마오리 사람에게 영국인과 동등한 정치상의 권력을 주고, 토인 대의원 선출을 인정했다. 그 때문에 백인 이민자들에게 환영받지 못하고 자리에서 물러났다. 그러나 그의 이러한 노력 덕분에 뉴질랜드는 지금 가장 이상적인 식민지가 되어 있다. 나는 그에게 사모아에서 내가 한 일, 앞으로 하고 싶은 일, 그 정치적 자유에 관해 내 힘이 미치지 못하는 것은 차치하고라도 토인들 생활의 장래, 그 행복을 위해 앞으로도 있는 힘을 다하려 한다는 생각을 말했다. 노인은 하나하나에 공명해 주었고 격려해 주었다. 그가 말했다.

"결코 절망해서는 안 되오. 나는 어떤 경우라도 절망이란 쓸모없는 것임을 진심으로 깨달을 만큼 오래 산 몇 안 되는 사람 중 하나라오."

나도 상당히 기운을 얻었다. 속악함을 다 간파하고 그러면서도 고귀한 그 무엇을 잃지 않은 사람은 존경받아 마땅하다.

나뭇잎 한 장을 보아도 사모아의 기름지고 무성하게 솟구치는 듯한 강렬한 초록과 달리 여기 것은 전혀 생기가 없고 흐릿한 색으로 보인다. 늑막이 낫자마자 얼른 공중에 항상 초록색 황금 같은 미립자가 반짝거리며 떨리는 듯 빛나는 섬으로 돌아가고 싶다. 문명 세계의 대도시 속에서는 질식할 것만 같다. 소음은 또 얼마나 정신없는지! 금속이 서로 부딪는 딱딱한 기계소리는 또 얼마나 짜증나는지!

4월 ×일

호주에 다녀온 이후 나와 패니가 아프던 것도 드디어 다 나았다.

아침의 이 쾌청함. 하늘색의 아름다움, 깊이, 새로움. 지금 이 거대한 침묵은 그저 멀리 태평양의 중얼거림에 의해 부서질 따름이다.

자잘한 여행이 이어지는 바람에 병치레하던 사이, 섬의 정치적 정세는 매우 긴박해졌다. 정부 측이 마타파와 반란자 측에 대해 취하는 도전적 태도가 부쩍 눈에 띄었다. 토인이 소유하는 무기는 모두 거두어들일 거라고 한다. 이제 곧 정부 측 군비가 내실을 갖추게 될 것이 틀림없다. 일 년 전에 비해 정세가 마타파에게 현저하게 불리하다. 관리들이나 추장들을 만나 보아도 전쟁을 피하고자 진지하게 고민하는 자가 없음에 놀랄 따름이다. 백인 관리는 이를 이용해 자기들 지배권을 확충할 생각뿐이고, 토인 특히 청년들은 전쟁이라는 말만 들으면 무턱대고 흥분부터 해 버린다. 마타파는 의외로 침착하다. 그는 형세가 불리한 것을 자각하지 못하고 있다. 그와 그의 부하들은 전쟁이 자기들 의지에서 벗어난 하나의 자연현상이라 생각하는 모양이다.

라우페퍼 왕은 그와 마타파 사이에서 중재하려는 나를 물리쳤다. 얼굴을 보고 지낼 때는 아주 붙임성 좋은 남자이지만, 만나지 않으면 금방 이런 식이다. 그 스스로의 의지가 아닌 것이야 확실하지만 말이다.

폴리네시아식 우유부단함이 전쟁을 쉽사리 일으키지 못하게 하리라는 점을 유일한 의지 삼아 수수방관하는 수밖에 없는 것일까? 권력을 갖는 것은 좋은 일이다. 만약 권력이 그것을 남용하지 않을 이성 아래에 있을 경우에는 말이다.

로이드에게 도움을 받아 『썰물』이 더디게 진행되고 있다.

5월 ×일

『썰물』 때문에 고역이다. 삼 주나 걸렸는데 겨우 스물네 쪽. 그것도 전부 다 퇴고해야 한다. (스콧의 가공할 만한 속도를 생각하니 정말이지 너무 싫다.) 일단 이것은 작품으로서도 형편없다. 옛날에는 전날 쓴 분량을 다시 읽어보는 일이 즐거웠건만.

마타파 측 대표자가 정부와 교섭하기 위해 매일 마리에에서 아피아로 다닌다는 말을 듣고, 그들을 집으로 오게 해서 여기에서 다니라 했다. 매일 왕복 사십 마일이면 힘들 테니까. 하지만 이 일로 나는 이제 공공연히 반란자 측 일원으로 인식되었다. 나에게 오는 서신은 일일이 재판장 검열을 받아야 한다.

밤에 르낭의 『기독교의 기원』*을 읽었다. 대단하고 흥미로운 책이다.

5월 ××일

우편 배가 들어오는 날인데 겨우 열다섯 쪽 분량(『썰물』)밖에 보낼 수가 없다. 이제 이 일도 지긋지긋하다. 스티븐슨 가문의 역사라도 다시 쓸까? 아니면 『허미스턴의 둑』? 『썰물』은 정말이지 불만스럽다. 문장만 보더라도 말의 베일이 너무 많다. 더 속살을 드러낸 필체였으면 좋겠다.

세금 징수 관리에게 새로 지은 주택의 세금을 독촉당했다. 우체국으로 가서 『섬의 밤 이야기』 여섯 부를 받았다. 삽화를 보고 놀랐다. 삽화를 그린 화가는 남양을 본 적이 없었던 게 틀림없다.

6월 ××일

소화불량과 흡연 과다, 돈도 되지 않는 과로 때문에 정말 죽을 것 같다. 『썰물』은 겨우 101쪽에 도달했다. 한 인물의 성격을 확실히 붙들 수가 없다. 게다가 요즘은 문장에도 고생을 하고 있으니 정말 말이 아니다. 문구 하나에 반 시간 정도 걸렸다. 여러 유사한 문구를 무턱대고 나열해 보아도 도무지 마음에 드는 것이 눈에 띄지 않는다. 이런 바보 같은 고생은 아무것도 생산해내지 못한다. 하찮은 증류수다.

* 프랑스 사상가 요셉 어네스트 르낭(Joseph Ernest Renan, 1823~1892)이 25년 동안 완성하여 1883년 발표한 일곱 권짜리 획기적 기독교사.

오늘은 아침부터 서풍, 비, 물보라, 냉랭한 기온. 베란다에 서 있으니 문득 어떤 이상한(일견 근거가 없는) 감정이 나를 지나 흘렀다. 나는 문자 그대로 휘청였다. 그리고 겨우 설명할 수 있게 되었다. 나는 스코틀랜드적 분위기와 스코틀랜드적 정신이나 육체 상태를 발견해냈기 때문임을 깨달았다. 평생의 사모아와는 털끝만치도 비슷한 구석이 없는 냉랭하고 축축한 납빛 풍경이 나를 어느새 그런 상태로 바꾸어놓은 것이다. 하일랜드의 오두막. 이탄의 연기. 젖은 옷. 위스키. 송어가 도약하는 소용돌이치는 작은 냇물. 지금 여기에서 들리는 바이트링거의 물소리까지 하일랜드의 급류 소리 같은 느낌이 든다. 나는 무엇 때문에 고향을 뛰쳐나와 이런 곳까지 흘러온 것일까? 가슴을 조이는 듯한 사모의 감정으로 멀리에서 고향을 떠올리기 위함일까? 불현듯 아무 관계도 없는 묘한 의문이 솟았다. 나는 지금까지 무언가 좋은 일을 이 땅 위에 남겼던가? 괴상하다. 무엇 때문에 나는 다시금 그런 걸 알고 싶어 하는 걸까? 아주 조금만 시간이 지나면 나도 영국도 영어도 내 자손의 뼈도 모두 기억 속에서 사라져 버릴 텐데. 더구나 — 그래도 인간은 아주 잠깐 동안이라도 사람들 마음에 자기 모습을 붙들어 두고자 한다. 변변찮은 위로다. ……

이렇게 어두운 기분에 사로잡히는 것도 과로와 『썰물』로 겪는 고통의 결과다.

6월 ××일

『썰물』은 잠시 암초에 걸린 채로 내버려 두고 『엔지니어 가문』의

조부 챕터를 썼다.

『썰물』은 최악의 작품이 되지 않을까?

소설이라는 문학의 형식 — 적어도 나의 형식 — 이 싫어졌다.

의사에게 진찰을 받으니 휴양을 취하란다. 집필을 멈추고 가벼운 야외활동만 해야 한단다.

11

그는 의사라는 사람을 믿지 않았다. 의사는 그저 일시적인 고통을 진정시켜 줄 뿐이다. 의사는 환자의 육체적 고장(일반인의 보통 생리 상태와 비교했을 때의 이상)을 발견하기는 하지만, 그 육체적 장애와 환자 자신의 정신생활과의 관련성이라든가, 또 그 육체적 고장이 환자 평생의 큰 계산 안에서 어느 정도의 중요성으로 견적이 매겨져야 하는가 등에 관해서는 아무것도 모른다. 의사의 말만 듣고 평생 계획을 변경하는 따위란, 얼마나 경멸스러운 물질주의며 육체 만능주의냔 말이다!

'무엇이 어찌 되든 너의 창작을 시작하라. 가령 의사가 너에게 일 년, 아니 한 달의 여생조차 보증하지 않더라도 두려워말고 일하라. 그리고 일주일 동안 이루어질 수 있는 성과를 보라. 우리가 의의 있는 노작을 칭송해야 하는 것은 완성품에 대해서만이 아니다.'

그러나 약간만 과로해도 곧바로 영향이 드러나 쓰러지거나 객혈을 하게 되니 그도 사실 난감했다. 아무리 의사의 말을 무시하고 싶어도 이것은 어찌할 도리 없는 현실이다.(하지만 우습게도 그것이 그의 창작을 방해한다는 실제적인 불편을 빼면, 그는 자기의 병약함을 그리 불행하다고 느끼지 않는 듯 보였다. 각혈을 하는 중에도 그는 스스로 R.L.S.식의 무언가를 찾아내서 약간이나마 만족(?)을 느끼는 것이다. 이 병이 만약 얼굴이 흉측하게 부어오르는 신장염이었다면 그가 얼마나 싫어했겠는가 말이다.)

이렇게 젊은 나이에 자기 수명이 짧을 것을 각오해야 했던 때에 당연히 하나의 안이한 장래의 길이 머릿속에 떠올랐다. 딜레탕트* 로 살아가는 것. 뼈와 살을 깎는 창작에서 물러나 무언가 안락한 생업을 잡아 (그의 아버지는 상당히 부유했으니) 지능과 교양은 모조리 감상과 향유에 사용하는 것. 얼마나 아름답고 즐거운 삶인가! 사실 그는 감상가로서도 이류로 떨어지지 않을 자신이 있었다. 하지만 결국 불가피한 무언가가 그를 그러한 즐거운 길에서 멀어지게 해 버렸다. 정말 그가 아닌 어떤 것이. 그것이 그에게 깃들 때 그는 그네를 타고 크게 위로 올라가는 아이처럼 황홀하게 그 기세에 몸을 맡길 수밖에 없었다. 그는 온몸에 전기를 머금은 듯한 상태로 그저 쓰고 또 썼다. 그것이 생명을 갉아먹을 것이라는 염려는 어딘가에 놓고 잊어버렸다. 섭생을 잘한들 얼마나 오래 살 수 있겠느냐 말이다. 설령 오래 산들 이 길을 살아가는 것이 아니면 무슨 좋은

* 예술이나 학문을 취미로 애호하는 사람. 호사가.

일이 있겠느냔 말이다!

그런데 그렇게 살아온 지 이십 년. 의사가 그렇게까지 살지는 못할 것이라고 말했던 마흔을 벌써 삼 년이나 더 살았다.

스티븐슨은 그의 사촌 형 밥을 늘 생각한다. 세 살 연상의 이 사촌 형은 스무 살 전후의 스티븐슨에게 사상적으로든 취미적으로든 직접적인 선생님이었다. 현란한 재기와 세련된 취미와 해박한 지식을 지닌 예측 불허의 재주꾼이었다. 그런데 그는 무엇을 했던가? 아무것도 하지 않았다. 그는 지금 파리에서 이십 년 전과 마찬가지로 여전히 온갖 것을 이해하고, 그러면서 아무것도 하지 않는 일개 딜레탕트일 뿐이다. 명성을 날리지 못했다는 이야기가 아니다. 그의 정신이 거기에서 더 성장하지 못했다는 말이다.

이십 년 전에 스티븐슨을 딜레탕티즘에서 구원한 사악한 데몬은 칭찬받아 마땅하다.

어릴 적 가장 친숙한 놀이도구였던 '1페니면 무채색, 2펜스면 유채색'으로 볼 수 있는 종이연극(그것을 장난감가게에서 사와 집에서 조립을 해서는 '알라딘'이나 '로빈 후드', '세 손가락 잭'을 직접 연출하며 노는 것이었는데)의 영향인지, 스티븐슨의 창작은 언제고 하나하나의 정경을 상기하는 것에서 시작한다. 처음에 하나의 정경이 떠오르고 그 분위기에 어울리는 사건이나 성격이 다음에 떠오른다. 잇따라 몇십 개나 되는 종이 연극의 무대 화면이 그것들을 잇는 이야기를 수반하면서 머릿속에 나타나고 눈앞에 생생히 보이는 그 하나하나를 순서대로 묘사해 감으로써, 그의 이야기는 정말 즐겁게 완성되는 것이다. 경박하고 개성 없는 R.L.S.의 통속소설이라고 비평가들이 말하는 작품들 말이다. 다른 창작 방법—예를 들면 하나의 철학적 관념을 예증하고자 하는 목적으로 전체 구상을 세운다든가, 하나의 성격 설명을 위해 사건을 만들어낸다든가—을 그는 전혀 생각할 수도 없었다.

스티븐슨 입장에서 길가에서 보는 하나의 정경은 아직 어떤 사람에 의해서도 기록되지 않은 하나의 이야기를 말하는 것처럼 여겨졌다. 마찬가지로 하나의 얼굴, 하나의 동작도 알려지지 않은 이야기의 발단으로 보였다. 『한여름 밤의 꿈』에 나오는 문구까지는 아니더라도, 그렇게 이름과 장소를 갖지 않는 것에 명확한 표현을 부여하는 것이 시인—작가라고 한다면 스티븐슨은 확실히 천부적인 이야기 작가임에 틀림없다. 하나의 풍경을 보고 거기에 어울리는 사건을 머릿속으로 조립하는 것은 그가 아이 적부터 식욕 비슷할 정도로 강하게 지닌 본능이었다. 콜링턴 (어머니 쪽) 할아버지 집에 갈 때는 늘 그 근처 숲이나 강이나 물레방아에 어울릴 만한 이야기를 마련하여 웨이벌리 노블*들 속 온갖 인물들을 종횡무진 활약하게 했다. 가이 매너링이나 로브 로이나 앤드류 페어서비스 등을. 창백하고 비리비리했던 소년 시절의 그 버릇이 아직 다 사라지지 않았다. 아니, 그렇다기보다 가여운 대소설가 R.L.S.씨는 이런 유치한 공상 말고는 창작 충동을 느끼지 못하는 것이다. 구름처럼 솟아오르는 공상적 정경. 만화경 같은 영상의 난무. 그것을 본 상태로

* 월터 스콧의 일련의 역사 소설로 '웨이벌리 작자'라고 익명 출판되었기 때문에 붙은 이름.

베껴 쓰는 것이다. (그러니 나머지는 기교의 문제일 뿐이다. 더구나 그 기교에는 충분히 자신감이 있었다.) 이것이 그의 유일무이한, 더할 나위 없이 즐거운 창작법이었다. 여기에 좋고 나쁘고가 없다. 달리 방법을 모르는 것일 뿐이니.

'무슨 말을 듣든 나는 내 방식을 고집하고 내 이야기를 쓸 뿐이다. 인생은 짧다. 인간은 어차피 Pulvis et Umbra, 즉 먼지와 그림자 같은 것 아닌가. 무엇 때문에 굳이 괴로워하며 굴이나 박쥐 같은 사람들 마음에 들기 위해 재미도 없고 심각하며 어디서 빌려온 듯한 작품을 써야 하는가 말이다. 나는 나를 위해 쓴다. 설령 한 사람의 독자가 사라질지언정 최대의 애독자인 내가 있는 한은 말이다. 경애하는 R.L.S.씨의 독단을 보라!'

사실 작품을 다 쓰자마자 그는 작자이기를 멈추고 그 작품의 애독자가 되었다. 누구보다 열정적인 애독자다. 그는 마치 그것이 다른 누군가(가장 좋아하는 작가)의 작품인 양, 그리고 그 작품 플롯이나 귀결을 아무것도 모르는 한 독자의 마음으로 즐겁게 탐독하는 것이다. 그랬건만 이번 『썰물』만은 참고 계속 읽을 수가 없었다. 재능이 고갈된 것일까? 육체가 쇠약해지면서 자신감이 감퇴한 것일까? 신음하면서 그는 거의 습관의 힘만으로 서걱서걱 원고를 계속 써갔다.

12

1893년 6월 24일

전쟁이 가까워진 듯하다.

어젯밤 우리 집 앞길을 라우페퍼 왕이 얼굴을 가리고 말을 탄 채 무슨 볼일이 있었던지 황망히 달려 지나쳤다. 요리사가 분명히 봤다고 했다.

한편 마타파는 마타파대로 매일 아침잠에서 깨면 전날 밤까지 없던 새로운 백인의 상자(탄약상자를 말한다)에 둘러싸여 있는 것을 꼭 보게 된다고 했다. 어디에서 모여드는 것인지 그도 모른다.

무장병사의 행진, 여러 추장들의 왕래가 점차 잦아진다.

6월 27일

시내로 내려가 뉴스를 들었다. 유언비어가 분분하다. 어젯밤 늦게 큰북이 울리고 사람들이 무기를 들고 물리누로 달려갔는데 아무 일도 없었다던가. 지금 아피아 시는 아무 일도 없다. 시정 참사관에게 물어보았지만 정보도 없단다.

시내에서 서쪽 나루터까지 가서 마타파 측 마을들의 동태를 보고자 말에 올라탔다. 바이무스까지 가니 길가 집들에 사람들이 복닥복닥 떠들어내고 있었는데 무장은 하지 않았다. 강을 건넜다. 삼백 야드 정도 가니 다시 강이 나온다. 건너편 기슭의 나무그늘에 윈체스터 총*을 맨 일곱 명의 보초가 있다. 다가가도 꼼짝도 안 하고 말도 걸지 않는다. 눈으로 쫓을 뿐이다. 나는 말에게 물을 먹이고 '탈로파!' 하고 인사하며 그곳을 지나갔다. 보초대장도 '탈로파!' 하고 대답했다. 이 앞에 있는 마을에는 무장병사들이 가득 모여들어 있다. 중국인 상인이 사는 서양식 건물이 한 채 있다. 중립기가 문 앞에 펄럭인다. 베란다에는 많은 남자들, 여자들이 서서 밖을 보고 있다. 그중에는 총을 든 사람도 있었다. 이 중국인 상인뿐 아니라 섬에 사는 외국인은 모두 자기 재산을 지키는 데에 급급해 있다. (재판소장과 정무장관이 물리누에서 티볼리 호텔로 피난했단다.) 도중에 토민 병사 한 부대가 총을 들고 탄약통을 매단 채 활기찬 모습으로 행진하는 것과 마주쳤다. 바이무스에 도착했다. 마을 광장 말라에에는 무장한 남자들이 가득했다. 회의실 안에도 사람들이 넘치고 그 출구로부터 밖을 향해 한 연설자가 큰소리로 떠들어대고 있다. 모든 얼굴에 반가운 흥분이 보였다. 전부터 알고 지낸 늙은 추장이 있는 곳에 들렀는데, 이전에 만났을 때와는 딴판으로 젊고 활기 있어 보였다. 잠시 쉬면서 같이 스루이를 피웠다. 돌아가려고 밖으로 나왔을 때 얼굴을 검게 칠하고 허리춤의 천 뒤쪽을 감아올려 엉덩이 문신을 드러낸 남자가 한 명 나와 묘한 춤을 선보이고 작은 칼을 하늘 높이 던졌다가 멋지게 다시 받아 보였다. 야만스럽고 환상적이며 생기 넘치는 볼거리다. 이전에도 소년이 이런 재주를 보이는 것을 본 적이 있는데 틀림없이 전쟁 때의 의례 같은 것일 게다.

집에 돌아와서도 그들의 긴장되면서 행복해 보이는 얼굴이 머릿

---

* 미국인 윈체스터가 만든 연발총.

속에 소용돌이친다. 우리 내부에 있는 오래된 야만인이 눈을 뜨고 종마처럼 흥분하는 것이다. 그러나 나는 소란을 외면한 채 가만히 있어야 한다. 이제 와서는 어떻게 할 도리가 없다. 내가 관여하지 않는 편이 그 가여운 사람들에게는 오히려 도움을 더 주게 될지도 모를 일이다. 고름이 터진 뒤의 사후 처리에 관하여, 우리가 다소나마 원조할 수 있는 전망이 아직 약간은 있는 것 같으니까.

무력한 글쟁이여! 나는 가슴을 억누르고 세금이라도 납부하는 기분으로 원고를 계속 쓴다. 머릿속에는 윈체스터 총을 든 전사의 모습이 어른거린다. 전쟁은 확실히 커다란 앙트레누망, 즉 유혹이다.

6월 30일

패니와 벨을 데리고 시내로 내려갔다. 국제클럽에서 점심식사. 식후 마리에 방향으로 가보았다. 먼저 번과는 달리 오늘은 아주 조용하다. 사람이 없는 도로. 사람이 없는 집. 총도 보이지 않는다. 아피아로 돌아와서 공안위원회에 출석했다. 저녁식사 후 무도회에 잠시 들렀다가 지쳐서 귀가했다. 무도회장에서 들은 바에 따르면 레토누의 추장이 이렇게 말했단다.

“투시탈라가 이번 분쟁의 원인을 만들었으니, 그와 그의 가족들은 당연히 벌을 받아야 한다.”

밖으로 나가 전쟁에 가담하고 싶은 나의 이 어린애 같은 유혹을 이겨내야 한다. 우선은 집을 지킬 것.

아피아의 백인들도 공황 상태였다. 여차하면 군함으로 피난가기로 되어 있다던가. 목하 독일 함대 두 척이 항구에 있다. 올랜도도

머지않아 입항할 터이다.

7월 4일

최근 이삼일 정부 측 군대(토민병사)가 속속 아피아로 집결했다. 적동색 전사를 가득 싣고 바람이 불어오는 쪽으로 입항하는 보트들 무리. 그 뱃머리에서 재주넘기를 하면서 활기를 북돋우는 사내. 전사들이 배 위에서 내는 묘하고 위협적인 함성. 큰북을 난타하는 소리. 분위기에 맞지 않는 나팔.

아피아 시내에서는 붉은 손수건이 다 팔려버렸다. 붉은 손수건으로 된 머리띠가 마리에토아(라우페파) 군의 제복인 셈이었다. 얼굴을 검게 칠한 붉은 머리띠 청년들로 시내는 복닥복닥하다. 유럽풍 양산을 쓴 소녀와 괴상한 전사들이 같이 걸어가는 모습이 자못 재미있다.

7월 8일

전쟁이 드디어 시작되었다.

저녁 식사 후 사신이 와서 부상자들이 미션 하우스로 실려 와 있다고 알려주었다. 패니, 로이드와 같이 초롱불을 들고 말을 탔다. 꽤 서늘하지만 별이 많은 밤이다. 타눙가마노노에 초롱불을 두고 그다음은 별빛에 의지해 내려간다.

아피아 시가지와 나 자신도 묘한 흥분 속에 있다. 나의 흥분은 우울하고 잔인한 것이며, 다른 이들의 흥분은 막연하거나 혹은 분개한 것이다.

임시로 병원이 되어버린 곳은 길고 텅 빈 건물로 중앙에 수술대가 있고 열 명의 부상자가 모두 시중들 사람들에게 둘러싸여 방 구석구석에 누워 있었다. 덩치가 작고 안경을 쓴 간호사 라쥬 양이 오늘은 몹시 듬직해 보였다. 독일 함대의 간호병졸도 와 있었다.

의사는 아직 오지 않았다. 환자 한 명이 차갑게 식어가고 있었다. 그는 실로 멋진 사모아인이었는데, 피부가 아주 검고 아라비아인 풍의 독수리 같은 풍모를 하고 있었다. 일곱 명의 근친자들이 에워싸고 그의 팔다리를 문지르고 있다. 폐가 관통된 모양이다. 시급히 독일 함대의 군의를 불렀다.

나에게는 내 일이 있었다. 연달아 운반될 것이 틀림없는 부상자들 수용을 위해 공회당을 사용하고 싶다고 목사님 클라크 씨 등이 요청했으므로, 시내를 돌아다니며(극히 최근 내가 공안위원회에 들어가게 되었기에) 사람들을 불러 모아서 긴급위원회를 열고 공회당을 제공하기로 했다. (한 사람이 반대했다. 하지만 끝내 설득했다.) 이 일에 드는 비용 처리도 가결되었다.

한밤중에 병원으로 돌아갔다. 의사는 와 있었다. 두 사람의 환자가 빈사상태였다. 한 명은 복부를 크게 다친 사람이었는데 얼굴을 찡그렸지만 아무 말도 못하고 보기에도 딱한 인사불성 상태이다.

아까 폐에 총을 맞은 추장은 한쪽 벽에서 마지막 천사를 기다리는 것처럼 보였다. 가족들이 그의 손발을 잡고 있었다. 모두 말이 없다. 돌연 한 여자가 죽어가는 자의 무릎을 끌어안고 통곡했다. 통곡 소리는 5초나 이어졌을까? 다시 가슴 아픈 침묵.

2시가 지나 귀가했다. 시내의 소문을 종합해 보면 전투는 마타파에게 불리했던 모양이다.

7월 9일

마침내 전투 결과가 분명해졌다.

어제 아피아에서 서쪽으로 진격을 시작한 라우페퍼 군은 정오쯤 마타파 군과 충돌하였다. 다만 우스꽝스럽게도 처음에는 전쟁은커녕 양군의 장교가 서로 끌어안고 까바 술을 서로 따라주며 상당히 즐거운 분위기였던 것 같다. 그러다 갑자기 부주의한 한 발의 거짓 포성 때문에 순식간에 난투장으로 변하면서 진짜 전쟁터로 변했다. 저녁이 되어 마타파 군이 물러나고 마리에 외곽 성벽을 근거지 삼아 어제 하룻밤 내내 방어전을 폈는데, 오늘 아침이 되어 마침내 궤멸되었다. 마타파는 마을을 불태우고 바닷길을 이용해 사바이이로 도망쳤다고 한다.

오랫동안 이 섬의 정신적인 왕이었던 마타파의 몰락에 대해 무슨 말을 해야 할지 모르겠다. 일 년 전이었다면 그는 라우페퍼든 백인 정권이든 쉽게 일소해 버릴 수 있었을 텐데. 마타파와 함께 내 갈색 친구들 대부분이 재난을 당했을 게 틀림없다. 나는 그들을 위해 무엇을 했는가? 앞으로도 무엇을 할 수 있을까? 욕먹어 마땅한 기상관측자 같으니!

점심식사 후에 시내로 갔다. 병원에 가보니 우르(폐를 다친 추장의 이름)는 아직 이상하게도 살아 있었다. 배를 다친 사내는 이미 죽었다.

베인 열하나의 수급이 물리누로 들어왔다. 토인들이 몹시 놀라고 두려워한 것은, 그 수급 중 하나가 소녀의 것이었기 때문이다. 더구나 사바이이의 지역 어느 마을의 타우포우(마을을 대표하는 아름다운 아가씨)의 머리였다. 남쪽 바다의 기사로 임명된 사모아 사람들 사이에서 이것은 용서받을 수 없는 폭행이었다. 이 수급만큼은 최상급 비단에 싸여 정중한 사죄문과 함께 신속히 마리에로 송환되었다고 한다. 소녀는 아버지를 도우러 탄약이라도 나르고 있었던 모양인데 그때 총을 맞은 것이 분명했다. 아버지의 투구 장식 털에 쓰기 위해 자기 머리칼을 잘랐었는지 남자처럼 짧게 친 머리여서 목을 베인 거라고도 했다. 하지만 그녀의 아름다움에 어울리는 너무도 선택된 최후였던 것을!

마타파의 조카 레아우페페만은 수급과 몸통이 둘 다 옮겨졌다. 물리누 대로에서 라우페퍼가 그것을 살펴보고 부하의 공로를 치하하는 연설을 했다.

두 번째 날 병원에 들렀을 때 간호사와 간호병졸은 한 명도 없었고 환자 가족들만 있었다. 환자도 시중드는 사람들도 목침을 베고 낮잠을 자고 있었다. 경상을 입은 미청년이 있었다. 두 소녀가 그를 돌보며 같이 좌우에서 그의 베개를 같이 베고 있었다. 다른 한구석에는 아무도 돌보는 사람이 없는 한 부상자가 내팽개쳐진 상태였지만 의연한 모습으로 누워 있었다. 앞의 미청년에 비해 훨씬 훌륭한 태도로 비쳤지만 그의 용모는 그리 아름답지 않았다. 안면 구조의 극히 미세한 차이가 얼마나 큰 차이를 초래한단 말인가!

7월 10일

오늘은 지쳐서 움직일 수가 없다.

더 많은 수급이 물리누로 모였다고 한다. 인간의 머리를 사냥하는 바람을 멈추게 하기란 쉬운 일이 아니다.

그들은 말한다.

"이것 말고 달리 어떤 방법으로 용감함을 증명할 수 있는가?"

"다윗이 골리앗을 물리쳤을 때도 그는 거인의 목을 가지고 가지 않았나?"

그러나 이번에 소녀의 목을 벤 일만큼은 정말로 미안해하는 것 같았다.

마타파는 무사히 사바이이로 향했다는 설과 사바이이 상륙을 거절당했다는 설이 횡행했다. 어느 쪽이 진짜인지 아직 모른다. 사바이이로 들어갔다면 여전히 대규모 전쟁은 지속될 것이다.

7월 12일

확실한 보도는 들어오지 않는다. 유언비어만 빈번히 전해진다. 라우페퍼 군은 마노노를 향해 출발했다고 한다.

7월 13일

마타파가 사바이이에서 쫓겨나 마노노로 되돌아갔다는 확실한 소식이 들렸다.

7월 17일

최근에 정박한 카투바 호의 빅포드 함장을 찾아갔다. 그는 마타파 진압의 명령을 받고 내일 아침 새벽녘 마노노를 향해 출항한다고 한다. 마타파를 위해 함장이 할 수 있는 최대한의 호의를 약속받았다.

그러나 마타파가 순순히 항복할까? 그를 따르는 무리가 무장해제를 감수할까?

마노노에 격려의 서신조차 보낼 방법이 없다.

13

독일, 영국, 미국 삼국에 대항하여 패배한 마타파의 귀추는 너무도 명백했다. 마노노 섬으로 급히 향한 빅포드 함장은 세 시간의 기한을 주며 항복을 재촉했다. 마타파는 투항했고 그와 동시에 추격해 온 라우페퍼 군에 의해 마노노는 불에 타고 약탈되었다. 마타파는 호칭이 박탈되고 멀리 얄루트 섬으로 유배되었으며 그의 부하 추장 열세 명도 각각 다른 섬으로 추방되었다. 반란자 측 마을들에 부과된 벌금은 육천육백 파운드. 물리누 감옥에 투옥된 대추장과 소추장들이 스물일곱 명. 이것이 그 결과의 모든 것이었다.

기를 쓰던 스티븐슨의 동분서주도 헛되었다. 유배자는 가족 대동을 허락받지 못하였고, 또한 어떤 사람과의 서신 교환도 금지되었다. 그들을 찾아갈 수 있는 것은 목사뿐이다. 스티븐슨은 마타파에게 보내는 서신과 선물을 가톨릭 신부에게 맡기려고 했지만 거절당했다. 마타파는 모든 친한 사람, 친한 땅과 떨어져서 북방의 야트막한 산호섬에서 소금기 있는 물을 마시고 있다. (고산의 계류가 풍부한 사모아 사람은 소금물에 가장 취약하다.) 그가 대체 어떤 죄를 저질렀다는 것인가? 사모아의 예로부터 전하는 습관을 따라 당연히 요구해야 할 왕위를 사양하고 너무 느긋하게 기다린 죄뿐이다. 그 때문에 적에게 이용되고 걸어오는 싸움에 말려들어 반역자 이름을 선고받은 것이다. 마지막까지 충실하게 아피아 정부에 세금을 납부하던 것은 그였다. 수급 베기 근절을 주장하는 소수 백인의 이야기를 받아들여 맨 먼저 이를 부하에게 실행시킨 것도 그였다. 그는 백인을 포함한 모든 사모아 거주자 중에서(라고 스티븐슨은 주장하는데) 빈말을 가장 내뱉지 않는 사람이다. 그런데도 이 남자의 불행을 구원하기 위해 스티븐슨은 무엇 하나 할 수가 없었다. 마타파는 그를 그렇게나 믿고 있었는데 말이다. 서신을 교환할 방법이 끊겨버린 마타파는 어쩌면 스티븐슨을 친절해 보이는 말만 하다 결국 실제로 아무것도 해주지 않는 백인(흔해 빠진 백인)에 불과했다며 실망한 것은 아닐까?

전사자 일족의 여인이 전사 장소로 가서 거기에 꽃방석을 펼쳤다. 나비와 다른 곤충들이 날아와 그 위에 앉았다. 한 번 쫓아냈다. 날아갔다. 다시 쫓아냈다. 날아갔다. 그래도 세 번째 다시 내려앉으면 그것은 거기에서 전사한 자의 영혼으로 간주된다. 여인은 그 곤충을 정중하게 잡아 가족에게 가지고 돌아가 제사한다. 이러한 가슴 아픈 풍경이 곳곳에서 보였다. 한편 투옥된 추장들이 매일 채찍으로 맞는다는 소문도 있었다. 이러한 일을 보고 듣게 되자 스티븐슨은 스스로를 아무런 쓸모도 없는 글쟁이라 자책했다. 오랫동안 멈추었던 『타임즈』의 공개장도 다시 쓰기 시작했다. 육체적 쇠약과 활발하지 못한 창작 활동에 더하여 자신과 세상에 대해 말로 표현하기 어려운 분노가 그의 나날을 지배했다.

14

1893년 11월 ×일

찌뿌둥하게 비가 올 것 같은 아침, 커다란 구름. 바다 위에 떨어진 그 거대한 남회색 빛. 아침 7시인데도 아직 불을 켜 두었다.

벨은 키니네 해열제가 필요했고, 로이드는 배탈이 났으며, 나는 가뿐하게 살짝 각혈했다.

뭔가 불쾌한 아침이다. 나를 둘러싼 착잡한 비참함. 사물 자체에 내재된 비극이 작용하여 구원하기 힘든 어두움으로 나를 덕지덕지 칠한다.

삶이 늘 맥주와 나인핀스 놀이*만인 것은 아니다. 그러나 나는 결국 모든 것이 궁극적으로 적정선을 찾을 것이라 믿는다. 내가 어느 날 아침 눈을 떴을 때 지옥에 떨어져 있다고 해도 내 이 신념은 바뀌지 않을 것이다. 허나 그럼에도 불구하고 여전히 이 삶의 행보는 괴롭다. 나는 내가 걸어온 방식의 잘못을 인정하고, 결과 앞에 비참하고 엄숙하게 머리를 조아려야 한다. …… 어찌 되었든 Il faut cultiver son jardin.** 그러니까 사람은 자기 정원을 가꾸어야 하는 것이다. 불쌍히 여겨야 할 인간 지혜의 마지막 표현이 바로 이것이다. 나는 다시 나의 내키지 않는 창작으로 되돌아간다. 『허미스턴의

* 나무 공을 굴려 아홉 개의 핀을 쓰러뜨리는 볼링 비슷한 게임.

** 프랑스 사상가 볼테르가 『캉디드 혹은 낙관주의』에서 한 말.

둑』에 다시 손을 댔고 또 감당하지 못하고 있다. 『세인트 아이브스』 역시 느릿느릿 진행되고 있다.

나는 내가 지금 지적 생활을 하는 인간이 공유하는 일종의 전환기에 있음을 알기에 절망은 하지 않는다. 그러나 내가 내 문학의 막다른 곳에 와 있는 것은 사실이다. 『세인트 아이브스』도 자신이 없다. 싸구려 소설이다.

젊은 시절 왜 착실하고 평범한 장사를 택하지 않았을까? 문득 그런 생각이 든다. 그런 장삿길로 들어섰더라면 지금 같은 슬럼프에도 멋지게 자신을 지탱할 수 있었을 텐데.

내 기교가 나를 버렸고, 인스피레이션과 내가 오랫동안 영웅적인 노력으로 습득한 스타일도 상실된 것 같다. 스타일을 잃은 작가는 비참하다. 지금까지 무의식으로 작동시켜왔던 불수의근을 하나하나 의지를 가지고 움직여야만 하게 생겼으니까.

그러나 한편으로 『렉커』 매출이 상당히 좋단다. 『카트리오나』(『데이비드 밸포어』 제목을 바꾼 것) 평가가 별로이고 오히려 저런 작품이 잘 팔리다니 모순적이지만, 어쨌든 그다지 실망하지 말고 두 번째 싹이 트기를 기다리기로 하자. 앞날에 내 건강이 회복되어 머릿속까지 산뜻해질 일이야 도저히 없겠지만. 다만 문학이라는 것은 생각하기에 따라서는 다소 병적인 분비인 게 틀림없다. 에머슨* 말에 따르면 사람의 지혜는 그 사람이 품은 희망의 유무, 혹은 많고 적음에 따라 측정가능하다고 하니 나도 희망을 잃지 않기로 하련다.

---

* 랄프 왈도 에머슨(Ralph Waldo Emerson, 1803~1882). 미국의 사상가이자 시인.

그러나 나는 아무래도 예술가로서의 나를 대단한 사람이라 여길 수 없다. 한계가 너무도 명백하다. 나는 나를 단순히 옛날식 직인이라고 생각했다. 그런데 이제 그 기술이 저하된 이 마당에야? 바야흐로 나는 아무데도 쓸모없는 애물단지다. 원인은 딱 두 가지. 이십 년 동안 지속된 각고의 노력과 병이다. 이 두 가지가 우유에서 크림을 완전히 다 짜내 버리고 말았다. ……

높은 소리를 내며 숲 저편에서 비가 다가온다. 갑자기 지붕을 두드리는 맹렬한 빗소리. 축축한 대지의 냄새. 상쾌하고 어딘가 하일랜드적인 느낌이다. 창밖을 보니 소나기의 수정 막대기가 만물 위에 격한 비말을 때려댄다. 바람. 바람이 상쾌한 청량감을 데려온다. 비는 곧바로 지나갔지만, 아직 가까운 곳을 급습하는 소리가 쏴-하며 빈번히 들린다. 빗줄기 한 방울이 일본식 포렴을 통과해 내 얼굴에 튄다. 창문 쪽 지붕에서 빗물이 실개천처럼 떨어진다. 기분 좋군! 그것은 내 마음속에 있는 무언가에 응답하는 것 같다. 무엇에 대한 응답일까? 분명치 않다. 늪지에 내리는 비의 오래된 기억일까?

나는 베란다로 나가 비 떨어지는 소리를 들었다. 무슨 수다라도 떨고 싶다. 무슨 수다냐고? 뭐든 이 비처럼 가열찬 이야기. 나에게 가당치도 않은 이야기. 세계는 하나의 오류라는 이야기 따위. 왜 오류냐고? 딱히 특별한 이유는 없다. 작품을 잘 쓰지 못하겠으니까. 게다가 크기도 제각각이면서 쓸데없고 번잡스러운 많은 일들이 귀에 들어오니까. 하지만 그 번잡하고 부담스러운 짐 중에도 끊임없이 수입을 얻어내야 한다는 영원한 중압감에 비할 것은 아무것도 없다. 기분 좋게 뒹굴뒹굴하면서 이 년 정도 창작에서 떨어져 지낼 수 있는 곳 어디 없나! 나라면 설령 그게 정신병원일지라도 가지 않을까?

11월 ××일

내 생일 축하 파티가 설사 때문에 일주일 늦어지다 오늘 열렸다. 열다섯 마리의 새끼 돼지 찜구이. 백 파운드나 되는 소고기. 비슷한 양의 돼지고기. 과일. 레모네이드 냄새. 커피 향기. 클라레 누가. 계단 위와 계단 아래에 온통 꽃, 꽃, 꽃. 예순 마리의 말을 묶어둘 곳을 급히 마련했다. 손님이 백오십 명이나 왔다던가? 3시쯤부터 오더니 7시에 돌아갔다. 해일이 들이닥친 것 같았다. 대추장 세우마누가 자기 호칭 중 하나를 나에게 선물해 주었다.

11월 ××일

아피아로 내려가 시내에서 마차를 사서 패니, 벨, 로이드와 같이 당당히 감옥으로 타고 갔다. 마타파 부하의 죄수들에게 까바 술과 담배를 선물하기 위해서.

도금한 철 격자로 둘러싸인 공간에서 우리는 친애하는 정치범들 및 형무소장 울름브랜트 씨와 같이 까바 술을 마셨다. 추장 한 사람이 까바를 마실 때 먼저 팔을 뻗어 술잔의 술을 서서히 땅에 붓고 기도하는 가락으로 이렇게 말했다.

"신도 이 주연에 함께하시기를. 이 모임은 진정 아름다운 것이니!"

하지만 내가 보낸 것은 스핏트 아바라는 하등품 까바 술이었지만 말이다.

요즘 일꾼들이 약간 게을러져서(그래도 일반 사모아인들에 비하면 결코 나태하다고는 할 수 없다. '사모아인은 일반적으로 달리지 않는다. 바일리마 고용인들만은 예외지만'이라고 한 어느 백인 이야기에 나는 자부심을 느꼈다) 타로로에게 통역을 하라고 해서 그들에게 잔소리를 했다. 가장 게으름부린 남자 급료를 반으로 깎는다는 뜻을 전했다. 그 남자는 얌전히 수긍하며 부끄러운 듯 웃었다. 처음 이곳에 왔을 때 한 일꾼의 급료를 6실링 깎았더니 그 일꾼은 곧바로 일을 그만두었다. 그러나 지금 이들은 나를 추장으로 간주하는 듯하다. 급료를 깎인 것은 티아라는 노인이며 사모아 음식(일꾼들을 위한)을 만드는 요리사인데, 실로 완벽하다고 해도 좋을 정도로 훌륭한 풍모를 가진 사람이다. 옛날에 남쪽 바다에 명성을 떨치던 전형적인 사모아 전사를 방불케 하는 체구와 용모다. 그러나 이 사람이 아무짝에도 쓸 도리 없이 허우대만 멀쩡할 줄이야!

12월 ×일

쾌청하고 무섭도록 덥다. 감옥의 추장들에게 호출을 받아 오후에 타죽을 것 같은 사 마일 반이나 되는 거리를 말을 타고 옥중 연회로 향했다. 지난번 내 방문의 답례 의미일까? 그들은 자기들의 우라(짙은 붉은색 씨를 잔뜩 실에 꿴 목걸이)를 벗어서 내 목에 걸어 주면서 '우리의 유일한 벗'이라고 나를 불렀다. 옥중에서 벌어지는 것 치고는 꽤 자유롭고 떠들썩한 연회였다. 꽃방석 열세 장, 부채 삼십 장, 돼지 다섯 마리, 산더미 같은 물고기, 타로 토란으로 이루어진 더 큰 산더미를 선물로 받았다. 도저히 다 들고 갈 수 없다며 사양하자 그들이 이렇게 말했다.

"아니, 꼭 이것들을 쌓아올린 상태로 라우페퍼 왕 집 앞을 통과하여 귀가해 주시오. 틀림없이 왕이 질투할 테니."

내 목에 걸어준 우라도 원래 라우페퍼가 갖고 싶어 하던 것이란다. 왕에 대한 비아냥이 죄수 추장들의 목적 중 하나였던 셈이다. 산더미 같은 선물을 수레에 쌓고, 붉은 목걸이를 한 채로 말을 타고 서커스 행렬처럼 나는 아피아 시내에 군집한 사람들이 경탄하는 가운데 유유히 집으로 돌아갔다. 왕의 집 앞도 지나쳤지만 과연 그가 질투를 느꼈을지 아닐지.

12월 ×일

난항하던 『썰물』이 마침내 끝났다. 형편없는 작품일까?

요즘 계속해서 몽테뉴의 『수상록』 제2권을 읽고 있다. 스무 살도 되기 전에 문체를 습득하겠다며 이 책을 읽은 적이 있으니 나도 정말 어지간했다. 그 무렵 이 책의 어디를 내가 어떻게 이해했을까?

이렇게 너무 훌륭한 책을 읽은 후에는 어떤 작가든 어린애로 보여 읽을 기분이 들지 않는다. 그것은 사실이다. 하지만 그럼에도 나는 역시 소설이 서적 중에서 최상(아니면 최강)의 것임을 믿어 의심치 않는다. 독자에게 들러붙어 그 혼을 빼앗고 그 피가 되고 살이 되어 온전히 흡수되는 것은 소설밖에 없다. 다른 책은 다 연소되지 못하고 남는 무언가가 있다. 내가 지금 슬럼프로 괴로워하는 것이 하나의 사실이고, 내가 이 길에 한없는 자부심을 느끼는 것은 또 다른 사실이다.

토인, 백인 양쪽에서 다 인망을 얻지 못하고 잇따른 분쟁에 대한 인책으로 마침내 정무장관이 사직했다. 재판소장도 가까운 시일 내에 사직하게 될 것이다. 목하 그의 법정은 이미 폐정 상태이건만, 그의 주머니만은 아직 봉급을 받을 수 있게 열려 있다. 그의 후임은 이이다 씨로 내정된 모양이다. 어쨌든 새 정무장관이 부임할 때까지는 예전처럼 영국, 미국, 독일 영사에 의한 삼두정치다.

아아나 방면에 폭동이 일어날 듯한 형국이다.

15

마타파가 얄루트에 유배된 뒤에도 토착민들의 무장봉기는 끊이지 않았다.

1893년이 저물 무렵, 예전 사모아왕 타마세세가 남긴 자식이 투푸아 족을 이끌고 병사를 일으켰다. 작은 타마세세는 왕과 모든 백인을 섬 밖으로 추방(혹은 섬멸)할 것을 표방하여 일어났는데, 결국 라우페퍼 왕 휘하의 사바이이 세력에 공격당하여 아아나에서 궤멸되었다. 반군에 대해 내려진 벌은 총 오십 정 몰수, 미납된 세금의 징수, 이십 마일의 도로공사 등이 부과되는 것에 그쳤다. 이전 마타파에게 내려진 엄벌에 비해 너무도 불공평했다. 아버지 타마세세가 옛날 독일인에 의해 옹립된 속 빈 로봇이었던 관계로, 작은 타마세세에게는 일부 독일인들의 지지가 뒷받침됐기 때문이다. 스티븐슨은 다시금 무익한 항의를 여러 방면으로 시도했다. 작은 타마세세에게 엄벌을 내리라는 것은 물론 아니다. 마타파의 감형을 요구한 것이다. 사람들은 이제 스티븐슨이 마타파 이름을 입 밖에 내면 웃음을 터뜨리게 되었다. 그래도 그는 발끈하며 본국의 신문이나 잡지에 사모아 사정을 거듭거듭 호소했다.

이번 소요에서도 역시 수급 베기가 빈번히 이루어졌다. 수급 베기 반대론자인 스티븐슨은 즉시 목을 벤 사람에 대한 처벌을 요구했다. 이 난리가 시작되기 직전에 신임 재판소장인 이이다 씨가 회의를 통해 수급 베기 금지령을 냈으니 이것은 당연한 요구였다. 그러나 처벌을 실제로 이루어지지 않았다. 스티븐슨은 분개했다. 섬의 종교가들이 의외로 수급 베기에 관하여 무관심한 것에도 그는 화를 냈다. 지금도 사바이이 족은 고집스럽게 목을 베고, 투아마상가 족은 목 대신 귀를 잘라내는 것으로 그치고 있다. 예전 마타파 같은 사람은 부하들에게 거의 절대로 목을 베지 못하게 했다. 그는 노력 하나로 이 악습을 반드시 근절할 수 있을 것이라 생각했다.

체달클랜트가 저질러 놓은 실정을 이어받은 이번 재판소장은 백인과 토인 사이의 정부 신용을 조금씩 회복하는 것처럼 보였다. 하지만 소규모 폭동이나 토민간의 분쟁, 백인에 대한 협박은 1894년 내내 한시도 끊이지 않았다.

16

1894년 2월 ×일

어젯밤 평소처럼 외딴 오두막에서 혼자 일을 하고 있노라니 라파엘레가 초롱불과 패니에게 받아온 쪽지를 들고 찾아왔다. 우리 집 숲속에 폭민들이 많이 모여든 것 같으니 빨리 와달라는 내용이 적혀 있었다. 맨발에 권총을 휴대하고 라파엘레와 같이 내려갔다. 가는 길에 올라오는 패니와 만났다. 함께 집으로 들어가 불안한 하룻밤을 보냈다. 타눙가마노노 쪽에서 밤새도록 큰북과 함성이 들렸다. 멀리 아래 마을에서는 달빛(달이 늦게 떴다) 아래 광란이 펼쳐지는 듯했다. 우리 집 숲에도 분명 토민들이 숨어 있는 모양인데 이상하게도 소란스럽지 않다. 쥐죽은 듯 있는 게 도리어 불안했다. 달이 나오기 전에 정박 중이던 독일 함선의 서치라이트가 창백하고 폭넓은 빛줄기를 어두운 하늘에 선회시키는 것이 아름다웠다. 자리에 누웠지만 경부에 류머티즘이 생겨 좀처럼 잠을 잘 수가 없다. 아홉 번째로 잠들려 했을 때 괴상한 신음소리가 하인들 방에서 들렸다. 뒷목을 누르며 권총을 들고 하인들 방으로 갔다. 모두 아직 자지 않고 스위피(카드 도박)를 하고 있다. 바보 미시폴로가 지면서 과장된 신음소리를 낸 것이었다.

오늘 아침 8시, 큰북 소리와 함께 순찰병 같아 보이는 토민들 한 부대가 왼쪽 숲에서 나타났다. 그러더니 바에아 산으로 이어지는 오른쪽 숲에서도 소수의 병사들이 나왔다. 그들은 합세하여 우리 집으로 들어왔다. 기껏해야 오십 명 정도다. 비스킷과 까바 술을 대접해 주었더니 얌전히 아피아 시대로 행진해갔다.

어리석은 위협이다. 그래도 영사들은 어젯밤 내내 잠을 못 잤을 것이다.

지난번 시내에 갔을 때 낯선 토인으로부터 푸른 봉투의 공식적 서장을 받았다. 협박장이다. '백인은 왕 쪽 사람들과 서로 관련을 갖지 말아야 한다. 그들이 주는 선물도 받으면 안 된다……' 내가 마타파를 배신이라도 했다고 생각하는 걸까?

3월 ×일

『세인트 아이브스』를 쓰고 있던 차에 육 개월 전에 주문한 참고서가 드디어 도착했다. 1814년 당시의 죄수가 이렇게나 신기한 제복을 입고 일주일에 두 번씩 면도를 했다니! 다 바꿔 써야 하게 생겼다.

조지 메러디스* 씨로부터 정중한 편지를 받았다. 영광스럽다. 『비첨의 경력』은 여전히 남양에 있는 내 애독서 중 하나다.

매일 오스틴 소년을 위해 역사 강의를 하는 것 말고도 최근에는 일요학교 선생님도 하고 있다. 부탁받은 일이라 반쯤은 재미삼아 하고 있는데, 벌써부터 과자나 현상품 등으로 아이들을 낚다시피 하는 꼴이니 언제까지 계속할지 모르겠다.

* 조지 메러디스(George Meredith, 1828~1909). 영국의 소설가이자 시인. 소설 『비첨의 경력(Beauchamp's Career)』은 1875년 발표.

백스터와 콜빈의 제안으로 내 전집을 내겠다며 채트 앤드 윈더스 사에서 소식이 왔다. 스콧의 마흔여덟 권짜리 웨이벌리 노블과 같은 붉은 색 장정으로 스무 권, 천부 한정판으로 해서 내 이름 머리글자를 새겨 넣은 특별한 용지를 사용하겠단다. 생전에 이런 사치스러운 전집을 출판할 정도의 작가인지 아닌지 다소 의문이지만, 친구들 호의가 너무 고맙다. 다만 목차를 쭉 보고 젊은 시절 얼굴이 달아오를 만한 에세이만큼은 아무래도 삭제해야겠다고 생각했다.

내 지금의 인기(?)가 언제까지 이어질지 모르겠다. 나는 아직 대중들을 믿을 수가 없다. 그들의 비판은 현명한 것일까? 어리석은 것일까? 혼돈 속에서도 『일리아스』나 『아이네이스』를 골라 남긴 그들은 현명하다고 해야 할 것이다. 허나 현실의 그들을 빈말로라도 현명하다고 할 수 있을까? 솔직히 말해 나는 그들을 신용하지 않는다. 그럼 대체 나는 누구를 위해 글을 쓰는가? 역시 그들을 위해, 그들이 읽도록 쓰는 것이다. 그중 뛰어난 소수를 위해서라는 둥의 말은 명백하게 거짓말이다. 소수의 비평가들에게만 호평을 받고 그 대신 대중들이 돌아보지 않는다면 틀림없이 불행할 것이다. 나는 그들을 경멸하면서도 한편으로 온몸으로 그들에게 매달리고 있다. 제멋대로 구는 아들과 무지하며 관용적인 그 아버지 같은 관계랄까?

로버트 퍼거슨. 로버트 번즈. 로버트 루이스 스티븐슨. 퍼거슨은 다가올 위대한 것을 예고하고 번즈는 그 위대한 것을 이루며 나는 그저 그의 찌꺼기를 핥은 것에 불과하다. 스코틀랜드의 세 로버트 중에 위대한 번즈는 별도로 하고 퍼거슨과 나는 너무 많이 닮았다.

청년 시절 어느 시기에 나는 (비용의 시와 더불어) 퍼거슨의 시에 탐닉해 있었다. 그는 나와 같은 도시에서 태어나 비슷하게 병약하였고 신세를 망쳤으며 사람들에게 미움 받고 고뇌하다가 결국은 (이것만은 다르지만) 정신병원에서 죽어갔다. 그리고 그의 아름다운 시도 지금은 거의 사람들에게 잊혀졌거늘 그보다 훨씬 재능이 부족한 R.L.S.는 어쨌든 지금까지 살아남아 호화로운 전집까지 출판하려 한다. 이 대비가 못 견디도록 마음을 아프게 한다.

5월 ×일

아침에 위통이 심해서 아편 팅크를 복용했다. 그래서 목이 마르고 손발이 저리는 듯한 느낌이 계속 일어난다. 부분적인 착란과 전체적 치매.

최근 아피아의 주간 어용신문이 번번이 나를 공격하고 나섰다. 그것도 아주 더러운 표현으로 말이다. 요즘의 나는 더 이상 정부의 적이 아닐 터이며, 사실상 새로운 장관 슈미트 씨나 이번 재판소장과도 꽤 잘 지내고 있기 때문에 신문사를 부추기고 있는 것은 영사들이 틀림없다. 그들의 월권행위를 내가 종종 공격하기 때문이다. 오늘 기사는 정말 비열하다. 처음에는 화가 났지만 요즘에는 오히려 영광스럽게 느껴질 정도다.

"보라. 이것이 내 위치다. 나는 숲속에 사는 한 평범한 사람일진대 그들이 나 한 사람을 얼마나 눈엣가시처럼 여기고 덤비느냐 말이다! 그들이 매주 반복해서 나에게는 가세한 세력이 없다고 거듭 퍼

뜨려야 할 만큼 나는 세력을 가지고 있는 것이다."

공격은 시내 쪽에서만 들어오는 게 아니다. 바다 건너 저기 멀리에서도 온다. 이렇게 외떨어진 섬에 있지만 여전히 비평가들의 목소리는 도달한다. 오만가지를 떠들어대는 인간들이 얼마나 많은가 말이다! 게다가 칭찬하는 자든 폄하하는 자든 모두 나에 대한 오해를 안고 떠들어대니 참을 수가 없다. 평가에 상관없이 어쨌든 내 작품에 대해 완전한 이해를 보여주는 것은 헨리 제임스 정도다.(더구나 그는 소설가이지 비평가가 아니다.) 뛰어난 개인이 어떤 분위기 속에 있으면 개인으로서는 상상도 못 할 정도의 집단적 편견을 갖게 된다는 것을, 이렇게 미친 집단으로부터 멀리 떨어진 곳에 있으면 정말 잘 알 듯한 기분이다. 이곳 생활이 초래한 이익 중 하나는, 유럽 문명을 그 바깥에서 편견에 사로잡히지 않은 눈으로 보는 법을 배운 점이다. 거스가 이렇게 말했단다.

"채링 크로스*의 주위 삼 마일 이내에서만 문학은 존재할 수 있다. 사모아는 건강을 위한 휴양지일지 모르지만 창작에는 적합하지 않은 곳 같다."

어떤 종류의 문학에 관해서는 이 말이 맞을지 모른다. 하지만 얼마나 협소하고 꽉 막힌 문학관이란 말인가!

오늘 우편배로 도착한 잡지의 갖가지 평론을 죽 훑어보니 내 작품에 대한 비난은 대체로 두 가지 입장인 것 같다. 하나는 성격적

* 런던의 스코틀랜드 가에 큰 고서점이 많이 모여 있는 광장.

혹은 심리적 작품을 지상으로 여기는 사람들, 또 하나는 극단적인 사실을 좋아하는 사람들이다.

성격적 내지는 심리적 소설이라고 과장스럽게 떠벌리는 작품이 있다. 이게 무슨 성가신 소리인가 싶다. 무엇 때문에 이렇게 너저분하게 성격 설명과 심리 설명을 해 보여야 하느냔 말이다. 성격이나 심리는 표면에 드러나니 행동에 의해서만 묘사해야 하는 것이 아닐까? 적어도 소양이 있는 작가라면 그렇게 할 것이다. 물에 잠기는 흘수가 얕은 배는 동요하게 마련이다. 빙산도 수면 밑에 숨은 부분이 훨씬 거대한 법이다. 대기실 안쪽까지 다 보이는 무대 같은, 발판을 치우지 않은 건물 같은 작품은 밋밋하다. 정교한 기계일수록 언뜻 보아 단순해 보이는 게 아닐까?

그런데 또 한편에서는 에밀 졸라 선생의 번잡한 사실주의가 서구 문단에 횡행한다고 들었다. 눈에 보이는 사물을 크건 작건 빠짐없이 열거하고, 이로써 자연의 진실을 묘사할 수 있다고 본다던가. 그 편협함이라니, 우스울 따름이다. 문학이란 선택이다. 작가의 눈이란 선택하는 눈이다. 절대로 현실을 그려내야만 한다고? 누가 온전한 현실을 포착해낼 수 있단 말인가? 현실은 가죽이고 작품은 신발이다. 신발은 가죽으로 이루어진 것이라고는 하나, 그냥 단순한 가죽이 아닌 것이다.

'줄거리가 없는 소설'이라는 이상한 것에 관해 생각해 보았는데 잘 모르겠다. 문단에서 너무 오랫동안 떨어져 있었기 때문에 내가 이제는 젊은 사람들의 말을 이해할 수 없게 되어 버린 것일까? 내 입장에서는 작품의 '줄거리' 내지 '이야기'는 척추동물의 척추 같은 것으로밖에 생각되지 않는다. '소설 속의 사건'에 대한 멸시는 아이가 억지로 어른처럼 보이려할 때 드러내는 하나의 시늉 같은 것이 아닐까? 『클라리사 할로』*와 『로빈슨 크루소』를 대비해 보라.

"그야 전자는 예술품이고 후자는 통속도 통속이려니와 유치한 옛날이야기 아닌가?"

누군가 이렇게 이야기할 게 뻔하다. 좋다. 분명 그것은 진실이다. 나는 이 의견을 절대적으로 지지한다. 하지만 이 말을 내뱉은 사람이 과연 『클라리사 할로』를 한 번이라도 통독한 적이 있을까? 또 『로빈슨 크루소』를 다섯 번 이상 읽지 않았을까? 그게 살짝 의심스러울 뿐이다.

이것은 몹시 어려운 문제다. 다만 말할 수 있는 것은 진실성과 흥미를 완전하게 함께 갖춘 것이 진정한 서사시라는 점이다. 모차르트 음악을 들어보라.

『로빈슨 크루소』를 말할 때는 당연히 내 『보물섬』이 문제가 된다. 이 작품의 가치에 관해서는 잠시 차치한다 치더라도, 이 작품에 내가 전력을 기울였다는 것을 대부분의 사람들이 믿어주지 않는 것이 참으로 이상하다. 나중에 『납치』나 『발란트래 경』을 썼을 때와 똑같은 진지함으로 나는 이 책을 썼다. 이상하게도 『보물섬』을 쓸 동안 나는 이것이 소년을 위한 읽을거리라는 걸 내내 완전히 잊고 있었다. 지금도 내가 처음 쓴 장편인 이 소년을 위한 읽을거리가

* 18세기 영국 작가 사무엘 리처드슨의 서간체 장편소설.

싫지 않다. 세상은 몰라준다. 내가 아이라는 것을. 그런데 내 안의 아이를 인정하는 사람들은 이제 내가 동시에 성인이라는 것을 이해하려 들지 않는다.

어른, 아이 이야기가 나온 김에 하나 더. 영국의 어쭙잖은 소설과 프랑스의 절묘한 소설에 관하여. (프랑스인들은 어째서 그렇게 소설을 잘 쓸까?) 『마담 보바리』는 의심의 여지없는 걸작이다. 그에 비해 『올리버 트위스트』는 얼마나 어린애 같은 가정소설이란 말인가! 그래도 나는 생각한다. 어른의 소설을 쓴 플로베르보다도 아이의 이야기를 남긴 디킨즈 쪽이 더 어른이 아닐까 하고. 다만 이런 사고방식에도 위험성은 있다. 이러한 의미의 어른은 결국 아무것도 안 쓰게 되지 않을까? 윌리엄 셰익스피어 씨가 성장해서 윌리엄 피트*가 되고, 채텀 경이 성장하여 이름도 없는 한 시정 사람이 되고.(?)

같은 말로 제각각 멋대로 다른 사항을 가리키거나, 같은 사항을 각각 다르게 짐짓 위엄 있는 말로 표현하면서 사람들은 질리지도 않고 논쟁을 거듭한다. 문명에서 떨어져 있으면 이게 얼마나 바보 같은지 한층 분명해진다. 심리학도 인식론도 아직 밀려들지 않은 이 외떨어진 섬의 투시탈라에게, 리얼리즘이다 로맨티시즘이다 하는 것은 어차피 기교상의 문제라고밖에 생각이 들지 않는다. 독자를 끌어들이는 그 방식의 차이이다. 독자를 납득시키는 것이 리얼리

* 윌리엄 피트(William Pitt the Elder, 1708~1778). 영국의 정치가로 이름이 같은 둘째 아들과 구분하고자 대 피트라고 부름.

즘. 독자를 매료시키는 것이 로맨티시즘.

7월 ×일

지난달 이후로 악성 감기도 점차 나아져서, 최근 이삼일 연달아 정박 중인 퀴라소 호에 놀러 갔다. 오늘아침은 일찍 시내로 내려가 로이드와 함께 정무장관 에밀 슈미트 씨 집에서 조찬 초대에 응했다. 그리고 나란히 퀴라소 호로 가서 점심식사도 함선 위에서 해결했다. 밤에는 풍크 박사 집에서 맥주 파티. 로이드는 일찍 돌아가고 나 혼자 호텔에서 묵을 작정으로 늦게까지 이야기를 나누었다. 그런데 호텔로 가던 길에 꽤 묘한 경험을 했다. 재미있었기에 적어두기로 한다.

맥주 다음으로 마신 버건디 와인이 꽤 셌는지 풍크 씨 집을 나섰을 때는 상당히 취한 상태였다. 호텔로 갈 작정으로 사오십 걸음 걸었을 때까지는 '취했다. 조심해야 해'라고 스스로 경계하는 마음가짐이 다소 있었지만, 그게 어느새 누그러져 이윽고 그 뒤로는 뭐가 뭔지 전혀 알 수 없게 되어 버렸다. 정신을 차리니 곰팡이 냄새가 나는 어두운 지면에 쓰러져 있었다. 흙냄새 나는 바람이 미지근하게 얼굴에 불었다. 그때 어렴풋이 각성된 내 의식 속으로 저 멀리서부터 점차 커지면서 다가오는 불덩어리처럼 확 달려든 것은, ―나중에 생각하니 정말 불가사의했는데, 나는 지면에 쓰러져 있는 동안에 쭉 내가 에든버러 시가지에 있다고 느낀 모양이었다―'여기는 아피아야. 에든버러가 아니라고'라는 생각이었다. 이 생각이 번뜩이자 순식간에 정신이 들었는데, 조금 있다 다시 의식이 몽롱해지기 시작했다. 멍한 의식 속에 묘한 광경이 떠올랐다. 거리에서 갑자기 복통을 일으킨 내가 서둘러 옆에 있는 커다란 건물 문으로 들어가 화장실을 쓰려고 하자, 마당을 쓸고 있던 문지기 노인이 날카롭게 몰아세웠다.

"무슨 일이오?"

"아, 잠깐, 화장실을 좀."

"아아, 그거라면 괜찮소."

어딘가 수상쩍다는 듯 한 번 더 나를 쳐다보고 다시 빗자루로 쓸기 시작했다.

"불쾌한 사람이구만. 뭐가 그거라면 괜찮다는 게야." …… 그것은 분명 이미 훨씬 옛날, 어딘가에서 — 이건 에든버러가 아니다. 아마 캘리포니아의 어느 마을에서 — 실제로 내가 경험한 일인데 …… 퍼뜩 정신이 들었다. 내가 쓰러진 코앞에는 높고 검은 울타리가 버티고 있었다. 밤늦은 아피아 시내여서 여기도 저기도 다 캄캄했는데, 이 높은 울타리는 여기에서 이십 야드 정도 가니 끊겨 있었고, 그 건너편에서 왠지 옅은 황색 빛이 흘러나오는 것 같았다. 나는 비틀비틀 일어서서 옆에 떨어져 있던 헬멧을 주워들고 그 곰팡내 같은 기분 나쁜 냄새가 나는 울타리 — 과거의 이상한 장면을 환기시킨 것은 이 냄새일지도 모른다 — 를 따라 빛이 새어 나오는 곳으로 걸어갔다. 울타리는 곧 끊겼고 그 안쪽을 들여다보니 훨씬 먼 쪽에 가로등이 하나, 아주 작게 망원경으로 본 것처럼 확실히 보였다. 거기는 다소 넓은 거리였고, 길 한쪽에는 지금의 그 울타리가 이어졌으며, 그 위로 밖을 내다보듯 잎이 무성한 나무가 아래로부터 옅은 빛을 받으며 와삭와삭 바람에 소리를 내고 있다. 이렇다 할 이유도 없이 나는 그 거리를 조금 가서 왼쪽으로 꺾으면 헤리엇 거리(내가 소년시절을 보낸 에든버러의)의 우리 집으로 갈 수 있을 거라 생각했다. 다시 아피아라는 것을 잊고 고향 거리에 있다는 착각이 들었던 모양이다. 잠시 빛을 향해 나아가던 중에 문득, 그러나 이번에는 분명하게 정신이 들었다.

'그래, 아피아라고, 여기는.' ―그러자 둔한 빛에 반사된 거리의 하얀 먼지와 내 신발이 더러워진 것이 확실하게 인지되었다. 여기는 아피아 시내이고 나는 지금 풍크 씨 집에서 호텔까지 걸어가는 도중이며, …… 하면서 겨우 온전하게 의식을 되찾은 것이다.

대뇌 조직의 어딘가에 틈이라도 벌어진 듯한 기분이 들었다. 취해서 쓰러진 것만도 아닌 듯했다.

어쩌면 이런 이상한 일을 상세히 적어두려는 것 자체가 이미 다소 병적인 건지도 모르겠다.

8월 ×일

의사에게 집필 행위를 금지당했다. 완전히 그만둘 수야 없는 노릇이지만, 요즘은 매일 아침 두세 시간 밭에서 지낸다. 이게 아주 괜찮은 것 같다. 코코아 재배로 하루 십 파운드나 벌면 문학 따위는 남한테 줘 버려도 되는데 말이다.

우리 집 밭에서 수확한 것―양배추, 토마토, 아스파라거스, 완두콩, 오렌지, 파인애플, 구스베리, 콜라비, 바르바딘 등등.

『세인트 아이브스』도 그렇게 만듦새가 별로인 건 아닌데 어쨌든 난항이다. 목하 로버트 옴의 『힌두스탄 역사』를 읽고 있는데 아주 재미있다. 18세기 풍의 충실한 비서정적 기술.

이삼일 전에 돌연 정박 중이던 군함에 출동명령이 내려지면서 연안을 회항하여 아투아 민간인 반군을 포격한다고 했다. 그저께 오전 중에 로트아누에서 들리는 포성이 우리를 위협했다. 오늘도 멀리서 쩌렁쩌렁한 포성이 들린다.

8월 ×일

바일레레 농장에서 야외 승마 경기가 있었다. 몸 상태가 괜찮길래 참가했다. 십사 마일 넘게 타고 다녔다. 유쾌하기 짝이 없다. 야만스러운 본능에 대한 호소. 옛 환희의 재현. 열일곱 살로 돌아간 것 같았다. '산다는 것은 욕망을 느끼는 것이다.' 초원을 질주하면서 말 위에서 의기양양하게 나는 생각했다. '청춘 시절 여인의 몸에 느낀 그 건전한 유혹을 온갖 사물에 대해 느끼는 것이다.'

그런데 낮 동안 유쾌했던 것과 반대로 밤의 피로와 육체적 고통은 정말이지 심했다. 오랜만에 느낀 즐거운 하루의 후유증인 만큼, 이 반동적 고통은 내 마음을 몹시 어둡게 했다.

옛날에 나는 내가 한 일에 관해 후회한 적이 없었다. 하지 않았던 일에만 언제나 후회를 느꼈다. 내가 택하지 않은 직업, 내가 굳이 하지 않았던(그러나 분명 할 기회는 있었던) 모험. 내가 부딪치지 않은 갖가지 경험 — 그런 것들을 생각하는 것이 욕심 많은 나를 안절부절못하게 한다. 그러나 요즘은 더 이상 그런 행위에 대한 순수한 욕구조차 점점 사라진다. 오늘 낮에 느낀 한 점 흐림 없는 기쁨마저 이제 두 번 다시 찾아오지 않겠구나 싶었다. 밤에 침실로 든 이후 피로 때문에 찾아온 집요한 기침이 천식 발작처럼 격하게 일어나고 또 관절 통증이 욱신욱신 파고드니, 그렇게 생각하지 않을 도리가 없었다.

내가 너무 오래 산 건 아닐까? 이전에도 한 번 죽음을 생각했던 적이 있다. 패니의 뒤를 쫓아 캘리포니아까지 건너가 극도의 빈곤과 극도의 쇠약함 속에서 친구들, 가족들과의 교류가 일체 끊어진 채 샌프란시스코의 빈민굴 하숙에서 신음하던 때다. 그때 나는 종종 죽음을 생각했다. 그러나 나는 그때 아직 삶의 기념비라고 할 만한 작품을 쓰지 못했다. 그것을 쓰기 전에는 도저히 죽을 수가 없었다. 그것은 나를 격려하고 나를 지탱해 준 귀한 친구들(나는 육친보다도 먼저 친구들을 생각했다)에 대한 배은망덕이기도 했기 때문이다. 그 때문에 나는 끼니조차 거르는 나날의 생활 속에서 이를 앙다물고 「해변가 모래언덕 위의 별장」을 썼던 것이다. 그러나 지금은 어떠한가? 이미 나는 내가 할 수 있는 한도의 일을 다 마친 게 아닐까? 그것이 기념비적으로 뛰어난 것인지 아닌지는 별도로 치고, 나는 어쨌든 쓸 수 있을 만큼 다 쓴 게 아닐까? 무리하게, ─ 이 집요한 기침과 그르릉 소리, 관절의 동통과 각혈과 피로 속에서 ─ 삶을 연장해야 할 이유가 어디에 있단 말인가? 병이 어떤 행위를 하고 싶다는 희망을 끊어놓은 이후로, 나에게 인생이란 오로지 문학뿐이게 되었다. 문학을 창작하는 것. 그것은 기쁨도 괴로움도 아니고, 그것은 그것이라고밖에 말할 수 없다. 따라서 내 생활은 행복하지도 불행하지도 않았다. 나는 누에였다. 누에가 스스로의 행복, 불행에 상관없이 고치를 만들지 않을 수 없듯, 나는 말의 실을 가지고 이야기 고치를 지었을 뿐이다. 가엽고 병든 누에가 마침내 그 고치를 다 만들었다. 그의 생존에는 이제 아무런 목적도 없는 게 아닐까?

"아니, 있지." 한 친구가 말했다. "변형하는 거야. 나방이 되어 고치를 다 먹어 치우고 날아가는 거지."

아주 적절한 비유다. 그러나 문제는 내 정신과 육체에 고치를 먹어 치울 정도의 힘이 과연 남아 있느냐다.

17

1894년 9월 ×일

어제 요리사 타로로가 말했다.

"양아버지가 다른 추장들과 같이 내일 무슨 의논을 하러 올라오겠답니다."

그의 양아버지 늙은 보에는 마타파 측의 정치범, 우리를 옥중 까바 주연에 초대해 준 추장들 중 한 사람이다. 그들은 지난달 말에 마침내 석방되었다. 보에가 감옥에 있을 동안에는 나도 꽤 신경을 써야 했다. 의사를 감옥 안으로 보내주기도 하고, 병 때문이라며 가출옥 수속을 밟아주기도 하고, 다시 감옥에 들어간 후에는 보증금 지불도 해 주었다.

오늘 아침 보에가 다른 여덟 명의 추장과 같이 찾아왔다. 그들은 흡연실로 들어가 사모아 식으로 빙 둘러 쭈그리고 앉았다. 그들의 대표자가 이야기를 시작했다.

"우리가 감옥에 있을 때 투시탈라는 우리에게 여간 아닌 동정을 기울여주었다. 이제 우리도 마침내 무조건으로 석방이 되었다. 어떻게든 투시탈라의 후의에 대한 감사를 표하고 싶어서 출옥 후에 곧바로 모두가 논의했다. 그런데 우리보다 먼저 출옥한 다른 추장들 중에는, 석방될 때의 조건 때문에 지금도 여전히 정부의 도로공사 노역을 하는 자가 여럿 있다. 그것을 보고 우리도 투시탈라를 위해 도로를 만들어 진정한 마음의 선물로 삼고자 결론이 하나로 모였는데, 이 선물을 꼭 받아주었으면 한다."

공공도로와 우리 집을 잇는 도로를 만들겠다는 것이다.

토인을 잘 아는 사람이라면 누구나 이런 이야기를 그리 신용하지 않겠지만, 어쨌든 나는 이 제안에 몹시 감격했다. 하지만 솔직하게 말하자면 이것은 내가 도구나 식사, 급료(아마 급료는 필요 없다고 하겠지만 결국 노인이나 병약한 사람들에 대한 위로금 형태로 주어야 할 것이다) 때문에 적지 않은 돈을 써야 하는 일이다.

그러나 그들은 여전히 이 계획을 계속 설명했다. 추장들은 지금부터 자기 부락으로 돌아가 일족 중에서 일할 수 있는 자를 모아올 것이다. 청년들 중 일부는 아피아 시내에 보트를 가지고 와서 살며 해안 거리를 지나 일하는 사람들에게 식량을 공급하는 역할을 할 것이다. 도구는 바일리마에서 융통해 주지만 결코 공사 후에 선물로 받아가지 않을 것이다…… 등등. 이것은 놀랄 만큼 사모아적이지 않은 근로 조건이다. 만약 이것이 실제로 이루어진다면 어쩌면 이 섬에서는 전대미문의 일이 되리라.

나는 그들에게 깊은 감사를 표현했다. 나는 그들의 대표자(이 남자를 나는 개인적으로 잘 모르는데)와 얼굴을 마주하고 앉았다. 그의 얼굴은 처음 인사할 때는 극히 격식 차린 느낌이었지만, 자진하여 투시탈라가 그들의 옥중에서의 유일한 친구였다는 것을 이야기하는 단계가 되자 갑자기 타오르는 듯한 순수한 감정을 드러냈다. 내가 우쭐해져서 이렇게 보는 게 아닐 것이다. 폴리네시아인의 가면—정말 이것은 백인에게는 결국 풀지 못할 태평양의 수수께끼이지만—이 이리도 완벽하게 벗어던져진 것을 나는 본 적이 없다.

9월 ×일

쾌청. 아침 일찍 그들이 왔다. 튼튼하고 얼굴도 평범한 청년들로만 즐비하다. 그들은 곧장 우리 집 신도로 공사에 착수했다. 늙은 보에는 꽤나 기분이 좋다. 이 계획으로 젊어진 것처럼 보였다. 빈번히 농담을 하고 바일리마 가족의 친구라는 것을 청년들에게 과시라도 하듯이 여기저기 돌아다닌다.

그들의 충동이 도로가 완성될 때까지 오래 가느냐 아니냐, 그건 내 입장에서 전혀 문제가 아니다. 그들이 그것을 기획했다는 사실. 그리고 사모아에서 아직껏 들어본 적 없는 일을 추진하여 실행하기 시작했다는 사실. —이것만으로 충분하다. 일단 생각해 보라. 이것은 다름 아닌 도로공사—사모아인들이 가장 꺼리고 싫어하는 것. 이 땅에서는 세금 징수에 다음으로 반란의 원인이 되는 것. 돈으로

든 형벌로든 쉽사리 그들을 유도할 수 없는 도로공사란 말이다.

이 하나의 사건으로 나는 내가 사모아에서 적어도 어떤 한 가지 일을 이루어낸 것이라 자랑해도 좋으리라. 나는 기쁘다. 정말로 어린아이처럼 기쁘다.

18

10월 들어 도로는 거의 완성되었다. 사모아인으로서는 놀랄만한 근면함과 속도였다. 이럴 경우에 종종 생기는 부락 간의 다툼도 거의 일어나지 않았다.

스티븐슨은 공사 완성 기념 축하 파티를 화려하게 열고자 했다. 그는 백인과 토인을 막론하고 섬 주인이던 사람들에게 남김없이 초대장을 보냈다. 그런데 놀랍게도 축하 파티가 가까워짐에 따라 백인 및 백인과 친한 토인들 일부에게서 그가 받게 된 답신은 모조리 참석을 거절하는 내용이었다. 아이처럼 순진한 스티븐슨이 여는 기쁨의 축하 파티를 사람들은 모두 정치적 기회라 간주하였고, 그가 반도들을 규합하여 정부에 대한 새로운 적의를 만들어내려고 한다고 생각했다. 그와 가장 친한 몇몇 사람들조차 이유는 쓰지 않은 채 출석할 수 없다는 뜻을 전해 왔다. 축하 파티에는 거의 토인들만 오게 되었다. 그래도 참석자는 어마어마한 수였다.

당일 스티븐슨은 사모아어로 감사의 연설을 했다. 며칠 전 영문 원고를 어떤 목사에게 주고 토인들 말로 번역해 달라고 했다.

그는 우선 여덟 명 추장들에게 깊은 감사의 인사를 하고, 이어서 모인 사람들에게 이 아름다운 제안이 이루어진 사정과 경과를 설명했다. 자신이 처음에는 이 제안을 거절하려고 했다는 것. 그것은 이 나라가 가난과 기아에 허덕이고 있고, 또 현재 그들 추장의 집과 부락들이 오랫동안 주인이 자리를 비웠기 때문에 정리정돈이 필요하다는 것을 자신이 잘 알고 있기 때문이라는 것. 그러나 결국 이를 받아들인 것은 이 공사가 주는 교훈이 천 그루의 빵나무보다 효과적이라고 생각했기 때문이며, 게다가 이 아름다운 호의를 받아들이는 것이 무엇보다도 참을 수 없을 만큼 기뻤기 때문이라는 사실을.

"추장들이여. 그대들이 일하는 것을 보고 내 마음은 따뜻해지는 기분이 들었습니다. 그것은 고마운 마음에서만이 아니라, 어떤 희망 때문이기도 했습니다. 나는 여기에서 사모아를 위해 무언가 좋은 일이 일어나리라는 약속을 읽어냈습니다. 그러니까 내가 말하고 싶은 것은 외적에 대한 용감한 전사로서의 그대들 시대는 벌써 끝났다는 것입니다. 이제 사모아를 지키는 길을 오로지 하나. 그것은 도로를 짓고 과수원을 만들고 나무를 심고 그것들을 판매하는 것까지 그대들 스스로의 손으로 잘 해내는 것입니다. 한마디로 자기 국토의 부원(富源)을 스스로의 손으로 개발하는 것입니다. 만약 그대들이 하지 않으면 피부색이 다른 사람들이 그런 일들을 해 버릴 것입니다.

자신들이 가진 것으로 그대들은 무엇을 합니까? 사바이이에서? 우폴에서? 투투일라에서? 그대들은 그것을 돼지들이 유린하는 대로 내버려 두고 있지 않습니까? 돼지들은 집을 태우고 과수를 베어내고 멋대로 해대지 않습니까? 그들은 나무를 심지도 않았으면서 베어내고, 씨를 뿌리지도 않았으면서 수확을 하고 있습니다. 그러나 신은 그대들을 위해 사모아 땅에 그 씨를 심어주신 것입니다. 풍요로운 땅과 아름다운 태양, 충분한 비를 그대들에게 주신 것입니다. 거듭 말하지만 그대들이 그것을 유지하고 그것을 개발하지 않는다면, 이윽고 다른 사람들에게 빼앗겨 버릴 것입니다. 그대들과 그대들의 자손은 모두 암흑의 바깥으로 내팽개쳐지고 그저 우는 수밖에 없을 것입니다. 내가 함부로 지어서 이야기하는 게 아닙니다. 나는 내 눈으로 그러한 실례를 봐 왔습니다."

스티븐슨은 자기가 본 아일랜드나 스코틀랜드의 하일랜드, 혹은 하와이의 원주민족들이 지금 겪고 있는 비참함에 관하여 이야기했다. 그리고 그들의 전철을 밟지 않기 위해 바야흐로 우리는 허리띠를 졸라매야 한다고도 말했다.

"나는 사모아와 사모아 사람들을 사랑합니다. 나는 마음으로부터 이 섬을 사랑하며 살아 있는 한 이 집에서 살고, 죽으면 묘지로 가리라 굳게 결심했습니다. 그러니 내가 하는 말이 입 끝으로만 내뱉는 경계라고 생각하면 안 됩니다.

바야흐로 그대들에게 커다란 위기가 닥쳐오고 있습니다. 지금 내가 이야기한 민족들과 같은 운명을 택해 버릴지, 아니면 이를 극복하여 그대들 자손이 조상들로부터 물려받은 이 땅에서 그대들의 기억을 찬미할 수 있게 할지, 그 마지막 위기가 다가오는 것입니다. 계약에 따라 토지위원회와 재판소장은 곧 임기를 마칠 것입니다.

그러면 토지는 그대들에게 되돌아올 것이고 그대들이 그것을 어떻게 사용하든 자유가 될 것입니다. 간악한 백인들 손이 뻗어오는 게 바로 그때입니다. 토지 측량기를 입수한 자들이 그대들 마을로 올게 틀림없습니다. 그대들에게 시련의 불이 지펴지기 시작할 것입니다. 그대들은 과연 금입니까? 납 조각입니까?

진정한 사모아인이라면 이를 극복해야 합니다. 어떻게냐고요? 얼굴을 검게 칠하고 싸우라는 것이 아닙니다. 집에 불을 놓으라는 것이 아닙니다. 돼지를 죽이고 상처 입힌 적의 목을 날리라는 것이 아닙니다. 그런 짓은 그대들을 한층 비참하게 만들 뿐입니다. 진정으로 사모아를 구원하는 사람이란, 도로를 열고 과수를 심으며 풍요롭게 수확하고 결국 신이 주신 풍부한 자원을 개발하는 사람이어야 합니다. 이러한 사람이 진정한 용사, 진정한 전사입니다. 추장들이여. 그대들은 투시탈라를 위해 일해 주었습니다. 투시탈라는 마음 깊은 곳으로부터 감사의 말씀을 올립니다. 그리고 모든 사모아인들이 그대들 모습에서 모범을 찾으면 좋겠습니다. 그러니까 이 섬의 추장이라는 추장, 섬사람이라는 섬사람이 모조리 도로 개척에, 농장 경영에, 자식 교육에, 자원 개발에 전력을 쏟는다면— 그것도 투시탈라에 대한 사랑 때문이 아니라 그대들의 동포, 자제, 나아가 아직 태어나지 않은 후대를 위해 그러한 노력을 기울인다면 얼마나 좋을지 모르겠습니다."

감사 인사라기보다 경고 내지 설득에 가까운 이 연설은 대성공이었다. 스티븐슨이 걱정한 만큼 난해하지 않았으며 그들 대부분에게 완전히 잘 이해된 듯한 모습이 그를 기쁘게 했다. 그는 소년처럼 기뻐하며 갈색 친구들 사이를 누비고 돌아다녔다.

신도로 옆에는 다음과 같은 토민어를 적은 표식이 세워졌다.

「감사의 도로」

우리가 옥중에서 신음의 나날을 보낼 때 보내주었던 투시탈라의 따스한 마음에 보답하고자 우리 지금 이 길을 선물하노라. 우리가 만든 이 길 늘 진창이 되지 않고 영원히 망가지지 않으리.

19

1894년 10월 ×일

내가 아직 마타파 이름을 거론하면 사람들(백인)은 묘한 표정을 한다. 마치 작년에 있던 연극 소문이라도 들은 때처럼. 어떤 사람은 또 실실 웃기 시작한다. 저열한 웃음이다. 다 제쳐두고라도 마타파 사건을 우스꽝스러운 것으로 만들어서는 안 된다. 한 작가의 동분서주만으로는 아무것도 해결되지 않는다. (소설가는 사실을 말해도 지어낸 이야기를 하는 게 아닌가 여겨지는 모양이다.) 누군가 실제적 지위를 가진 인물이 도와주면 안 된다.

전혀 면식이 없는 인물이지만 영국 하원 중에 사모아 문제에 관해 질문한 J.F.호건 씨 앞으로 편지를 썼다. 신문에 따르면 그는 두 번 세 번에 걸쳐 사모아 내분에 관한 질문을 했기 때문에 이 문제에 상당히 관심을 품고 있었던 사람으로 보였고, 질문 내용을 봐도 사정에 꽤나 정통한 듯했다. 이 의원 앞으로 보낸 서면에서 나는 거듭 마타파에게 내려진 유배형이 지나친 엄벌이라는 까닭을 설명했다. 특히 최근 반란을 일으킨 작은 타마세세의 경우와 비교하여 지나치게 편파적이라는 것을. 아무런 죄상을 지적할 수 없는 마타파(그는 이른바 시비에 걸려든 것에 불과하니까)가 천 해리나 떨어진 고도에 유배되었고, 한편 섬 내 백인들 섬멸을 표방하여 일어선 작은 마타세세는 소총 오십 정 몰수로 끝났다. 이런 바보 같은 이야기가 있단 말인가? 지금 얄루트에 있는 마타파에게는 가톨릭 목사 이외에 아무도 접근이 허용되지 않는다. 편지를 보낼 수도 없다. 최근에 그의 외동딸이 용감히 금기를 어기고 얄루트로 건너갔는데 발각되면 다시 연행되어 올 게 뻔했다.

천 해리 이내에 있는 그를 구출하기 위해 수만 해일 멀리 떨어진 나라의 여론을 움직여야 하다니 기묘한 이야기다.

만약 마타파가 사모아로 돌아올 수 있게 되면 그는 틀림없이 종교적 직분에 들어설 것이다. 그는 그 방면의 교육을 받았고 또 그럴 만한 인격도 되니까. 사모아까지는 바라지 않더라도 하다못해 피지섬 정도까지 올 수만 있다면, 그리고 고향의 그것과 다름없는 식사와 음료를 누리고, 욕심을 좀 더 내서 이따금 우리와 만날 수 있다면 얼마나 고마운 일일지.

10월 ×일

『세인트 아이브스』도 완성이 가까워졌는데 갑자기 『허미스턴의 둑』을 이어서 쓰고 싶어 다시 잡아들었다. 재작년 기필한 이후 몇 번이나 붙들었다가 몇 번이나 내던졌던가. 이번에야말로 어떻게든 마무리가 될 것 같다. 자신감이라기보다 왠지 모르게 그런 기분이 든다.

10월 ××일

이 세상에서 세월을 보내면 보낼수록 나는 한층 갈 곳 모를 어린아이 같은 느낌을 더 깊게 느낀다. 이 세상에 — 보는 것에, 듣는 것에, 이러한 생식의 형식에, 이러한 성장의 과정에, 우아하고 점잖은 삶의 표면과 야비하고 광기 어린 그 밑바닥의 대조에 — 이런 것들은 아무리 나이를 먹어도 나로서는 친숙해지기 어려운 것들이다. 나는 나이 들면 들수록 점점 벌거숭이가, 바보가 되는 듯한 기분이다.

'크면 알게 된단다.'

어린 시절 자주 들었던 말이지만 이건 명백한 거짓이다. 나는 모든 일을 점점 알 수 없어질 뿐이다. …… 분명히 이 때문에 불안하다. 하지만 또 한편으로는 이 때문에 삶에 대한 내 호기심이 없어지지 않는 것도 사실이다. 이 세상에는 '나에게 이 인생은 벌써 몇 번째 경험이야. 이제 나는 이생에서 배울 만한 게 더 이상 아무것도 없어'라는 얼굴을 한 노인이 정말 많다. 대체 어떤 노인이 이 인생을 두 번째 산다는 건가? 어떤 고령자든 그의 향후 생활은 그 입장에서야 처음 경험하는 것이 틀림없지 않은가? 다 깨달은 듯한 얼굴을 한 노인들을 나는 (내가 이른바 노인은 아니지만, 죽음과의 거리가 얼마나 짧은지로 연령을 재는 계신법에 따른다면 결단코 젊지는 않다) 경멸하고 혐오한다. 그 호기심 없는 눈길을 특히 '요즘 젊은 사람은' 이런 식의 능글대는 말투(단순히 이 별 위에 태어난 것이 기껏 이삼십 년 일렀다는 사실만으로 자기 의견에 대한 존중을 상대방에게 강요하려는, 그런 식의 말투)를 혐오한다.

Quod curiositate cognoverunt superbia amiserunt.

"그들이 놀람으로써 인정한 것을 오만함으로 잃을지니."

나는 병마의 고통이 나에게 그리 심하게 호기심을 마모시키지 않은 것이 기쁘다.

11월 ×일

오후에 한창 더울 때 나는 혼자 아피아 가도를 걸었다. 길에서 언뜻언뜻 하얀 불꽃이 일고 있었다. 눈부셨다. 가도의 끝까지 내다보아도 사람 한 명 보이지 않았다. 길 오른쪽으로는 사탕수수밭이 초록색 완만한 기복을 보이며 훨씬 북쪽까지 이어지고, 그 끝에는 타오르듯 짙푸른 남색 태평양이 돌비늘 끝자락 같은 작은 주름을 접으면서 둥글고 크게 부풀어 올라 있었다. 푸른 불꽃으로 흔들리는 대해원이 유리색 하늘과 이어지는 부근은, 금가루 섞인 수증기에 부예져서 허옇게 아롱져 보였다. 길 왼쪽에는 거대한 양치식물 족들의 협곡을 사이에 두고 번쩍번쩍 풍요로운 초록의 범람 위에 타파 산 정상인지 돌출된 짙은 보라색 능선이 눈부신 연무 사이로 보인다. 고요했다. 사탕수수 잎 스치는 소리 외에 아무것도 들리지 않았다.

나는 내 짧은 그림자를 보면서 걸었다. 상당히 오래 걸었다. 문득 묘한 일이 일어났다. 내가 나에게 물은 것이다. 나는 누구냐고. 이름 따위는 부호에 불과하다. 대체 너는 누구지? 이 열대의 하얀 길에 말라비틀어진 그림자를 떨구고 터덜터덜 걸어가는 너는? 물처럼 지상으로 와서 이윽고 바람처럼 떠나갈 너, 이름 없는 자는?

배우의 혼이 몸을 빠져나가 객석에 앉아 무대의 자신을 바라보는 듯한 꼴이었다. 혼이 그 껍데기에 묻고 있다. 너는 누구냐고. 그리고 집요하게 이리저리 노려보며 다닌다. 나는 소름 끼쳤다. 나는 현기증을 느끼며 쓰러졌고 간신히 근처 토인의 집으로 들어가 쉴 수 있었다.

이런 허탈의 순간은 내 습관 안에 없다. 어릴 적 한때 나를 괴롭힌 적이 있는 영원한 수수께끼 '나의 의식'에 대한 의문이 오랜 잠복기 이후 돌연 이러한 발작으로 다시 엄습해 오리라고는.

생명력이 쇠퇴한 것일까? 그러나 요즘은 이삼 개월 전에 비하여 몸 상태도 훨씬 좋다. 기분의 파도가 꽤 오르내리기는 하지만 정신적 활기도 상당히 되찾았다. 풍경 같은 것을 바라보아도 요즘은 강렬한 그 색채로부터 처음 남해를 보았을 때와 같은 매력을 (누구든 열대에 삼사 년 정도 살면 그것을 상실하는 법이다) 다시 느끼고 있을 정도이다. 사는 힘이 쇠퇴했을 리는 없다. 그저 최근에 다소 쉽사리 흥분하게 된 것은 사실이며, 그럴 때 수년 동안 마치 망각되어 있던 어떤 정경 같은 것이 불에 그슬면 나타나는 그림처럼 갑자기 또렷하게 그 색과 냄새와 빛까지 선명하게 머릿속에 되살아날 때가 있다.

왠지 약간 기분이 나쁠 정도로.

11월 ×일

정신의 이상한 고양과 이상한 침울함이 번갈아 찾아온다. 그것도 심할 때는 하루에 몇 번이고 되풀이해서.

어제 오후 스콜이 지나간 다음 저녁에 언덕 위에서 말을 타고 있던 때에, 갑자기 어떤 황홀한 것에 마음을 빼앗긴 듯 느꼈다. 그 순간 멀리 바라보이는 눈 아래의 숲, 골짜기, 바위로부터 그것들이 크게 경사지며 바다로 이어지기까지의 풍경이 비가 그친 뒤 석양 속에서 점점 선명함이 더해지며 떠올랐다. 아주 먼 곳 지붕, 창문, 나무들까지 동판화 같은 윤곽으로 하나하나 분명하게 보였다. 시각만이 아니다. 온갖 감각기관이 일시에 긴장하고 혹은 초월적인 것이 정신에 깃드는 것을 느꼈다. 어떤 착잡한 논리의 왜곡도, 어떤 미묘한 심리의 그늘도, 지금은 간과하지 않으리라 여겨졌다. 나는 거의 행복하기까지 했다.

어젯밤 『허미스턴의 둑』 쓰기는 큰 진척이 있었다.

그런데 오늘 아침 그 심각한 반동이 왔다. 위장 언저리가 둔하고 묵직하게 괴로운 느낌이 들면서 기분이 개운하지 않았다. 책상에 앉아 어젯밤에 이어 네댓 장이나 썼을 무렵 나는 펜을 멈추었다. 어떻게 진행할지 고민되어 팔을 괴고 있을 때, 휙 하며 비참한 한 남자 생애의 환영이 머릿속을 지나쳐갔다. 그 남자는 심한 폐병을 앓고 고집이 세며 차마 눈 뜨고 보기 어려우리만치 우쭐대는 성격에 같잖은 허세꾼이고, 재능도 없는 주제에 남 못지않은 예술가인 체하며, 약한 몸을 혹사시켜서는 스타일만 있고 내용은 없는 졸작을 마구 써대고, 실생활에서는 그 어린애 같은 잘난 체 때문에 사사건건 사람들에게 조소를 받고 가정 안에서는 연상의 아내에게 끊임없이 압박받으며, 결국은 남양의 끝에서 울고 싶을 만큼 북방의 고향을 생각하다가 비참하게 죽어간다.

얼핏 일순간의 섬광처럼 이러한 사내의 일생이 떠올랐다. 나는 훅하고 명치를 강하게 찔린 듯한 느낌이 들어 의자 위에 맥없이 쓰러졌다. 식은땀이 났다.

조금 있다 나는 회복했다. 이건 몸 상태 탓이다. 이런 바보 같은 생각이 떠오르다니.

하지만 내 일생의 평가 위에 문득 들어온 그 그림자는 좀처럼 불식될 것 같지 않았다.

Ne suis-je pas un faux accord
Dans la divine symphonie?
신이 지휘하는 교향악 중에서
나는 장단이 벗어난 현악기 아닌가?

밤 8시쯤 완전히 원기를 회복했다. 지금까지 적어두었던 분량의 『허미스턴의 둑』을 다시 읽어보았다. 나쁘지 않다. 나쁘지 않은 정도겠는가!

오늘 아침은 잠시 어떻게 됐던 것이다. 내가 형편없는 문학자라고? 사상이 얄팍하다는 둥 철학이 없다는 둥 그렇게 말하고 싶은 놈들은 멋대로 떠들어대라지. 요컨대 문학은 기술이다. 개념을 가지고 나를 경멸하는 녀석도 실제로 내 작품을 읽어보면 불평 없이 매료될 게 뻔하다. 나는 내 작품의 애독자다. 쓸 때는 몹시 싫은 기분이 들고 이런 게 무슨 가치가 있을까 싶다가도 다음 날 다시 읽어보면 나는 반드시 내 작품의 매력에 사로잡혀 버린다. 재단사가 옷감을 자르는 기술에 자신이 있는 것처럼, 나는 무언가를 그리는 기술에 자신감을 가져도 되는 것이다. 네가 쓰는 글인데 그렇게 형편없는 작품이 나올 턱이 없다. 안심하라! R.L.S. !

11월 ××일

진정한 예술은 (가령 루소의 그것과 똑같지 않더라도 어떠한 형태에서는) 자기고백이어야 한다는 논의를 잡지에서 읽었다. 여러 가지 말들이 있을 수 있다. 자기 애인의 정사 이야기와 자기 자식 자랑, (또 하나 어젯밤 꾼 꿈 이야기도) — 당사자야 재미있겠지만 타인 입장에서 이것만큼 시시껄렁하고 바보 같은 게 있을까?

추기 — 일단 침대에 누워서 갖가지 생각을 하던 끝에 위의 생각을 약간 정정한다. 자기 고백을 쓸 수 없다는 것은, 인간으로서의 치명적 결함일지도 모른다는 데에 생각이 미쳤다. (그것이 동시에 작가로서의 결함이 될지 안 될지는 내 입장에서 매우 중요한 문제이다. 어떤 사람들 입장에서는 지극히 간단하고 자명한 문제 같지만.) 간단히 말해 내가 『데이비드 코퍼필드』를 쓸 수 있을지 없을지 생각해 보았다. 쓸 수 없다. 왜냐고? 나는 그 위대하면서도 범용한 대작가만큼 내 과거

생활에 자신감을 가질 수가 없으니까. 단순하고 평명한 그 대작가보다도 훨씬 심각하고 진지하게 고뇌해 왔다고 생각하면서도 나는 내 과거에(라는 것은 현재에, 라는 말도 된단 말이야. 정신 차려! R.L.S.) 자신이 없다. 유소년 시절의 종교적 분위기. 그것은 많이 쓸 수 있고, 또 많이 쓰기도 했다. 청년시절의 치정과 야단법석, 아버지와의 충돌. 이것도 쓰려면 쓸 수 있다. 오히려 비평가 제군들을 기쁘게 할 정도로 아주 심각하게 말이다. 결혼 사정. 이것도 못 쓸 건 없다. (노년에 가까워 이제 여자가 아니게 된 아내를 눈앞에 보면서 이것을 쓰는 게 적잖이 괴로운 일임에 틀림없지만) 그러나 패니와의 결혼을 결심하면서 동시에 내가 다른 여자들에게 무엇을 말하고 무엇을 했었는지를 쓰기란? 물론 쓴다면 일부 비평가는 기뻐할지 모른다. 심각하기 짝이 없는 걸작의 탄생이라나 뭐라나 하면서 말이다. 그러나 나는 쓸 수 없다. 유감스럽게도 나는 당시의 생활이나 행위를 긍정할 수 없기 때문이다. 긍정할 수 없는 것은 내 윤리관이 무릇 예술가답지 않게 얄팍하기 때문이라고 보는 사람이 있다는 것도 잘 안다. 인간의 복잡성을 밑바닥까지 꿰뚫어 보려는 그 견해도 일단 이해 못 할 건 아니다. (적어도 타인의 경우라면.) 허나 결국 온몸으로는 이해하지 못한다. (나는 단순 활달함을 사랑한다. 햄릿보다 돈키호테를. 돈키호테보다 달타냥을.) 얄팍하든 어떻든 내 윤리관은 (내 경우 윤리관도 심미감과 같다) 그것을 긍정할 수 없다. 그렇다면 당시 왜 그런 짓을 했던가? 모르겠다. 전혀 모르겠다. 옛날에는 자주 '변명은 신만이 아신다'고 중얼거렸지만. 지금은 벌거숭이가 되어 두 손을 짚고 온몸에 땀을 흘리며 '모르겠습니다'라고 아뢸 뿐이다.

나는 패니를 진정 사랑했던가? 두려운 질문이다. 두려운 일이다. 이것도 모르겠다. 어쨌든 아는 것은 내가 그녀와 결혼해서 지금에 이르고 있다는 사실뿐이다. (애초 사랑이란 무언인가? 이것부터 알고 있는가? 정의를 요구하는 게 아니다. 자기 경험 속에서 곧바로 뽑아낼 수 있는 대답을 가지고 있는가 하는 점이다. 오오, 만천하의 독자제군들! 제군들은 알고 계시는가? 여러 소설 속에서 여러 애인들을 그린 소설가 로버트 루이스 스티븐슨 씨가 놀랍게도 나이 마흔이 넘도록 아직 사랑이 무엇인지 깨닫지 못했다는 것을. 하지만 놀랄 것 없다. 시험 삼아 예로부터의 온갖 대작가를 잡아 와서 직접 얼굴을 보고 이 단순하기 짝 없는 질문을 내놓아 보시기를. 밀튼이든 스콧이든 스위프트든 몰리에르든 라브레든, 하다못해 셰익스피어 그 사람조차 의외로 놀랄 만큼 비상식 내지 미숙함을 폭로할 것이 틀림없을 테니까.)

요컨대 문제는 작품과 작자 생활의 간극이다. 슬프게도 작품에 비해 생활이 (인간이) 너무 낮다. 나는 내 작품의 찌꺼기일까? 스프를 우려낸 찌꺼기 같다. 이제 와서 생각한다. 나는 지금까지 이야기를 쓰는 것밖에 생각한 적이 없었다. 그 하나의 목적을 향해 통일된 생활을 스스로 아름답다고까지 느꼈다. 물론 작품을 쓰는 것이 동시에 인간수업이 되지 않은 것은 아니다. 분명 되기는 했다. 그러나 이 이상 인간적 완성에 이바지하는 바가 많은 길이 달리 없었을까? (다른 세계 — 행위의 세계가 병약한 자신에 대해 닫혀 있었기 때문이라는 식으로 말하면 비겁한 발뺌일 것이다. 평생 병상에 있으면서도 여전히 수행할 길은 있다. 물론 그러한 환자가 달성하는 바는 너무 편협한 것이기 십상이지만) 나는 너무도 이야기의 길(그 기교적인 방면)에만 지나치게 몰입했던 게 아닐까? 막연한 자기완성만을 목표로 생활에 하나의 실제적 초점을 갖지 않는 자(헨리 데이비드 소로*를 보라)의 위험성을 충분히 고려해서 말하는 것이다. 예전에 너무 싫었고 앞으로도 좋아할 일 없을 것 같은 (왜냐하면 지금 남양의 궁핍한 내 서고에 그의 작품이 한 권도 꽂혀있지 않기 때문이지만) 그 바이마르의 재상 괴테를 문득 떠올린다. 그 남자는 적어도 스프를 우려낸 찌꺼기는 아니다. 아니 오히려 반대로 작품이 그의 찌꺼기이다. 아아! 내 경우는 문학자로서의 명성이 부당하게도 내 인간적 완성(혹은 미숙함)을 너무 추월했다. 가공할 위험성이다.

여기까지 생각하니 묘한 불안감을 느낀다. 지금 생각을 더 철저히 추궁하면 내 기존 모든 작품을 폐기해야 하는 것은 아닐까? 이것은 절망적인 불안이다. 지금까지 내 생활의 절대전제자와도 같은 '창작'보다 더 권위 있는 무언가가 나타난다는 것은.

그러나 한편으로 습관이나 운명이 된 그 문학을 나열하는 것의 영묘한 기쁨, 마음에 드는 장면을 묘사하는 즐거움이 나를 내버리리라는 것은 손톱만큼도 생각할 수 없다. 집필은 언제까지고 내 생활의 중심일 것이며 또 그래도 지장이 없는 것이다. 그렇지만 — 두려워할 것 없다. 나에게는 용기가 있다. 나는 나에게 일어난 변화를 두려움 없이 맞아야 한다. 누에가 나방이 되어 날기 위해서는 지금까지 자기가 짜낸 아름다운 누에고치를 무참하게 깨부수고 먹어 치

* 헨리 데이비드 소로(Henry David Thoreau, 1817~1862). 물질문명을 비판한 미국의 사상가이자 문학자.

워야 하는 것이다.

11월 ××일

우편선이 오는 날, 에든버러판 전집 첫째 권이 도착했다. 장정, 종이 질 기타 등등에 대체로 만족한다.

편지와 잡지를 한바탕 다 읽고 나니 유럽에 있는 친구들과 나의 사고방식 차이가 더 커진 것을 느낀다. 내가 너무 통속적(비문학적)으로 된 것이거나 아니면 그들이 너무 협소한 사고방식에 사로잡힌 것이거나 어느 한쪽일 게다. 예전에 나는 법률 같은 것을 공부하는 무리들로부터 비웃음을 샀다. (그러면서 나 자신이 변호사 자격을 가지고 있으니 웃기는 일이지만) 법률이란 어떤 영역 안에 있어서만 권위를 갖는 것. 그 복잡한 기구에 정통함을 자랑한들 그것이 보편적인 인간적 가치를 갖는 것은 아니라고 생각했기 때문이다.

그런데 지금 나는 문학권에 관해서도 똑같은 말을 할 수 있다. 영국 문학, 프랑스 문학, 독일 문학, 기껏 넓어봐야 구미 내지는 백인종 문학. 그들은 그러한 영역을 설정하고 자기 기호를 신성한 규칙 같은 것으로까지 치켜 올리고, 다른 세계에는 통용될 법하지도 않은 그 특수하고 좁아터진 약속 아래에서만 우월감을 과시하는 듯 보인다. 이것은 백인종 세계 바깥에 있는 사람이 아니면 모른다. 물론 이것도 문학에만 한하는 게 아니다. 인간이나 생활의 평가 상에도 서구문명은, 어쩌면 특수한 표준을 만들어 내서 그것을 절대 보편적인 것이라 믿는다. 그렇게 한정된 평가방식밖에 모르는 인간은 태평양 토착민 인격이 지닌 미점이나 생활의 장점 같은 것은 아예 알지도 못하는 것이다.

11월 ××일

남양의 섬에서 섬으로 건너다니는 백인 행상인들 중에는 극히 드물게 (물론 대부분은 제 잇속만 챙기는 간교한 장사치들뿐이지만) 다음 두 유형의 인간을 보게 될 때가 있다. 그 하나는 푼돈이라도 모아 고향으로 돌아가 여생을 안락하게 보내려는 듯한 생각(이게 보통 남양 행상인들의 목적이다) 따위는 전혀 갖지 않고, 그저 남양의 풍광, 생활, 기후, 항해를 사랑하고, 남양을 떠나고 싶지 않다는 이유만으로 지금의 장사를 그만두지 못하는 사람. 둘째는 남양과 방랑을 사랑하는 점에서는 같지만, 이쪽은 훨씬 비꼬이고 극렬한 방식으로 문명사회를 일부러 백안시하며 이른바 살면서 제 뼈를 남양의 비바람에 드러낸다고 해도 좋을 허무적인 사람.

오늘 시내 술집에서 이 두 번째 유형의 사람 중 하나를 만나게 되었다. 마흔 전후의 남자로 내 옆 테이블에서 혼자 술을 마시고 있었다. (다리를 꼰 무릎 언저리를 부들부들 떨면서.) 옷차림은 좀 심했지만 얼굴 생김새는 예리하고 지적이었다. 눈이 빨갛게 탁한 것은 분명 술 때문이겠지만, 거칠어진 피부에 입술만 유난히 붉은 것이 다소 기분 나빴다. 겨우 한 시간도 안 되는 대화였지만, 이 사내가 영국의 일류 대학을 나온 것만은 확실하게 알 수 있었다. 이런 항구 마을에서는 드물게 완벽한 영어였다. 잡화 행상인이라면서 통가에서 왔는데 다음 배편으로 토켈라우로 건너간단다. (그는 물론 내가 누구인지 모른다.) 장사에 관해서는 아무 것도 떠들어대지 않는다. 섬들마다 백인이 옮긴 악질적인 병에 관해 약간 이야기했다. 그리고 자기에게는 아무것도 없다는 것. 아내도 자식도 집도 건강도 희망도. 무엇이 그를 이런 생활로 접어들게 했는가 하는 나의 어리석은 질문에 대해서는 이렇게 말하고 웃으면서 가볍게 헛기침을 했다.

"특별히 딱 집어 말할 수 있는 소설 같은 원인 따위는 없어요. 그리고 이런 생활이라고 말씀하셨는데, 지금 제 생활이 그리 특수한 것도 아니지 않습니까? 인간이라는 형태를 가지고 태어났다는 한층 특수한 사정에 비하면 말이에요."

이건 저항하기 어려운 니힐리즘이다. 집으로 돌아가 잠자리에 들어서도 이 사내가 한 말, 지극히 정중하지만 어찌 구원할 도리도 없는 어조가 귀에 들러붙은 듯해서 견딜 수가 없다. Strange are the ways of men(사람 사는 방식은 낯설도다).

여기 정착하기 전에 스쿠너를 타고 섬들을 돌아다니던 동안에도 나는 사실 여러 사람을 만났었다.

백인은커녕 토인조차 드문 마르케사스 섬 뒤쪽 해안에 스스로 작은 오두막을 짓고 그저 혼자 (바다와 하늘과 야자수 사이에 완전히 홀로) 한 권의 번즈와 한 권의 셰익스피어를 벗 삼아 살고 있는(그리고 약간의 후회도 없이 그 땅에 뼈를 묻으려 하는) 미국인도 있었다. 그는 배목수였는데, 젊은 시절 남양에 관해 쓴 책을 읽고 열대 바다에 대한 동경을 참지 못해 결국 고국을 뛰쳐나와 그 섬에 와서 그대로 정착해 버린 것이다. 내가 그 해안에 들렀을 때 그는 시를 지어 보내주었다.

어떤 스코틀랜드인은 태평양 섬들 중에서 가장 신비로운 이스터 섬(그곳은 지금은 절멸된 선주민족이 남긴 괴이하고 거대한 우상이 무수히 온 섬을 뒤덮고 있다)에 잠시 살며 시체 운반자로 일한 다음 다시 섬에서 섬으로 방랑을 지속했다. 어느 날 아침 배 위에서 면도를 하고 있을 때 그를 뒤에서 선장이 불렀다.

"이봐! 어떻게 된 거야? 자네 귀를 잘라 떨어뜨렸잖아!"

정신이 드니 그는 자기 귀를 베어 떨어뜨렸는데 심지어 그걸 모르고 있었단다. 그는 곧바로 결심을 하고 나병의 섬 몰로카이로 옮겨 살며, 그곳에서 불평도 없고 후회도 없는 여생을 보냈다. 그 저주받은 섬을 내가 찾아갔을 때 이 남자는 지극히 쾌활한 모습으로 과거 자신의 모험담을 들려주었다.

아베마마 섬의 독재자 템비녹*은 지금 어떻게 지낼까? 왕관 대신 헬멧을 쓰고 스카우트 같은 짧은 킬트를 입으며 유럽식 각반 게트르를 찬 이 남양의 구스타프 아돌프**는 진귀한 것을 아주 좋아해서 붉은 길 바로 아래 그의 창고에는 스토브가 잔뜩 구매되어 있었다. 그는 백인을 세 종류로 구별했다. '나를 조금 속인 자', '나를 상당히 속인 자', '나를 너무도 심하게 속인 자'. 내 범선이 그의 섬을 떠나려 할 때 호기롭고 순박한 이 독재자는 거의 눈물까지 글썽이며 '그를 조금도 속이지 않은 자'인 나를 위해 이별의 노래를 불렀다. 그는 그 섬에서 단 한 명의 음유시인이기도 했으니까.

하와이의 카라카우아*** 왕은 어떻게 지낼까? 총명하고 그러면서

…………

* 템비녹(Tembinok, 1878~1891). 길버트 제도 안의 아베마마 섬 등의 지도자.

** 재위 중(1611~1632) 스웨덴을 유럽의 강국으로 끌어올린 왕 구스타프 아돌프(Gustav Adolf) 2세에 비유.

*** 카라카우아(Kalākaua, 1836~1891). 하와이 왕국 최후의 군주.

도 늘 서글픈 느낌의 카라카우아. 태평양 인종 중에서 나와 대등하게 막스 뮐러를 논할 수 있는 유일한 인물. 예전에는 폴리네시아의 대동단결을 꿈꾸던 그도 지금은 자국의 쇠망을 눈앞에 보며 조용히 체념하고 허버트 스펜서라도 빠져서 읽고 있겠지.

한밤중에 잠들지 못한 채로 멀리 파도 소리에 귀를 기울이고 있으니 새파란 조류와 상쾌한 무역풍 사이에서 내가 만나온 다양한 인간 모습들이 잇따라 한도 끝도 없이 떠올랐다.

진정 사람이란 꿈이 만들어지기라도 하는 물질임에 틀림없다. 그러면서 그 꿈과 꿈들이 얼마나 다양하고 또 얼마나 서글프게도 우스운가 말이다!

11월 ××일

『허미스턴의 둑』 제8장 완성.

이 작업도 마침내 궤도를 탄 게 느껴진다. 겨우 대상을 분명히 잡을 수 있게 되었다. 쓰면서 나 스스로도 무언가 묵직하고 두툼한 것을 느낀다. 『지킬 박사와 하이드 씨』나 『납치』의 경우는 빨리 쓸 수 있었지만, 쓰는 중에 확고한 자신이 없었다. 혹시나 멋진 작품이 될지도 모르지만, 어쩌면 완전히 독선적이고 부끄러운 졸작이 될지도 모른다는 두려움이 있었다. 펜이 나 말고 다른 무언가에 이끌려 그 뒤를 좇아다니는 형상이었기 때문이다. 그런데 이번에는 다르다. 마찬가지로 즐겁고 빨리 진행되기는 하지만, 이번에는 명백히 내가 모든 작중인물의 고삐를 단단히 틀어주고 있다. 만듦새 정도도 스스로 확실히 알 것 같다. 흥분한 자만심으로가 아니라 침착한

계측으로 말이다. 이것은 최저치 견적을 내보더라도 『카트리오나』보다 위에 자리할 것이다. 아직 완결되지는 않았지만 그것만은 확실하다.

섬 속담에도 있다.

'상어인지 가다랑어인지는 꼬리만 보면 안다'고.

12월 1일

밤은 아직 밝지 않았다.

나는 언덕에 서 있다.

밤새 내리던 비는 겨우 멎었지만 바람은 아직 강하다. 바로 발아래에서부터 넓어지는 큰 경사의 저편, 납빛 바다를 긁으며 서쪽으로 달려가는 구름이 얼마나 빠른지. 구름 사이로 이따금 새벽에 가까워지는 둔한 흰색이 바다와 들판 위로 흐른다. 천지는 아직 색채를 갖지 못했다. 북구의 초겨울과 닮은 냉랭한 느낌이다.

습기를 머금은 열풍이 제대로 불어 닥친다. 나는 대왕야자 줄기에 몸을 기대고 간신히 서 있다. 무언가 불안과 기대 같은 것이 가슴 한구석에 끓어오르는 것을 느끼면서.

어젯밤에도 나는 오랫동안 베란다에 나가 거친 바람과 그에 섞인 빗방울을 몸에 맞았다. 오늘 아침에도 이렇게 강한 바람에 거스르며 서 있다. 무언가 격렬한 것, 흉포한 것, 폭풍우 같은 것에 훅 부딪치고 싶다. 그렇게 함으로써 나를 하나의 제한 안에 가두고 있는 껍질을 때려 부수고 싶다. 얼마나 통쾌한가! 사람 몸의 준엄한 의지를 거슬러 구름과 물과 언덕 사이에 홀연히 혼자 잠 깨어 있는 일이!

나는 점차 영웅적인 기분이 들었다. 'O! Moments big as years(오! 순간들이 몇 년 같은지)'라든가 'I die, I faint, I fail(나는 죽어가노라, 나는 기절하노라, 나는 패배하노라)'라든가 하릴없는 시구들을 외쳐댔다. 생활의 잔해나 협잡물을 쓸어내 줄 무슨 일이 일어날 게 틀림없다는 기쁜 예감에 나는 가슴이 부풀었다.

한 시간이나 그렇게 하고 있었을까?

이윽고 눈 아래 세계가 한순간에 모습을 바꾸었다. 색채 없는 세계가 순식간에 넘칠 만큼의 색채로 빛나기 시작했다. 여기에서는 보이지 않는, 동쪽 바위 끝이 향한 저편에서 해가 나온 것이다. 얼마나 신비로운 마술인지! 지금까지의 회색 세계는 바야흐로 촉촉이 빛나는 사프란색, 유황색, 장미색, 황갈색, 주홍색, 터키석 색, 오렌지색, 군청색, 제비꽃 색 — 모두 새틴 같은 광택을 띠고 눈이 멀 것 같은 그 색채들에 물들었다. 황금빛 꽃가루를 띄운 아침 하늘, 숲, 바위, 절벽, 풀밭, 야자수 아래의 마을, 붉은 코코아 껍데기가 수북이 쌓인 아름다움.

한순간의 기적을 눈앞에 보면서 나는 바로 지금 내 안에 있던 밤이 저 멀리 도망쳐 사라지는 것을 기분 좋게 느꼈다.

나는 의기양양하게 집으로 돌아왔다.

20

12월 3일 아침, 스티븐슨은 평소대로 세 시간 정도 『허미스턴의 둑』을 구술하고 이소벨에게 받아쓰게 했다. 오후에 서신을 몇 통 썼기 때문에 저녁 가까이 되어 부엌으로 나와 반찬 준비를 하는 아내 옆에서 농담을 하면서 샐러드를 섞기도 했다. 그리고 버건디 포도주를 꺼낸다면서 지하 계단으로 내려갔다. 병을 들고 아내 옆으로 돌아왔을 때 갑자기 그는 병을 손에서 떨어뜨리고 이렇게 말하며 그 자리에서 혼절했다.

"머리! 머리가!"

곧바로 침실로 옮겨지고 세 명의 의사가 불려왔지만 그는 두 번 다시 의식을 회복하지 못했다.

'폐 마비를 동반한 뇌일혈'

이것이 의사의 진단이었다.

이튿날 아침 바일리마는 토인 조문객들이 보낸 야생 꽃, 꽃, 꽃들로 묻혀버렸다.

로이드는 자발적으로 일하기를 청한 이백 명의 토인을 지휘하여 새벽부터 바에아 산꼭대기로 가는 길을 열었다. 그 산꼭대기야말로 스티븐슨이 생전에 납골지로 지정해 둔 장소였다.

바람이 숨죽인 오후 2시에 출관이 이루어졌다. 건장한 사모아 청년들의 릴레이로 숲속 새로운 길을 통해 산꼭대기로 운구되었다.

4시에 예순 명의 사모아인과 열아홉 명의 유럽인 앞에서 스티븐슨의 몸이 묻혔다.

해발 천삼백 피트, 시트론과 판다누스에 둘러싸인 산 정상의 공터였다.

고인이 생전에 가족과 하인들을 위해 만든 기도문 하나가 그대로 읊어졌다. 숨이 막힐 정도로 강한 시트론 향기가 가득 찬 공기 속에 모인 사람들은 고요히 고개를 숙였다. 무덤 앞을 꽉 메운 새하얀 백합 꽃잎 위에 벨벳의 광택을 띤 큰 검은범나비가 날개를 쉬고 새근거리고 있었다. ……

한 늙은 추장이 붉은 구릿빛 주름투성이 얼굴에 눈물 줄기를 보이며—삶의 기쁨에 취해 정신을 못 차리는 남국 사람이기에 죽음에 대해 절망적 애상을 품고—낮게 중얼거렸다.

"투파(잠들라)! 투시탈라."

남도 이야기

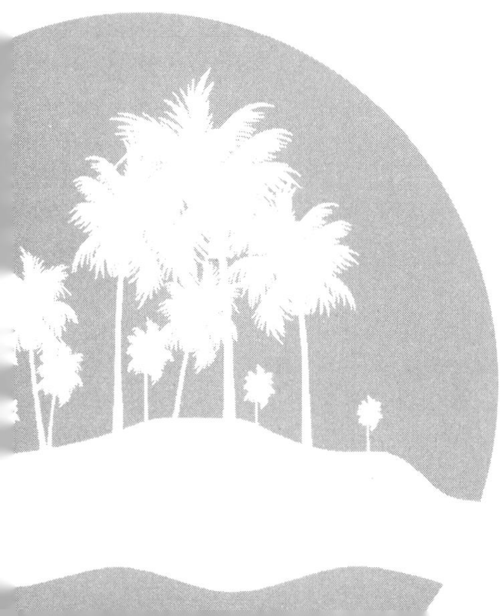

행복

옛날 이 섬에 몹시도 가여운 한 사내가 있었다. 이 지역에는 나이를 헤아린다는 부자연스러운 습관이 없었으므로 몇 살인지 확실하지는 않지만 그리 젊지 않은 것만은 분명했다. 머리카락이 아주 오글거리지도 않고 코끝이 완전히 납작하지도 않았기에 이 사내의 못난 용모는 사람들이 인상을 쓰거나 웃어버리는 대상이었다. 게다가 입술도 얇고 얼굴색에도 보기 좋은 흑단 같은 광택이 없다는 점이 이 사내의 못생긴 외모를 한층 더 심하게 만들었다.

이 사내는 어쩌면 섬에서 제일가는 가난뱅이였을 것이다. 우도우드라 부르는 구부러진 옥돌 같은 것이 팔라우 지방의 화폐이자 보물인데, 물론 이 사내는 우도우드 같은 것은 하나도 가지지 못했다. 우도우드를 갖지 못할 정도였으니 이게 있어야 비로소 얻을 수 있는 아내 역시 가질 수가 없었다. 그저 홀로 섬 최고 장로[루바크] 집안의 헛간 한 귀퉁이에 살며 가장 비천한 머슴으로 일했다. 집안의 온갖 비루한 일들을 이 사내 혼자 해야 했다. 게으름뱅이가 다 모인 이 섬 안에서 이 사내 혼자만 나태할 짬이 없었다.

아침에는 망고가 무성히 자란 곳에서 지저귀는 아침 새보다 일찍 일어나 물고기를 잡으러 나선다. 피스칸 단창으로 큰 문어를 잡다가 잘못하여 문어가 가슴팍과 배에 들러붙는 바람에 온몸이 부어오른 적도 있다. 거대한 물고기 타마카이에 쫓겨 목숨이 위태로운 지경에서 카누에 간신히 올라탄 적도 있다. 대야만 한 대왕조개 아킴에게 다리를 물릴 뻔한 적도 있다.

낮이 되어 섬의 모든 사람이 나무 그늘이나 집 안 대자리 위에서 꾸벅꾸벅 낮잠을 잘 때에도 이 사내만은 집 안 청소, 헛간 짓기, 야자 꿀 따기, 야자 새끼줄 꼬기, 지붕 잇기, 가구 만들기 등으로 눈이 뱅글뱅글 돌 만큼 바빴다. 이 사내의 살갗에는 스콜 뒤의 들쥐처럼 언제나 땀이 흠뻑 나 있었다. 예전부터 여자의 일로 정해져 있는 토란 밭 손질 일[무세이] 외에는 처음부터 끝까지 이 사내 혼자 일했다. 태양이 서쪽 바다로 들어가고 커다란 빵나무 우듬지에서 큰 박쥐가 날아 돌아다닐 무렵이 되어야 겨우 이 사내는 개나 고양이에게나 줄 법한 쿠카오 토란 꼬투리와 생선 찌꺼기를 먹게 되었다. 그리고 피로에 절은 몸을 딱딱한 대자리 위에 누이고 잠이 들었다 — 팔라우 말로 하자면 모 바즈, 즉 돌이 되는 것이다.

그의 주인인 이 섬의 제일 장로는 팔라우 지방 — 북쪽은 이 섬에서부터 남쪽은 멀리 페릴류 섬에 이르는 — 을 통틀어 손꼽히는 부자이다. 이 섬의 토란 밭 절반, 야자 숲의 삼 분의 이는 그의 소유다. 그의 집 부엌에는 최상급 대모갑 접시가 천정까지 높이 쌓여 있다. 그는 매일 바다거북 기름이나 돌에 구운 새끼 돼지, 인어의 태아나 새끼 박쥐 찜구이 같은 미식을 물릴 정도로 많이 먹었으므로, 그의 배는 기름져 새끼를 밴 돼지처럼 불룩 튀어나왔다.

그의 집에는 옛 선조 중 한 사람이 카양겔 섬을 물리쳤을 때 적의 대장을 단 일격으로 해치웠다는 명예로운 투창이 보존되어 있다. 그가 소유한 우도우드는 대모 거북이 바닷가에서 한 번에 낳는 알의 수만큼 많다. 그중에서 가장 귀하고 커다란 돌화폐[바칼]는 환초 밖에서 설쳐대는 톱상어조차 한눈에 보고 놀라 도망칠 정도의 위력을 지니고 있다. 지금 섬 중앙에 높이 솟아서 박쥐 모양으로 장식되고 끝이 휘어 올라간 지붕의 바이(대집합소)를 지은 것도, 섬 주민 일동의 자랑거리인 새빨간 뱀 머리의 커다란 전투 배를 만든 것도 모두 이 엄청난 지배자[무레델]의 권세와 돈의 힘이다. 그의 아내는 겉보기로야 한 명이지만 근친상간의 금기가 허락하는 범위 내에서 실제로는 그 수가 무한하다고 봐도 될 것이다.

이 엄청난 권력자의 머슴이자 가엽고 못생긴 외톨이는 신분이 별 볼 일 없었으니 주인인 제일 장로는 물론이고, 두 번째 세 번째 네 번째 장로 앞을 지날 때에도 일어서서 걸을 수가 없었다. 반드시 포복하여 무릎으로 기어서 지나쳐야 했다. 만약 카누를 타고 바다로 나가 있을 때 장로의 배가 가까이 다가오기라도 하면 이 비천한 사내는 카누 위에서 물속으로 뛰어들어야 한다. 배 위에서 인사하는 식의 무례는 절대 허용되지 않았다. 어느 때 그런 상황에 닥쳐서 그가 조심스럽게 물속으로 뛰어들려고 하자, 상어 한 마리가 눈에 들어왔다. 그가 주저하는 것을 본 장로의 수하가 화를 내며 막대기를 던져서 그의 왼쪽 눈에 상처를 입혔다. 어쩔 수 없이 그는 상어가 헤엄치고 있는 물속으로 뛰어들었다. 그 상어가 세 치만 더 큰 녀석이었더라면, 그는 발가락 세 개를 뜯어 먹히는 정도로 끝나지 못했을 터였다.

이 섬에서 저 멀리 남쪽으로 떨어진 문화의 중심지 코로르 섬에는 이미 살갗이 흰 사람들이 전염시켰다는 나쁜 병이 침투해 있었다. 그 병은 두 가지였다. 하나는 신성한 하늘의 비밀스러운 일을 방해하는 수상쩍은 병이었는데, 코로르에서는 남자가 이 병에 걸렸을 때는 남자 병이라 부르고 여자가 걸릴 경우에는 여자 병이라 일컬었다. 또 하나는 극히 미묘해서 징후를 쉽사리 파악하기 어려운 병으로, 가벼운 기침이 나고 얼굴색이 창백해지며 몸이 지치고 쇠약해지다가 어느새 죽는 병이었다. 피를 토하는 경우도 있는가 하면 토하지 않는 경우도 있었다. 이 이야기의 주인공인 가여운 사내는 아무래도 후자의 병에 걸린 듯했다. 끊임없이 마른기침을 하게 되었고 피곤했다. 아미아카 나뭇잎 싹을 으깨서 그 즙을 마시고 판다누스[오골] 뿌리를 달여 마셔도 전혀 효과가 없었다. 그의 주인이 그것을 알게 되었는데, 불쌍한 머슴이 불쌍한 병에 걸린 것이 아주 딱 어울린다고 생각했다. 그리고 이 머슴의 일은 점점 더 늘어났다.

하지만 불쌍한 사내는 매우 현명한 사람이어서 자기 운명을 특별히 괴롭다고 여기지 않았다. 주인이 아무리 가혹해도 자신에게 여전히 보는 것이나 듣는 것, 숨 쉬는 것까지 금지하지는 않았으니 고맙게 여겼다. 자신에게 부과된 일이 아무리 많아도 아직 여자들의 신성한 천직인 무세이만은 제외된 것을 고맙게 여기려 했다. 상어가 있는 바다에 뛰어들어 발가락 세 개를 잃은 것은 불행 같지만, 그래도 다리를 통째로 뜯어 먹히지 않은 것을 감사하자. 마른기침이 나고 쉽게 지치는 병에 걸려 괴로워도, 피로라는 병과 동시에 남자병까지 앓는 사람도 있다는 것을 떠올리면 적어도 병 하나는 면한 셈이다. 머리카락이 마른 해초처럼 뽀글뽀글하지 않은 것은 분명 용모 상 치명적인 결함임에 틀림없지만, 완전히 황폐해진 붉은 흙 언덕[아케즈]처럼 전혀 머리카락이 없는 사람이 있다는 것도 나는 안다. 코가 납작하게 짓밟힌 바나나 밭의 개구리처럼 주저앉지 않은 것도 몹시 부끄러운 게 분명했지만, 그래도 완전히 코가 썩어 없어져 버린 병에 걸린 남자들도 섬에는 둘이나 있었다.

하지만 이 정도나 자족을 잘 아는 사내일지언정 역시 병이 중한 것보다는 가벼운 쪽이 나았고, 한낮의 태양이 내리쪼이는 아래에서 혹사당하기보다는 나무 그늘에서 낮잠 자는 게 좋은 것이야 당연했다. 불쌍하고 현명한 사내도 때로는 신들에게 빌 때가 있었다.

'병의 괴로움이든 노동의 괴로움이든 어느 한쪽이라도 조금만 줄여 주시옵소서. 만약 이 소원이 너무 큰 욕심이 아니라면, 제발.'

타로 토란을 바치며 그가 기원한 곳은 야자집게 카타츠츠와 지렁이 우라즈 신을 모신 사당이었다. 이 두 신은 모두 힘 있는 악신으로 유명하다. 팔라우 신들 중 선한 신에게는 공물을 바치는 경우가 거의 없다. 비위를 맞추지 않아도 천벌을 받지 않는다는 것쯤은 알고 있기 때문에. 이에 반하여 악한 신은 늘 극진하게 제사를 받고 많은 제사음식이 바쳐진다. 해일이나 폭풍우나 유행병은 모두 나쁜 신의 분노에서 생기기 때문이다. 그런데 힘 있는 악신인 야자집게와 지렁이가 불쌍한 사내의 기원을 들어준 것이었을까? 어쨌든 그로부터 조금 지나 어느 밤 이 사내는 묘한 꿈을 꾸었다.

꿈속에서 불쌍한 머슴은 어느새 장로가 되어 있었다. 그가 앉아 있는 것은 본채 중앙, 가장이 있을 만한 자리였다. 사람들은 모두 그저 좋다 좋다 하며 그의 말을 따랐다. 그의 비위를 상하게 하는 것은 아닐까 싶어 전전긍긍 두려워하는 듯했다. 그에게는 아내도 있었다. 그의 식사 준비에 바쁜 하녀들도 많다. 그의 앞에 차려진 식탁 위에는 돼지 통구이나 새빨갛게 데친 맹그로브 게와 푸른 정각 방 거북의 알이 산처럼 쌓여 있다. 뜻밖의 일에 놀랐다. 꿈속이지만 꿈이 아닐까 의심했다. 불안해서 견딜 수가 없었다.

이튿날 아침잠에서 깨니 그는 지붕이 부서지고 기둥이 휘어버린 평소의 헛간 구석에 누워 있었다. 희한하게 아침새 우는 소리도 못 듣고 자는 바람에 집안사람 한 명에게 흠씬 두들겨 맞았다.

다음날 밤 꿈속에서 그는 다시 장로가 되었다. 이번에는 그도 지난 밤만큼 놀라지는 않았다. 하인에게 내리는 명령도 전날 밤보다 상당히 거만해졌다. 식탁에는 이번에도 산해진미가 높다랗게 올라가 있었다. 아내는 근골이 튼튼하고 흠잡을 데 없는 미인이었으며, 판다누스 잎으로 짠 새 깔개에 앉으니 기분도 산뜻하고 시원해서 정말 흡족했다. 그러나 아침이 되자 여전히 지저분한 헛간 안에서 잠을 깼다. 하루 종일 격한 노동에 쫓기고 식사라고는 쿠카오 토란 꼬투리와 생선 찌꺼기밖에 얻어먹지 못하는 것도 지금까지와 같았다.

다음날 밤에도, 그 다음다음 날 밤에도, 그리고 매일 밤 계속해서 불쌍한 머슴은 꿈속에서 장로가 되었다. 그의 장로 행세는 점점 그럴듯해졌다. 진수성찬을 보고도 이제 처음처럼 천박하게 걸신들린

듯 먹는 짓은 하지 않았다. 아내와 다툼을 벌이는 일도 늘어났다. 아내 이외의 여자에게 손을 댈 수 있다는 것을 안 지도 꽤 된다. 섬 주민들을 턱으로 부리며 배의 짐칸을 만들게 하거나 제사를 지내기도 했다. 사제[코론]에게 이끌려 신 앞으로 나아가는 그의 장엄한 모습에 섬 주민들은 한결같이 옛 영웅의 재래가 아니냐며 경탄했다. 그를 모시는 하인 중에 낮에 그의 주인인 제일 장로를 떠오르게 하는 사내가 있었다. 이 사내가 그를 두려워하는 모습은 우스울 정도였다. 그게 재미있어서 그는 제일 장로와 닮은 이 하인에게 가장 가혹한 노동을 분부했다. 고기잡이를 시키고 야자꿀 채집도 시켰다. 자신이 타는 뱃길에 마침 있었다며 이 하인을 카누에서 상어가 헤엄치는 물속으로 뛰어들게 한 적도 있다. 가여운 하인이 당황하고 쩔쩔매며 두려워하는 모습이 그에게 몹시 만족감을 주었다.

낮의 격심한 노동과 가혹한 대우도 이제 그에게 더 이상 탄식을 내뱉게 하지 않았다. 현명한 체념의 말을 스스로에게 들려줄 필요도 없어졌다. 밤의 즐거움을 떠올리면 낮의 고생 따위는 전혀 대수롭지 않았기 때문이다. 하루의 힘든 일을 다 마치고 지쳐도 그는 자못 즐거운 미소를 띠며 빛나고 영화로운 꿈을 꾸기 위해 기둥이 부러질 것 같은 지저분한 잠자리로 서둘러갔다. 그러고 보니 꿈속에서 먹는 미식 덕분인지 그는 요즘 들어 눈에 띄게 살이 붙었다. 얼굴색도 완전히 좋아지고 마른기침도 어느새 하지 않게 되었다. 보기에도 생기를 띠고 젊어졌다.

마침 불쌍하고 못생긴 독신자 머슴이 이러한 꿈을 꾸기 시작하던 무렵부터, 한편으로 그의 주인인 부유한 제일 장로 역시 기이한 꿈을 꾸게 되었다. 고귀한 제일 장로는 비참하고 천박한 머슴이 되었다. 그는 고기잡이부터 야자꿀 채집, 야자 새끼줄 꼬기부터 빵 열매 따기나 카누 만들기에 이르기까지 온갖 노동을 해야 했다. 이렇게 일이 많으면 팔이 무수히 달린 지네라고 해도 다 못할 것이라 여겨질 정도였다. 그러한 일들을 시키는 주인이라는 사람은 바로 낮에 자기의 가장 비천한 머슴으로 일하는 사내였다. 이 사내가 얼마나 심술맞는지 잇따라 무리한 일을 시킨다. 큰 문어가 몸에 들러붙고 대왕조개에는 다리를 물린 데다가 상어에게 발가락을 뜯어 먹혔다. 먹는 거라고는 토란 꼬투리와 생선 찌꺼기뿐. 매일 아침 그가 본채 중앙의 사치스러운 깔개 위에서 잠을 깰 때면, 몸은 간밤의 노동으로 녹초가 되어 온몸의 마디마디가 욱신욱신 아팠다. 매일 밤 이러한 꿈을 꾸는 사이에 제일 장로의 몸에서 점점 기름기가 걷히고 튀어나왔던 배가 점점 들어갔다. 토란 꼬투리와 생선 찌꺼기만 먹으면 누구든 살이 빠질 수밖에 없다. 달이 세 번 차고 기우는 사이에 장로는 처량하게 쇠락해갔고 이상한 마른기침까지 하게 되었다.

마침내 장로가 화를 내며 머슴을 불렀다. 꿈속에서 자기를 괴롭히던 증오스러운 사내를 실컷 벌주고자 결심한 것이다.

하지만 눈앞에 나타난 머슴은 예전의 그 비실비실하고 마른기침을 하며 부들부들 두려움에 떨고 불쌍해 보이던 소심한 사내가 아니었다. 어느샌가 통통하게 살이 붙고 얼굴빛도 생기가 넘치며 기운이 솟구쳐 보였다. 게다가 그 태도가 너무도 자신감에 차서, 비록 말투는 정중했지만 아무리 봐도 이쪽이 턱으로 부리는 것을 참고 있을 사람으로는 도저히 보이지 않았다. 여유가 넘치는 그 미소를 보는 것만으로 장로는 상대방의 우세에 완전히 압도되어 버리고 말았다. 꿈속에서 학대받던 공포감마저 되살아나 그를 위협했다. 꿈의 세계와 낮의 세계, 어느 쪽이 더 현실인가 하는 의문이 퍼뜩 그의 머리를 스쳤다. 비쩍 마르고 쇠약해진 자기 같은 사람이 이제 와서 큰소리치며 이 당당한 사내를 야단칠 수 있으리라고는 상상도 되지 않았다.

장로는 자신도 예상치 못한 만큼 은근한 말투로 머슴을 향해 그가 건강을 회복한 경위를 물었다. 사내는 자세하게 꿈 이야기를 했다. 어떻게 그가 매일 밤 미식을 질리도록 먹었는지. 얼마나 하인들에게 떠받들어지며 기분 좋은 안일함을 즐겼는지. 얼마나 많은 여자들에 의해 천국의 즐거움을 맛보았는지.

머슴의 이야기를 다 듣고 장로는 너무 놀랐다. 머슴의 꿈과 자신의 꿈이 이렇게 놀랄 만큼 일치하는 것은 대체 무엇에 근거하는 것일까? 꿈 세계의 영양 상태가 각성한 세계의 육체에 미치는 영향 또한 이다지도 대단하다는 말인가? 꿈 세계가 낮 세계와 마찬가지로 (혹은 그 이상으로) 현실이라는 사실은 이제 의심할 여지가 없었다. 그는 부끄러움을 참고 하인에게 자기가 매일 밤 꾼 꿈을 이야기해 주었다. 어떻게 자기가 밤마다 격심한 노동을 강요당했는지. 어떻게 토란 꼬투리와 생선 찌꺼기만으로 참아야 했는지.

머슴은 그 이야기를 듣고 전혀 놀라지 않았다. 그럴 줄 알았다는 표정으로 이미 다 알고 있던 사실을 듣는 듯 만족스러운 미소를 띠며 의젓하게 고개를 끄덕였다. 그 얼굴은 정말이지 썰물 후의 개펄 속에 배가 불러 잠든 바다뱀장어처럼 지상의 행복에 빛나고 있었다.

이 사내는 꿈이 낮 세계보다도 한층 현실이라는 것을 이미 확신하고 있는 것이리라. 아아, 마음속으로 한숨을 뱉어내며 불쌍한 부자 주인은 가난하고 똑똑한 하인의 얼굴을 부럽다는 듯 바라보았다.

× × ×

이 이야기는 지금은 세상에 없는 오르왕가르 섬의 옛날이야기이다. 오르왕가르 섬은 지금으로부터 팔십 년 정도 전의 어느 날 갑자기 주민들과 함께 바다 밑으로 가라앉아 버렸다. 이후로 이처럼 행복한 꿈을 꾸는 사람이 팔라우에는 없다고 한다.

부부

지금도 팔라우 본섬, 특히 기왈에서 가라르드에 걸치는 섬사람들 중에 길라 코시상과 그 아내 에비르 이야기를 모르는 사람이 없다.

가쿠라오 부락의 길라 코시상은 매우 얌전한 남자였다. 그 아내 에비르는 꽤나 정이 많아 부락 이 사람 저 사람과 항상 뜬소문을 흘리는 바람에 남편을 슬프게 만들었다. 에비르는 바람둥이라서(이럴 때 '이지만'이라는 접속사를 사용하고 싶어 하는 것은 온대지방 사람의 논리에 불과하다) 또 대단한 질투의 화신이기도 했다. 자기 바람기에 대해 남편이 응당 바람기로 보복하리라는 것을 극도로 두려워했던 것이다. 남편이 길 한가운데를 걷지 않고 왼쪽으로 치우쳐 걸으면 그 왼쪽 집들 여자들은 에비르의 의심을 받았다. 반대로 오른쪽으로 치우쳐 가면 오른쪽 집들 여자들에게 마음이 있는 것이라며 길라 코시상은 채근당했다. 마을의 평화와 자기 영혼의 안정을 위해 가여운 길라 코시상은, 좁은 길 한가운데를 왼쪽으로도 오른쪽으로도 눈길을 주지 않고 그저 발아래 하얗고 눈부신 모래만 응시하면서

주뼛주뼛 걸어야 했다.

팔라우 지방에서는 치정에 얽힌 여자끼리의 싸움을 헤를리스라 이름 붙였다. 애인을 빼앗긴 (혹은 빼앗겼다고 생각한) 여자가 연적이 있는 곳으로 들이닥쳐서 싸움을 도발하는 것이다. 싸움은 늘 여러 사람들이 빙 둘러선 곳에서 당당하게 이루어졌다. 어떤 사람도 그 중재를 시도하는 것은 허용되지 않았다. 사람들은 즐거운 흥분 속에서 구경할 뿐이다. 이 싸움은 단순히 말싸움에서 멈추는 것이 아니라 완력으로 최후의 승부를 가른다. 다만 무기나 날붙이 종류를 쓰지 않는 것이 원칙이다. 두 검은 여자들이 소리 지르고 아우성치며 밀치고 꼬집고 울고 쓰러진다. 옷이 — 옛날에는 옷을 걸치는 습관이 별로 없었지만 그만큼 얼마 안 되는 피복은 절대 필요최소한의 것이었다. — 잡아 뜯겨 찢어지는 것은 말할 나위도 없다. 대부분의 경우는 옷을 모조리 잡아 뜯겨서 마침내 서서 걷지 못할 지경이 된 쪽이 패배로 판정받는다. 그렇게 되기까지 물론 양쪽 다 꼬집힌 상처와 긁힌 상처가 서른 군데나 쉰 군데는 생긴 상태다. 결국 상대를 알몸뚱이로 만들어 쓰러뜨린 여자가 개선가를 올리고, 정사를 해도 타당한 자로 인정받으며, 지금까지 엄정하게 중립을 유지하며 구경하던 사람들로부터 축복을 받는다. 승자는 늘 옳으며 천우신조와 축복을 받는 자이기 때문이다.

그런데 길라 코시상의 아내 에비르는 유부녀든 아가씨든, 여자가 아닌 여자를 뺀 온갖 마을 여자들에게 이 헤를리스를 걸었다. 그리고 거의 모든 경우에서 상대방 여자를 꼬집고 할퀴고 밀쳐낸 끝에 알몸뚱이로 만들어 버렸다. 에비르는 팔다리가 모두 두꺼웠고 기운

이 워낙 좋은 여자였다. 에비르의 바람기는 모든 사람들이 다 잘 아는 사실이었음에도 불구하고 그녀의 수많은 정사는 결과적으로 옳은 것이었다고 할 수밖에 없다. 헤를리스 승리라는 부동의 빛나는 증거가 있기 때문이다. 이처럼 실증을 수반한 편견만큼 단호한 것은 없었다. 실제로 에비르는 그녀의 현실적 정사가 항상 정의로우며, 남편의 상상된 정사는 항상 부정하다고 굳게 믿었다. 이렇게 되니 가여운 사람은 길라 코시상이다. 아내의 입심과 완력에 의한 매일 매일의 시련 외에도 이런 부동의 증거를 앞에 두고 그는 정말로 아내가 옳고 자신이 부정할지도 모른다는 양심적인 회의 때문에 괴로워해야 했다. 어떤 우연이 그를 찾아와주지 않았다면 그는 매일 매일의 무게 때문에 압사당했을지 모른다.

그 무렵 팔라우 섬들에는 모고르라 불리는 제도가 있었다. 헤르데베헬이라는 남자들 조합의 공동 가옥[아 바이]으로 미혼의 여자가 들어가 지내며 취사를 하는 한편 창부 같은 일도 하는 것이다. 그 여자는 반드시 다른 부락에서 온다. 자발적으로 오는 경우도 있고 전투에서 패배한 결과 강제적으로 보내진 경우도 있다.

길라 코시상이 살고 있던 가쿠라오 부락의 아 바이로 어쩌다 그레판 부락의 여자가 모고르로 왔다. 이름은 리메이였고 대단한 미인이었다.

길라 코시상이 처음 이 여자를 아 바이의 안쪽 취사장에서 봤을 때, 그는 멍하니 한동안 서 있었다. 그 여자의 흑단나무로 만든 오래된 신상(神像) 같은 아름다움에 감동받아서만이 아니다. 무언가 운명적인 예감 — 이 여자에 의해서만 자신이 지금 아내의 압제로부터 도망칠 수 있을지도 모른다는, 서글프면서도 몹시 타산적인 예감—이 든 것이다. 그의 이러한 예감은 그를 마주 바라보는 여자의 열정적인 응시(리메이는 아주 긴 눈썹과 크고 검은 눈을 지니고 있었다)에 의해 더욱 강하게 뒷받침되었다. 그날 이후 길라 코시상과 리메이는 사랑하는 사이가 되었다.

모고르 여자는 혼자서 남자들 조합 회원 모두를 대해야 하는 경우도 있는가 하면, 어떤 특별한 소수나 단 한 사람만 대하는 경우도 있다. 그것은 그녀 자유에 맡겨진 것이었으며 조합 쪽에서 강제할 수 없는 일이었다. 리메이는 기혼자인 길라 코시상 한 사람만을 택했다. 남성성을 자랑하는 청년들의 추파나 꼬임도, 그 밖의 어떤 미묘한 도발적 수단도 그녀의 마음을 끌지 못했다.

길라 코시상 입장에서는 이제 세상이 완전히 변했다. 아내의 검은 구름 같은 중압에도 불구하고, 밖에는 여전히 태양이 빛나고 창공에는 흰 구름이 아름답게 흘렀으며 나무들에서는 작은 새가 지저귀는 것을 그는 최근 십 년 만에 처음 발견한 듯 느꼈다.

에비르의 형형한 혜안이 남편 안색의 변화를 놓칠 리 없었다. 그녀는 곧바로 그 원인을 파고들었다. 어느 밤 남편에게 철저히 캐물어 따진 다음, 이튿날 아침 남자들 조합의 아 바이를 향해 나섰다. 남편을 빼앗아 가려는 가증스러운 리메이에게 감연히 헤믈리스 도전장을 던지고자, 불가사리의 공격을 받는 대왕문어 같은 맹렬함으로 그녀는 아 바이 안으로 쳐들어갔다.

하지만 불가사리라고 여겼던 상대방은 뜻밖에도 전기가오리였다. 단번에 잡아버리겠다며 덤벼든 대왕문어는 금세 손발을 얼얼하게 찔리고 퇴각해야 했다. 골수에 사무치는 증오를 오른팔에 꾹꾹 담아 내찌른 에비르의 일격은 그 곱절의 힘으로 튕겨져 나갔고 적의 옆구리를 움켜쥐려는 그녀의 손목은 속절없이 비틀렸다. 분해서 반은 울며 혼신의 힘을 다해 몸으로 부딪치려 했으나, 리메이가 절묘하게 몸을 돌려 피하는 바람에 에비르는 앞으로 고꾸라져서 악 소리가 날 정도로 이마를 기둥에 부딪쳤다. 눈앞이 캄캄해지며 쓰러지자 상대의 공격이 들어오며 눈 깜박할 사이에 에비르의 옷은 모조리 찢겨나갔다.

에비르가 졌다.

과거 십 년 동안 무적임을 자랑하던 여장부 에비르가 가장 중요한 헤를리스에서 참패를 맛본 것이다. 아 바이의 기둥마다 새겨진 기괴한 신상의 얼굴들도 뜻밖의 일에 눈을 크게 뜨고, 천정 어두운 곳에 매달려 잠에만 빠져 있던 박쥐들도 이 희한한 일에 놀라 밖으로 뛰쳐나왔다. 아 바이의 벽 틈으로 이를 처음부터 끝까지 엿보고 있던 남편 길라 코시상은 반은 놀라고 반은 기쁜 마음이었지만, 두려움에 망설였다. 리메이에게 구원을 받을지 모른다는 예감이 실현되려는 것은 고마웠지만, 어찌됐든 무적의 에비르가 패배한 이 큰일을 앞에 두고 도대체 이 사태를 어떻게 생각해야 좋을지, 또한 이 사건이 자신에게 어떻게 영향을 미칠지 너무 두려워 갈피를 잡을 수가 없었던 것이다.

에비르가 긁힌 상처투성이의 몸에 실오라기 하나 걸치지 못하고 머리카락 잘린 삼손처럼 기운 없이 앞을 가린 채 집으로 돌아왔다. 이미 습관이 되어 버린 비굴함 탓에 길라 코시상은 리메이와 같이 아 바이에 머물며 승리의 환희를 나누지 못하고, 그만 기개도 없이 패배한 아내 뒤를 따라 어슬렁어슬렁 집으로 왔다.

처음으로 패배의 비참함을 알게 된 여걸은 이틀 낮 이틀 밤을 억울함에 울고 울었다. 삼 일째가 되어 겨우 울음을 그치더니 이번에는 맹렬한 욕설로 그 울음소리를 대신했다. 분한 눈물 아래로 이틀 밤낮으로 침잠해 있던 질투와 분노가 이제 무시무시한 포효가 되어 연약한 남편 위로 작렬했다.

야자 잎을 때리는 스콜처럼 빵나무에 우는 매미 떼 합창처럼 환초 밖에서 미친 듯 날뛰는 노도처럼, 온갖 매도와 욕설이 남편에게로 쏟아졌다. 불꽃처럼 번갯불처럼 독이 있는 꽃가루처럼 험악한 악의의 미립자가 온 집 안에 어지럽게 퍼졌다. 정숙한 아내를 배반한 믿을 수 없는 남편은 간악한 바다뱀이다. 해삼의 배에서 태어난 괴물이다. 썩은 나무에서 솟아나는 독버섯. 푸른 정각방 거북의 배설물. 곰팡이 중에서도 가장 끔찍한 것. 설사를 한 원숭이. 깃털 빠진 대머리 물총새. 타지에서 모고르로 온 그 여자는 음란한 암퇘지다. 자기를 나은 어머니도 모르고 집도 없는 여자다. 이빨에 독을 품은 야우스 물고기. 흉악한 거대 도마뱀. 바다 밑바닥의 흡혈마. 잔인한 타마카이 물고기. 그리고 자신은 그 맹독의 물고기에 다리를 물린 불쌍하고 상냥한 암컷 문어다. ……

너무 격하고 시끄러워 남편은 귀가 먼 듯 멍하니 있었다. 잠시 동안 자신이 완전히 무감각해진 듯한 느낌이었다. 대책을 생각할 여유 같은 것은 없었다. 소리 지르다 지친 아내가 잠시 숨을 돌리고 야자 열매수에 목을 축이는 단계가 되자, 겨우 지금까지 허공에 실

것 마구 뿌려진 욕설이 케이폭 나무의 가시처럼 따끔따끔 그의 피부를 찌르는 것을 느꼈다.

습관은 우리의 왕이다. 이런 꼴을 당하면서도 아내의 절대전제에 익숙해진 길라 코시상은 아직 아 바이의 리메이에게 도망칠 결심이 서지 못했다. 그는 그저 애원하며 오로지 용서를 바랄 뿐이었다.

광란과 폭풍의 하루 밤낮이 지나고 드디어 화해가 성립했다. 다만 길라 코시상에게는 그 모고르 여자와 딱 헤어진 다음 스스로 저 멀리 카양겔 섬으로 건너가, 그 지역 명산품 타마나 나무로 호화로운 무용대[오일라올]를 만들어서 그것을 가지고 돌아온 다음, 그 무용대를 선보이면서 두 사람이 부부의 굳은 언약식[무르]을 행해야 한다는 조건이 붙었다. 팔라우 사람은 돌 화폐인 우도우드와 향연을 교환함으로써 결혼식을 마치고 몇 년 내에 다시 새삼스러운 '부부 언약식 무르'를 거행하는 경우가 있다. 물론 거액의 비용이 들기 때문에 무르는 부자만이 할 수 있는데, 그리 부유하지도 않은 길라 코시상 부부는 아직 이 식을 올리지 않았었다. 지금 이에 덧붙여 무용대까지 만든다는 것은 여간 아닌 경제적 무리를 수반하는 것이었는데, 아내의 기분을 풀기 위해서는 달리 방법이 없었다. 그는 있는 둥 마는 둥 한 우도우드를 남김없이 가지고 카양겔 섬으로 건너갔다.

딱 좋은 타마나 목재는 금방 잘라낼 수 있었지만 무용대 제작에는 아주 시간이 많이 들었다. 어쨌든 받침다리가 하나 완성되면 모두를 불러 모아 한바탕 축하의 춤을 추고, 표면이 잘 다듬어지면 또 한바탕 춤을 추니 진척이 몹시 더디었다. 처음에 가늘었던 달이 일단 둥글어지고 그게 다시 가늘어지도록 시간이 걸려버렸다. 그 사이 카양겔의 바닷가 오두막에서 먹고 자면서 길라 코시상은 이따금 그리운 리메이를 불안한 마음으로 떠올렸다. 그 헤를리스가 있은 이후로 자기가 그녀를 만나러 가지 못한 괴로움을 과연 리메이는 이해해 줄까 하고.

한 달 후 길라 코시상은 막대한 금액의 우도우드를 직인들에게 지불하고 새 훌륭한 무용대를 작은 배에 실어 가쿠라오로 돌아왔다.

그가 가쿠라오 바닷가에 도착했을 때는 밤이었다. 바닷가에 환하게 모닥불이 피어 있고 사람들이 손뼉을 치며 노래 부르는 떠들썩한 목소리가 들렸다. 마을 사람들이 모여 풍년을 기원하는 춤을 추고 있었던 모양이다.

길라 코시상은 춤을 추는 곳에서 꽤 떨어진 곳에 배를 대고 무용대는 배에 남겨둔 채 살짝 상륙했다. 조용히 춤추는 무리에 다가가 야자수 그늘에서 엿보았는데, 춤추는 사람들이나 구경하는 사람들 속에 아내 에비르의 모습은 보이지 않았다. 그는 무거운 마음으로 자기 집으로 발걸음을 옮겼다.

비죽이 키가 큰 빈랑나무 덤불 아래 돌을 깐 길로 길라 코시상은 발소리를 죽이고 등불이 꺼진 집으로 다가갔다. 아내에게 다가가는 것 자체가 그저 왠지 무서웠다.

고양이처럼 어둠속을 바라보는 미개인의 눈으로 그가 슬며시 집안을 살폈을 때, 그는 거기에 한 쌍의 남녀 모습을 발견했다. 남자는 누구인지 모르겠지만 여자가 에비르라는 것만은 틀림없었다. 순간 길라 코시상은 '후, 살았다!' 싶은 느낌이었다. 눈앞에 본 것의 의미보다도 아내가 소리를 질러대는 상황으로부터는 도망칠 수 있다는 사실이 그에게는 중요했다. 그다음으로 그는 무언가 약간 서글픈 심정도 들었다. 질투나 분노가 아니었다. 어마어마하게 질투를 해대는 에비르를 향해 질투가 난다는 건 도저히 생각할 수 없는 일이었고, 분노라는 감정은 주눅 든 이 남자 심중에서 진작에 휩쓸려 사라져서 이제는 약간의 상흔조차 찾아볼 수 없다. 그는 그저 왠지 아주 약간 쓸쓸한 기분이 들 따름이었다. 그는 다시 살금살금 발소리를 죽이면서 집에서 멀어졌다.

어느새 길라 코시상은 조합의 아 바이 앞에 와 있었다. 안에서 희미하게 빛이 새어 나오는 것을 보니 누가 있는 게 틀림없었다. 들어가 보니 텅 빈 내부에 야자껍데기로 만든 등이 하나 켜져 있고, 그 불빛을 등지고 한 여자가 누워 있었다. 틀림없는 리메이다. 길라 코시상은 뛰는 가슴으로 다가갔다. 저쪽을 보고 누워 있는 여자의 어깨에 손을 대고 흔들어 보았지만 여자는 이쪽을 돌아보지 않았다. 잠이 든 것 같지는 않아 보였다. 다시 한 번 흔드니 여자가 저쪽을 향한 상태로 말했다.

"나는 길라 코시상의 애인[메겔레게르]이니까 아무도 건드리면 안 돼요!"

길라 코시상은 펄쩍 뛰었다. 기쁨에 떨리는 목소리로 외쳤다.

"나야, 나라고. 길라 코시상이야."

놀라서 돌아본 리메이의 눈에 커다란 눈물방울이 솟아올랐다.

한참이나 시간이 지나 두 사람이 제정신을 차렸을 때 리메이는 (에비르를 무릎 꿇게 할 정도의 강한 여자였음에도 불구하고) 하염없이 울면서 그가 돌아오지 않는 오랫동안 정조를 지키기가 얼마나 힘들었는지 열심히 설명했다. 이삼일만 더 지났으면 어쩌면 정조를 끝내 지키지 못했을지 모른다고도 했다.

아내가 저렇게나 음란하고 창부가 이렇게나 정숙하다는 사실은 비굴한 길라 코시상에게도 마침내 아내의 포악스러움에 대한 반역을 결심하게 했다. 이전의 장렬한 헤를리스 결과를 보면 다정하면서도 강력한 리메이가 곁에 있는 한 아무리 에비르가 공격해 들어온다고 해도 두려워할 것은 없다. 지금까지 이런 생각을 못하고 우물쭈물 저 맹수의 굴에서 도망쳐 나오지 않았다니 얼마나 어리석었던가!

"도망가자." 그가 말했다.

그는 이럴 때조차도 여전히 도망친다는 식의 겁쟁이 말투를 사용했다.

"도망가자. 당신 마을로."

마침 모고르 계약도 만기가 될 무렵이었으므로 리메이도 그를 데리고 귀향하기로 마음먹었다. 두 사람은 모닥불 주위에서 미친 듯이 춤을 추는 마을 사람들 눈을 피해 손을 잡고 샛길을 통해 바닷가로 가서 아까 묶어둔 카누를 타고 밤바다로 나섰다.

이튿날 아침 허옇게 동이 틀 무렵, 배는 리메이의 고향 알모노구이에 도착했다. 두 사람은 리메이 부모의 집으로 가서 거기에서 결혼했다. 조금 지나 예의 카양겔에서 만든 무용대를 마을 사람들에게 보여주고 그 피로연을 겸하여 성대한 부부 언약식 무르를 거행했음은 말할 나위도 없다.

한편 에비르는 남편이 아직도 카양겔르에서 무용대가 다 만들어지기를 기다리고 있는 줄만 여기고 밤낮으로 여러 명의 미혼 청년들을 데리고 치정에 빠져 있었다. 그러던 어느 날 알모노구이 근방에서 온 야자 꿀을 따는 사람 입에서 결국 일의 진상을 듣게 되었다.

에비르는 즉시 악을 쓰며 발끈했다. 세상에 나만큼 불쌍한 사람이 없다, 오보카즈 여신의 몸이 팔라우 섬들로 변한 이래로 리메이만큼 성정이 좋지 않은 여자는 없다며 소리치고 엉엉 울면서 집을 뛰쳐나갔다. 해안의 아 바이 있는 곳까지 오자 그 앞의 대왕야자수에 손을 걸치며 올라가려 했다. 옛날, 아주 먼 옛날에 이 마을의 어떤 사내가 돌 화폐 우도우드와 토란 밭과 여자를 친구에게 속아 빼앗겼을 때, 그 사내는 이 야자나무의 부모 격인 나무(지금으로부터 훨씬 전에 말라 죽어 버렸지만 그 무렵에는 아직 야자로서는 한창일 때라 마을에서 가장 키가 큰 나무였다)로 달려 올라가, 그 꼭대기에서 온 마을 사람들을 불러 모아 자신이 어떻게 속았는지 말했다. 기만한 사람을 저주하며 세상을 원망하고 신을 탓하며 자기를 낳은 엄마도 원망하고 그런 다음 지상으로 뛰어내렸다. 이것이 전해지는 옛이야기에 남아 있는 전무후무한 이 섬 유일의 자살자였는데, 지금 에비르가 이 남자를 따라 하려는 것이었다.

하지만 남자라면 별문제 없이 오를 수 있었을지 모를 야자나무가 여자에게는 꽤나 어려웠다. 더구나 에비르는 살이 찌고 배가 나왔으므로 오르기 쉽게 하려고 야자 줄기에 패 넣은 상처를 다섯 군데 정도 기어오르자 벌써 숨이 차왔다. 이제 더 이상 도저히 오를 수 없을 듯했다. 억울함에 에비르는 크게 소리를 지르며 마을 사람들을 불렀다. 그리고 그 높이에서 (그래도 지상에서 삼 미터 넘게는 올라갔을 것이다) 미끄러져 떨어지지 않으리라 필사적으로 줄기에 매달린 상태로 자신의 가여운 처지를 호소했다. 바다뱀 이름에 맹세하고 야자집게와 뻰판상어의 이름을 걸고 남편과 그 정부를 저주했다. 저주를 퍼부으며 눈물에 젖은 눈으로 아래를 내려다보니 마을 사람 전체가 모여 있을 게 틀림없다고 생각한 기대가 완전히 어긋났다. 나무 밑에서는 겨우 대여섯 명의 남녀가 입을 떡 벌리고 그녀의 광란 상태를 올려다볼 따름이었다. 누구나 이제 에비르의 고함소리에는 익숙해졌으니, '또 시작이야' 하며 낮잠 자리에서 고개조차 들지 않은 것이었다.

어쨌든 대상이 겨우 대여섯 명이면 괜스레 이렇게 소리칠 일도 아니었다. 게다가 아까부터 그 큰 몸뚱이가 자칫하면 미끄러져 떨어질 것 같아 도리가 없었다. 에비르는 지금까지 고함치던 것을 딱 그치고 다소 어색한 웃음을 띠며 느릿느릿 내려왔다.

나무 밑에 있던 몇몇 마을 사람들 중에 에비르가 길라 코시상의 아내가 되기 이전에 퍽 간절히 만났던 한 중년 사내가 있었다. 나쁜 병에 걸려 코가 반쯤 떨어져 나가려 했지만, 아주 넓은 토란밭을 소유하고 있었고 마을에서 둘째가는 부자였다. 내려온 에비르는 이 사내의 얼굴을 보더니 스스로도 영문을 모르게 싱긋 웃었다. 그 순간 사내의 시선이 뜨거워지더니 곧바로 의기투합했다. 두 사람은 서로 손을 잡고 울창한 타마나 나무가 무성한 아래로 걸어 들어갔다.

남겨진 극소수의 구경꾼들은 특별히 놀라지도 않았다. 두 사람의 뒷모습을 배웅하며 실실 웃을 뿐이었다.

너댓새 지나고 마을 사람들은 에비르와 함께 한낮의 타마나 나무 울창한 속으로 모습을 감추었던 중년 사내의 집으로 에비르가 공공연히 숨어드는 것을 알게 되었다. 코가 반쯤 떨어지려는, 마을에서 둘째가는 부자는 때마침 최근 아내가 죽은 지 얼마 되지 않았던 것이다.

이렇게 길라 코시상과 그 아내 에비르는 그저 제각각 따로따로이기는 했지만 행복한 후반생을 보냈다고, 마을 사람들은 여태껏 그 이야기를 전하고 있다.

× × ×

이야기는 이제 끝이지만 여기에 나오는 모고르, 즉 미혼 여성이 남성에게 봉사하는 습관은 독일령 시대로 들어섬과 동시에 중단되어 현재 팔라우 제도에는 그 흔적이 남아있지 않다. 그러나 마을마다 노파에게 물어보면 그녀들은 모두 젊었을 때 그 경험을 했단다. 시집가기 전에 누구든 반드시 한 번은 다른 마을로 보내지곤 했다는 것이다.

그런데 한 가지, 그 헤를리스라는 사랑싸움만은 지금도 여전히 여러 곳에서 빈번히 이루어지고 있다. 사람이 사는 곳에 사랑이 있고, 사랑이 있는 곳에 질투가 있는 법이니 어쩌면 당연한 일일지 모르겠다. 실제로 나도 그 지역에 체재할 때 이를 직접 목격한 적이 있다. 과정의 자초지종이나 그 격렬함도 본문 속에 서술한 그대로이며 (내가 본 싸움에서도 역시 트집을 잡았던 쪽이 도리어 거세게 반격을 당해 엉엉 목을 놓고 울면서 집으로 가버렸지만) 예전과 조금도 다르지 않다.

다만 달라진 것이라면 두 사람을 에워싸고 큰소리를 내며 응원하고 평가하는 관중들 중에 하모니카를 든 두 명의 현대식 청년이 섞여 있는 점이다. 두 사람 모두 최근에 코로르 시내로 나가 구입한 게 틀림없는, 나란히 맞춘 새파란 새 와이셔츠를 차려 입고 곱슬곱슬한 머리칼에 포마드 기름을 듬뿍 발라서, 발은 맨발이었지만 꽤 하이칼라의 차림새였다. 그들은 이 활극의 반주라도 하려던 셈이었는지, 너무도 거창한 포즈로 머리를 흔들고 제자리걸음을 하면서 이 격렬하고 집요한 투쟁이 지속되는 동안 경쾌한 행진곡을 쭉 불어대고 있었다.

닭

남양 군도의 섬사람들을 위한 초등학교를 공학교(公學校)라고 하는데, 어느 섬의 공학교를 참관했을 때의 일이다. 마침 조례에서 한 신임교사가 소개되는 참이었다. 새로 온 선생님은 아직 너무 젊어 보였는데, 이미 공학교 교육을 오래 경험해온 사람이라고 했다. 교장선생님의 소개말에 이어 그 선생님이 단상에 올라 취임 인사를 했다.

"오늘부터 선생님이 너희들과 공부하게 되었다. 선생님은 벌써 오랫동안 남양에서 섬사람들에게 교육을 해 왔다. 너희들이 하는 일은 뭐든지 선생님이 다 잘 알고 있다. 선생님 앞에서만 얌전하고 선생님이 없는 곳에서는 게으름을 부려도, 선생님은 금방 안다."

한 마디 한 마디를 분명하게 잘라가며 소리치듯 큰 목소리였다.

"선생님을 속이려 해도 소용없다. 선생님은 무섭다. 선생님이 말하는 것을 잘 지켜라. 됐나? 알겠나? 알겠다는 사람은 손을 들어라!"

대부분 너덜너덜한 셔츠나 단출한 옷을 걸친 수백 명의 살결 검은 남녀 학생들이 일제히 손을 들었다.

"좋다!" 신임 선생님은 한층 더 목소리를 키워 말했다. "알았으면 그걸로 됐다. 선생님 말은 이것으로 끝!"

인사를 한 후 수백 명의 섬 아동들의 눈이 다시 진심에서 우러나는 경외의 빛을 띠며 새로 온 선생님을 우러러 봤다.

경외의 빛을 띤 것은 학생들만이 아니었다. 나 또한 경외와 찬탄의 마음으로 이 인사말을 잘 들었다. 다만 내가 약간의 수상한 표정도 덧붙여 떠올렸을지 모르겠다. 왜냐하면 조례가 끝나고 교무실에 들어간 다음 그 신임교사는 내 그 표정에 대해 변명이라도 하는 어조로 이렇게 말했기 때문이다.

"섬사람들에게는 말이지요, 이 정도 말투로 으름장을 놓지 않으면 나중에는 억제를 하려야 할 수가 없게 되거든요."

그렇게 말하고 그 선생님은 멋지게 햇볕에 그을린 얼굴에 하얀 이를 보이며 밝게 웃었다.

일본에서 남양으로 갓 온 젊은 사람들은 이러한 사실을 맞닥뜨리면 왕왕 눈살을 찌푸리기 십상이다. 하지만 남양에서 이삼 년이나 지내고 보면 이제 이런 일에 아무런 회의를 품지 않는다. 어쩌면 이런 것이 섬사람들을 접하는 최상의 노련함이라는 생각마저 든다.

내 생각을 말하자면, 이러한 섬사람들 취급 방식에 대해 특별히 인도주의적인 빈축을 담아 보내기까지는 않지만, 그렇다고 이게 최상의 방식이라 권장하는 것에도 다분히 주저하게 된다. 단호한 강제로 밀어붙이는 것이 어설프게 그들의 응석을 받아주는 것보다 효과적이라는 것은 말할 나위도 없다. 아니, 참으로 난감하게도 용의주

도함을 수반한 성심성의보다도 단순한 강제 쪽이 훨씬 더 좋은 결과를 거두는 경우가 아주 많다. 물론 그것이 과연 그들을 마음으로 따르게 하는 것인지 아닌지는 의문이지만, 우리 상식에서 새삼 난감한 점이라면 단호한 강압이 단순히 표면만이 아니라 그들에게 진심이 담긴 경탄과 감복을 줄 경우도 분명 있을 수 있다. '무섭다'와 '대단하다'가 분리되지 않은 경우도 많고, 그렇다고 항상 그런가 하면 꼭 그렇게 일률적이지도 않은 것 같다. 요컨대 나는 아직 섬사람들을 완전히 이해하지는 못했다. 그리고 섬사람들의 심리나 생활감정의 불가해성은, 내 입장에서 그들을 접할 경우가 많으면 많을수록 점점 더해갔다. 내 입장에서는 남양에 온 첫해보다 삼 년째가, 삼 년째보다 오 년째가 더 토인들 마음을 이해하기 어려웠다.

물론 '두려움'과 '존경'의 혼동은 우리 문명인들에게도 나타난다. 다만 그 정도와 드러나는 방식이 매우 다를 뿐이다. 그러니 이 점에 관한 그들의 태도도 굳이 그렇게 모를 것만은 아니라고도 볼 수 있다. 앙가우르 섬으로 인광(燐鑛)을 캐러 차출되어 나가는 남편을 해변에서 전송하는 섬 주민 여자는 배를 매는 밧줄에 매달려 엉엉 울고불고 주저앉는다. 남편이 탄 배가 수평선 저 멀리 사라져도 그녀는 눈물에 젖은 채 그 자리를 떠나지 않는다. 정말 마쓰라 사요히메(松浦佐用姬)*인들 이랬을까 싶을 정도다.

하지만 두 시간 후에 이 가련한 아내는 일찌감치 이웃 청년 한

* 일본에 널리 퍼진 고대 전설의 주인공으로 연인이 출정하자 이별을 슬퍼하여 망부석이 되었다는 여인.

사람과 육체적 교섭을 가질 것이다. 이것도 우리가 모르는 바는 아니다. 이렇게 말하면 세상 여성들에게 일제히 논박을 받으리라는 것도 틀림없지만, 그래도 이러한 원형적인 마음이 우리 안에 절대 없다고 할 사람이 있다면, 그는 심리적 반성이 너무 부족한 사람일 것이다. 스페인령에서 독일령으로 바뀌었을 때 전날 밤까지 충실하기 짝이 없던 하인이나 이웃이 갑자기 흉한으로 변해 스페인 사람들을 살해했다. 이 또한 라가도 시의 대학을 찾은 걸리버만큼 우리를 당황스럽게 만드는 일이 아닐까?

그런데 우리는 다음과 같은 경우를 대체 어떻게 생각해야 좋을까? 예를 들어 내가 한 토민 노인과 이야기를 하고 있다. 내가 더듬더듬 토민어로 말해 보는데 어쨌든 일단 상대방에게 통하기는 했는지, 원래부터 붙임성이 좋은 그들이기는 하지만 딱히 우스울 것도 없는 내용인데도 기쁜 듯 웃으며 대하는 노인이 상당히 기분 좋아 보였다. 잠시 후 대화에 드디어 기름칠이 됐구나 싶어졌을 무렵 별안간, 정말로 별안간 노인이 입을 꾹 다물어 버린다. 처음에 나는 노인이 피곤해서 한숨 돌리는 것인가 여겨 조용히 상대방 대답을 기다렸다. 하지만 노인은 더 이상 말을 하지 않는다. 말을 하지 않는 것만이 아니다. 여태껏 싱글벙글하던 표정은 갑자기 흥이 깬 표정으로 변하고, 그 눈빛도 이제 내 존재를 인정하는 않는 듯했다. 왜지? 어떠한 동기가 이 노인으로 하여금 이러한 상태에 빠지게 한 거지? 내 말 중에 어떤 것이 그를 화나게 한 거지? 아무리 생각해도 전혀 짐작이 가지 않는다. 어쨌든 노인은 돌연 눈에도, 귀에도, 입에도, 아니 마음에까지 두꺼운 철갑문을 달아 버렸다. 그는 이제 오래된 석신상[클리툼]이다. 그는 대화에 대한 정열을 홀짝 잃어버린 것일까? 다른 인종의 얼굴과 그 냄새, 목소리가 갑자기 꺼림칙하게 느껴진 것일까? 아니면 미크로네시아의 오랜 신들이 온대 사람의 침입에 분노하여 문득 이 노인 앞에 버티고 서서 그의 눈을 봐도 보이지 않는 것처럼 바꾸어 버린 것일까? 어쨌든 나는 소리를 질러 보아도, 달래 보아도, 흔들어 보아도 결단코 벗길 수 없는 이 이상한 가면 앞에 망연자실할 수밖에 없다. 이러한 일시적 치매 상태는 본인의 자각을 전혀 수반하지 않는 것인지, 아니면 사실상 극히 교묘하게 의식적으로 둘러쳐진 연막인지조차 전혀 가늠이 되지 않는다.

이는 사소한 일례에 불과하다. 섬사람들 부락에서 오래 살아본 사람이면 누구나 이와 비슷한 경험을 종종 했을 게 틀림없다. 남양에 사오 년이나 있어서 완벽하게 섬사람들을 알게 되었다는 사람과 마주하면 나는 묘한 기분이 든다. 야자 잎 스치는 소리와 환초 밖에서 울부짖는 태평양 파도의 울림 사이에서 열 세대 정도 눌러 살아보지 않은 한, 도저히 그들의 마음을 알 수 없을 것 같은 심정이기 때문이다.

아무래도 허술한 이론만 떠들어댄 것 같다. 내가 대체 무슨 이야기를 할 작정이었던가? 맞다. 한 노인, 토민 할아버지 이야기를 할 작정이었다. 그 서두를 뗄 작정으로 문득 이런 이야기까지 하게 되어 버렸다.

그 노인은 팔라우 코로르에서 살고 있었다. 몹시 노쇠한 것처럼 보이지만 사실 예순도 안 됐을지 모른다. 남양의 노인들 연령은 도저히 추측할 수 없다. 당사자 스스로가 나이를 모른다는 사실도 문제지만, 그보다도 온대 사람에 비해 중년에서 노년에 걸쳐 급속하고 심하게 노화되어 버리기 때문이다.

마르쿠프라 불리는 그 노인은 살짝 꼽추였던지 항상 몸을 앞으로 구부리고 마른기침을 하며 다녔다. 재미있었던 것은 그의 눈꺼풀이 몹시 처지고 늘어져 있던 점인데, 그 때문에 그는 거의 눈을 뜰 수가 없었다. 그가 타인의 얼굴을 잘 보려 할 때는 얼굴을 한껏 쳐들고 집게손가락과 엄지손가락으로 처진 눈꺼풀을 집어 올려서 눈앞을 가로막은 벽을 제거해야 했다. 그게 무슨 커튼이나 블라인드 같은 것을 말아 올리는 듯한 동작이어서 나는 늘 피식 웃게 되곤 했다. 노인은 내가 왜 웃는지 모르는 듯했지만, 그래도 내 웃음에 장단을 맞추어 싱글벙글 웃기 시작했다. 그런 불쌍한 모습을 하고 우둔해 보이던 노인이 여간내기가 아니었다니, 남양에 온 지 얼마 안 되는 나로서는 꽤나 의외였다.

그 무렵 나는 팔라우 민속을 아는 데에 도움이 될까 싶어서 민간 속신의 신상(神像)이나 사당 같은 모형을 수집했다. 그 때문에 아는 섬 주민에게서 마르쿠프 노인이 비교적 옛날 관습도 잘 알고 손재주도 상당하다고 전해들은 나는, 그를 이용해 보고자 하는 마음이 들었다. 맨 처음 내 앞으로 온 노인은 눈꺼풀을 이따금씩 집어올리고 나를 보고는 내 질문에 대답했다. 코로르뿐 아니라 팔라우 본토 각지의 신앙에 관해서도 거의 대부분 알고 있는 것 같았다. 그날 나는 그에게 악마를 물리치는 메레크라는 수염 난 얼굴의 남자 조각상을 만들어오라고 일러두었다. 이삼일 지나 노인이 가지고 온 것을 보니 상당히 잘 만들어진 것이었다. 사례로 오십 전 지폐를 한 장 건네니 노인은 다시 눈꺼풀을 집어올리고 지폐를 보더니 다시 내 얼굴을 보고 씩 웃으며 가볍게 고개를 숙였다.

이후로도 나는 이따금 그에게 마귀를 쫓는 부적이나 제사용 기구 종류를 만들게 했다. 작은 사당인 우르간이나 배 모양 위패인 카에프, 큰 박쥐 오릭크, 외설스러운 딜룽가이상(像) 등의 모형도 부탁했다. 모형만이 아니라 가끔 진품을 어디선가 가지고 올 때도 있었다. 훔쳐 온 거냐고 물어도 말없이 실실 웃는다. 신의 것을 훔치면 두렵지 않냐고 물으면 나와는 부락이 달라서 괜찮다고, 게다가 곧바로 교회에 가면 액막이를 해 주니 걱정할 게 없다며, 살짝 왼손을 내밀어 나를 재촉한다. 그런 쓸데없는 걱정은 말고 빨리 돈이나 내놓으라는 뜻이다. 그가 교회라고 한 것은 코로르에 있는 독일 교회나 스페인 교회 둘 중 하나다. 그리 가서 제단 앞에서 기도를 한 번 하면 옛 신들을 모독했다는 두려움에서 쉽게 해방될 수 있는 것이었다. 사당의 크기로 보더라도 백인들 신의 위력이 훨씬 대단하다는 것은 의심할 여지가 없을 테니까.

이삼일이면 되는 소품에는 오십 전, 일주일 정도를 필요로 하는 것에는 일 엔, 이런 식으로 나는 그에게 지불하는 요금의 시가를 대강 정해두었다. 그런데 어느 날 작은 비둘기 모형 부적의 대가로 내가 평소처럼 오십 전 지폐를 한 장 그의 손바닥에 올려주어도 그는 손을 물리지 않는 것이었다. 눈꺼풀을 잡아 올려서 손바닥 위를 보더니 내 얼굴을 보고 씩 웃은 다음 눈꺼풀 문을 내렸지만, 지폐를 올려둔 손을 거두려하지 않았다. '이것 봐라!' 싶어서 내가 잠자코 그의 얼굴을 노려보니 (하지만 그는 자기에게 불리할 때는 곧장 눈꺼풀을 내려 버려서 눈의 표정을 알 수는 없다) 잠시 뒤에 다시 눈꺼풀을 들어올렸다. 씩 웃으려다 내 시선과 마주치더니 당황하여 눈 커튼을 다시 내렸지만, 그래도 왼손은 그대로 내민 채였다. 성가셔서 십 전짜리 흰 동전을 하나 손바닥 위에 더 얹어주니 이번에는 아주 가늘게 눈꺼풀을 올리고, 내 얼굴은 보지 않은 채 입속으로 감사인사 같이 들리는 말을 중얼거리더니 돌아가 버렸다.

그러는 사이에 육십 전은 칠십 전이 되고, 칠십 전은 팔십 전이 되었으며, 눈꺼풀을 올렸다 내렸다 하는 무언의 흥정 속에서 마침내 일 엔으로까지 시가가 올라버렸다. 가격만이 아니다. 제작품에도 간혹 수상쩍은 것이 생기게 되었다. 판자에 조각하게 한 태양 모형도 카요스 닭 그림에 손품이 꽤나 덜 들어갔다. 우로강 모형도 그 구조가 약간 실물과 다른 듯했다. 그런가 하면 그가 만든 카예프에는 쓸데없는 근대적 장식이 멋대로 추가되어 있다. 치수를 정확히 지정해 준 것들도 터무니없이 엉성한 크기로 만들어온다. 옛날 제사에 사용한 아주 오래된 실물이라며 상당히 비싼 값에 강매당한 것이, 사실은 아주 최근에 만들어진 가짜이기도 했다. 내가 화를 내며 야단을 쳐도 처음에는 자기 제작품이 정확하다고 주장하며 쉽사리 물러나지 않는다. 도저히 변명의 여지가 없는 온갖 증거를 내보이며 몰아붙이면, 마침내 평소의 그 실실 웃는 모습을 띠며 입을 다물어 버린다.

"카예프에 쓸데없는 장식을 단 것은 선생님(나를 말한다)을 기쁘게 하려고 생각했기 때문이다."

이런 식으로 말할 때도 있다. 모형은 절대로 정확해야 하며 돈

욕심 때문에 수상한 가짜를 들고 와서는 안 된다고 내가 엄하게 말하면, 얌전히 고개를 숙이고 돌아간다. 그 이후 한동안은 제대로 된 것을 마련해 오지만, 한 달이 지나고 두 달이 지나는 사이에 다시 원래의 그 엉터리로 되돌아가 버린다. 정신을 차리고 예전에 사들인 그의 제작품 전부를 다시 조사해 보니, 멍청하게도 절반 이상은 극히 알아차릴 수 없는 부분에서 대충 마무리해 버린 것이거나, 실제로는 존재하지도 않는 것을 마르쿠프 영감이 제멋대로 창작한 것들이었다.

당시 팔라우 지방에서 '하느님 사건'이라는 것이 일어났다. 팔라우 재래의 속신과 기독교를 섞은 일종의 신종교 결사가 섬 주민들 사이에서 생겨나, 그것이 치안에 해가 된다고 간주되어 '하느님 사냥'이라는 명목 하에 그 수뇌부에 대한 단속이 이루어졌다. 이 결사는 북쪽의 카양겔 섬에서 남쪽의 펠렐리우 섬에 이르기까지 상당히 뿌리 깊게 침식해 있었지만, 당국은 섬 주민들 간의 세력 경쟁이나 개인적 반감 따위를 절묘하게 이용해서, 착착 적발 검거를 진행해 갔다.

경무과에 있는 한 지인으로부터 우연히 묘한 이야기를 들었다. 이 마르쿠프 노인이 하느님 사냥의 주동자였다는 것이다. 잘 들어보니 검거는 대부분 섬 주민의 밀고를 통해 이루어지는데, 마르쿠프가 가장 상습적인 밀고자이며 그의 밀고 때문에 많은 거물들이 체포되었고, 노인도 역시 이미 상당한 고액의 상금을 받았을 터라는 것이다. 때로는 개인적 원한 때문에 신자도 아닌 사람까지 고발한 경우도 분명 있었던 모양이라고, 그 지인은 웃으면서 말했다. 신종파가 정교인지 사교인지는 모르겠지만, 어쨌든 밀고라는 행위가 나에게는 몹시 불쾌하게 느껴졌다.

며칠 후 마르쿠프 노인의 작은 속임수에 대해 나로 하여금 몹시 화를 내도록 만든 것은 어쩌면 이 불쾌함이었을지 모른다. 사실 딱히 그렇게 화낼 정도의 일이 아니었다. 그것은 사소한 세공 상의 게으름과 약간의 탐욕에 불과했기 때문이다. 나중에 이 일에 대해 생각해 보니, 내가 우스울 정도로 발끈해서 소리를 질러댔다. 노인은 더 이상 눈꺼풀을 들어 올리는 짓도 엷은 웃음을 띠는 짓도 하지 않고 가만히, 그렇다기보다 얼이 빠진 듯이 내 앞에 우두커니 서 있었다. 거기서 멈췄으면 좋았을 텐데 내가 이런 말까지 내뱉어 버린 모양이다.

“돈 벌 욕심에 친한 친구까지 배신하는 허접한 인간에게 이제 더 이상 일을 맡기지 않겠어.”

그 밖에도 이러쿵저러쿵 큰 목소리로 나는 그를 욕했던 것 같다. 한참 있다가 문득 정신을 차리니 노인은 어느새 목석같은 무표정이 되어 있었고, 내 목소리도 듣지 않는데다가 내 존재마저 인식하지 않는 모습이었다. 아까 말한 그 이상한 상태, 모든 감각에 뚜껑을 닫고 외부 세계와 완전한 절연상태에 빠졌던 것이다. 나는 놀랐지만 이제 와서 갑자기 태도를 꺾어 비위를 맞출 수도 없는 노릇이었다. 게다가 이제 무슨 말을 하든 무슨 짓을 하든 모든 것을 차단하고 동그랗게 몸을 말아 무장한 아르마딜로처럼 그는 아무것도 지각하지 못할 것이다.

반 시간 정도의 침묵 후에 문득 제정신으로 돌아온 듯 노인이 몸을 움직이더니 쓱 하고 내 방에서 나갔다.

한 시간 정도 있다가 나는 아까—노인이 오기 전에 분명히 책상 위에 놓아두었던 회중시계가 보이지 않는 것을 알아차렸다. 온 방을 다 찾았지만 보이지 않았다. 옷 주머니에도 없다. 아버지가 물려준 오래된 월섬 시계였는데 바닷물기와 습기 때문에 회중시계가 자주 맞지 않게 되는 남양에서조차 쉽사리 고장 난 적 없는 고급품이었다. 예전에 마르쿠프가 이 시계를, 특히 그 은사슬을 아주 신기하게 여기며 손에 들고 장난치던 것을 떠올렸다. 나는 곧바로 밖으로 나가 그의 오두막을 찾아갔다. 오두막 안에는 아무도 없었다. (그는 혼자 산다.) 그 후로 이삼일 계속해서 매일 들러보았지만 늘 오두막은 텅 비어 있었다. 근처 섬 주민에게 물어보니 이틀 정도 전에 본섬의 어딘가로 간다며 나선 이후로 돌아오지 않았단다.

이후로 마르쿠프 노인은 내 앞에 나타나지 않았다.

그로부터 두 달 정도 지나서, 나는 동쪽 섬들—중앙 캐롤라인에서 마샬 제도에 걸친 장기간의 토속조사를 나섰다. 조사 기간은 이 년 정도를 요했다.

이 년이 지나 다시 팔라우로 되돌아온 나는 코로르 시내에 눈에 띄게 집들이 늘어난 것을 보고 놀랐고, 섬 주민들이 너무도 눈치 빠르고 교활해진 듯 느껴졌다.

팔라우에 돌아와서 한 달이나 지났을 무렵의 어느 날 마르쿠프 노인이 불쑥 찾아왔다. 내가 돌아온 것을 사람들에게 듣고 곧장 온 것이라 했다. 몹시 야윈 모습이었다, 눈꺼풀이 두 눈을 뒤덮고 있는 것은 이전과 변함없었지만, 이라도 빠진 건지 뺨은 쑥 들어가고 굽은 등도 전보다 더했으며, 무엇보다 더 놀라운 것은 목소리가 몹시 쉬어 버려 비밀이야기라도 하는 듯 들리는 것이었다. 전체적인 느낌이 이 년 전보다 열 살 정도 나이가 더 들어 보이는 상태였다. 예전 회중시계 건을 잊은 것은 아니었지만 이렇게 늙어버린 모습을 눈앞에 보니 역시 말을 꺼내기 어려웠다.

"무슨 일이오. 너무 쇠약해진 거 아니오?"

이렇게 물으니 나쁜 병에 걸렸다고 답하면서 사실은 그것 때문에 부탁이 있다고 했다.

노인은 반년 정도 전부터 몹시 쇠약해진 이후 목이 막히는 듯 숨쉬기가 괴로워 팔라우 병원에 다니고 있단다. 하지만 하나도 낫지를 않는단다. 아예 팔라우 병원은 그만두고 렝게 씨 있는 곳으로 가는 게 나을 것 같다고 노인이 말했다. 렝게 씨는 독일인으로 오랫동안 기왈 마을에 살고 있는 선교사인데, 상당히 교양 있는 사람이고 게다가 의약 쪽에도 상당히 정통한 듯했다. 이따금 섬의 아픈 사람들을 진찰하고 약을 주기도 하다 보니 그 평판이 팔라우 토민들 사이에서 높았고, 팔라우 병원보다 잘 낫더라고 진심으로 믿는 섬사람도 적지 않았다. 마르쿠프 노인은 팔라우 병원이 가망 없으니 포기하고 렝게 선생에게 진찰 받으러 가고 싶다는 것이다.

노인이 말한다.

"하지만 팔라우 병원은 관공 병원이니 멋대로 그곳을 관두고 렝게 씨 있는 곳으로 가면 팔라우 병원장도 화를 낼 것이고, 경무 사람도 화를 낼 거요. (설마 그런 일이 있을까 싶어 나는 웃었지만 노인은 완고

하게 그리 믿고 있었다.) 그래서 선생이(하며 나를 들먹이더니) 원장과 컴퍼니(친구)니까 제발 원장한테 가서 잘 좀 이야기를 해서 내가 렝게 씨에게 가도록 허락 좀 받아주쇼."

갈라진 목소리로 그렇게 말하는 태도가 너무 애원조인데다가 또 빈사의 노인이라는 인상을 주었으므로, 나는 그 말도 안 되는 부탁을 받아들이지 않을 수가 없었다.

팔라우 병원장에게 가서 이야기를 하니, 이미 인두암인가 인두결핵인가(어느 쪽인지 지금은 잊었다)가 진행되어 도저히 살 가망이 없어서, 렝게에게 가든 뭘 하든 이제 본인 좋을 대로 하라는 게 좋겠단다.

이튿날 원장이 허락했다는 내용을 마르쿠프 노인에게 전하자 그는 몹시도 기쁜 모습이었다. 알아듣기 힘든 목소리로 거듭 거듭 감사인사를 하고, 내가 예전에 어떤 많은 금액을 주었을 때에도 보이지 않던 태도로 몇 번이고 몇 번이고 고개를 숙였다. 왜 이런 별것 아닌 일을 이렇게 고마워하는지 도리어 내가 머쓱할 지경이었다.

그 후 한동안 나는 마르쿠프 노인의 소식을 듣지 못했다.

석 달 정도 지났을 때일까? 본 적 없는 한 토민 청년이 나를 찾아왔다. 마르쿠프에게 부탁을 받고 왔다며 손에 든 야자잎 바구니를 내 앞에 내밀었다. 야자 잎의 성긴 틈새기로 한 마리의 암탉이 목을 내밀고 꼬꼬댁 울었다. 이 닭을 전해 주라고 부탁을 받았단다. 마르쿠프는 그 뒤 어떻게 되었는가 물으니, 열흘 정도 전에 죽었다는 대답이 돌아왔다. 노인은 좋다고 기왈의 렝게 씨에게 치료를 받으러 가기는 했지만, 병에 조금도 차도가 없어서 결국 그 마을 친척집에서 죽고 말았단다. 왜 닭을 나에게 선물하도록 유언한 것인지 물어도, 젊은이는 무뚝뚝하게 모른다며 자기는 그냥 고인의 분부대로 전달한 것뿐이라고 답하고 휭하니 돌아갔다.

이삼일 뒤 저녁에 또 다른 토민 청년이 우리 집 뒷문으로 들어왔다. 붙임성 없는 얼굴을 하고 내 앞에 서더니 놀랍게도 이 청년 역시 닭이 들어간 야자잎 바구니를 내밀었다. 마르쿠프 노인이, 라는 말만 하고 화난 듯한 얼굴로 그 젊은이는 휙 뒤돌아 다시 뒷문으로 나가버렸다.

바로 다음 날, 또 한 사람이 왔다. 이번에는 앞의 두 사람보다 어지간히 붙임성이 좋고 나이도 조금은 위인 듯한 사내다. 마르쿠프의 친척이라면서 죽은 할아버지에게 부탁을 받았다며 야자잎 바구니를 내밀었다. 이번에는 더 이상 놀라지 않았다. 또 닭이겠지. 그랬다. 닭이었다. 왜 이런 선물을 내가 받는 것인가 물으니 이렇게 답한다.

"할아버지가 생전에 선생님께 아주 신세를 많이 지었다고 해서요."

왜 세 마리나 — 그것도 세 번 다 다른 사람에게 들려서 보냈는가 하는 내 의문에 관해, 그 섬사람은 다음과 같이 설명해 주었다. 혹시 한 사람에게만 부탁하면 그 사람이 슬쩍해 버릴 염려가 다분히 있는 까닭에 노인이 만전을 기하고자 세 명에게 같은 일을 부탁한 것이라고.

"섬 주민들 중에는 약속을 지키지 않는 사람도 많으니까요."

마지막으로 그 섬사람이 덧붙인 말이었다.

섬 주민들 생활에 있어서 닭이 얼마나 중요한 것인지 너무도 잘 알고 있던 나는 세 마리의 살아 있는 암탉을 앞에 두고 적잖이 감동했다. 그건 그런데, 죽은 노인은 대체 병원장에게 허락을 받아준 내 친절(만약 그게 친절이라고 할 수 있다면 말이겠지만)에 대해 보답을 한 것이었을까? 아니면 예전에 내 시계를 슬쩍한 것에 대한 사죄의 마음이었을까? 아니지, 아니지. 그런 옛날 일을 노인이 지금까지 기억하고 있을 리 없다. 기억한다 쳐도 그것을 갚을 작정이었으면 시계를 되돌려주었으면 될 일인데, 그 월섬 시계는 대체 어떻게 되었을까?

아니지, 그 시계 자체보다 시계 사건에 의해 내 심상에 남겨진 그의 간악함과 지금의 이 닭 선물을 어떻게 조화시켜서 생각해야 좋단 말인가. 사람은 죽을 때 선량해지는 법이라든가, 사람 성정은 한결같고 불변하는 것이 아니므로 같은 것이라도 때로는 좋고 때로는 나빠지는 것이라든가 하는 설명으로는 만족할 수 없다. 이 불만은 실제로 그 노인의 목소리, 풍모, 동작 하나 하나를 다 알고 있다가 마지막에 그런 것들에서 전혀 기대할 수 없는 이 세 마리 암탉을 마주하게 된 나 혼자만의 느낌일지도 모른다. 그리고 나는 어쩌면 '사람은' 하고 운운하는 것이 아니라 '남양의 사람은'이라는 식의 설명을 내심 생각한 것이리라. 어찌 되었든 이 일은 나 같은 자가 남양 사람들에 대해 아직 일부분도 이해하지 못한다는 느낌을 한층 더 깊이 절감하게 된 일이었다.

환초—

미크로네시아의 섬들을 돌다

쓸쓸한 섬

쓸쓸한 섬이다.

섬 중앙에 타로 토란 밭이 가지런히 만들어져 있고 그 주위를 판다누스나 레몬수, 빵나무나 우카루 등의 잡목 방풍림이 둘러싸고 있다. 그 또 한 겹 바깥 측에 야자 숲이 이어지고, 또 거기서부터 하얀 모래밭—바다—산호초 순서다. 아름답지만 쓸쓸한 섬이다.

섬 주민들 집은 서쪽 해안 야자 숲 사이에 흩어져 있다. 인구는 백 칠팔십 정도 될까? 나는 더 작은 섬도 여럿 보았다. 온 섬이 산호 찌꺼기만으로 이루어져 있고 흙이 없어서 타로 토란(이게 섬사람들 입장에서는 쌀에 해당한다)조차 전혀 나지 않는 섬마저 알고 있다. 해충 때문에 야자가 모조리 말라 버린 황량한 섬도 있다. 그런데 인구 겨우 열여섯 명인 B섬을 별도로 치면 여기만큼 쓸쓸한 섬이 없다. 왜일까? 이유는 단 하나. 아이들이 없기 때문이다.

아니, 어린애가 있기는 하다. 딱 한 명 올해 다섯 살 되는 여자아이다. 그리고 그 아이 외에 스물 안 되는 사람은 한 명도 없다. 죽은 게 아니다. 끊긴 이후로 태어나지 않는 것이다. 그 여자아이(달리

아이들도 없으니 발음도 어려운 섬사람 이름 같은 것은 끄집어내지 말고 그냥 여자아이라고 부르기로 하자)가 태어나기 전 십 몇 년 동안, 이 섬에서 갓난아기가 하나도 태어나지 않았다. 또 여자아이가 태어나고 나서 지금에 이르기까지 아직 하나도 태어나지 않았다. 어쩌면 앞으로도 태어나지 않을 것 같다. 적어도 이 섬의 나이든 사람들은 그렇게 믿고 있다. 그러한 까닭에 몇 년 전 이 여자아이가 태어났을 때 노인들이 모여 이 섬 최후의 인간—여자가 될 아기에게 절을 했단다. 최초의 인간이 숭상 받듯 최후의 인간 역시 숭배되어야 한다. 최초의 사람이 괴로움을 맛보았듯 최후의 사람 또한 상당한 고통을 맛보아야 할 것이다. 그렇게 중얼거리며 문신을 한 노인과 노파들이 슬픈 듯 깊은 경건함으로 아기에게 예를 갖춰 절을 했단다. 다만 이건 노인들에게만 한하는 이야기였고, 젊은 사람들은 몇 년 동안이나 본 적 없는 인간의 갓난아기가 신기해서 왁자지껄 소란스럽게 구경하러 왔다고 했다.

마침 여자아이가 태어나기 이 년 전에 호구조사가 이루어져서 그때 기록으로는 인구 삼백 명이라고 적혀 있었는데 이제는 백 칠팔십 명밖에 없다. 이런 급속한 감소율이라니. 죽은 사람만 있고 태어난 사람이 전혀 없다고는 해도 별달리 역병이 돌았던 것도 아닌데 이다지도 빨리 감소할 일인가? 당시 여자아이에게 절을 한 노인들은 벌써 한 사람도 남지 않고 죽어버린 게 틀림없다. 그래도 노인들이 남긴 가르침은 굳게 지켜지고 있어서 지금도 이 섬 최후의 사람인 여자아이는 라마의 고승이나 생불처럼 귀하게 떠받들어진다. 어른들만 있는 사이에 아이라고는 딱 한 명이니 귀여움 받는 것이야 당연해 보이지만, 이 섬의 경우는 거기에 다분히 원시종교적인 외포와 애감까지 더해지는 것이었다.

왜 이 섬에는 아이가 태어나지 않는 것일까? 누구나 성병이 만연하거나 피임이 이루어진 실제 정황이 없었는지 물어본다. 성병이나 폐병이 전혀 없었던 것은 아니지만 그게 꼭 이 섬에만 있었던 일은 아니다. 그렇다기보다 오히려 다른 섬들에 비하면 적은 정도다. 피임 상황으로 말하자면, 내가 사는 섬이 절멸되리라는 예감 앞에 벌벌 떨고 있는 사람들이 그럴 리도 없었다. 또한 여성 신체 일부에 부자연스러운 시술을 하는 기이한 관습이 원인일 거라는 사람도 있었지만, 이 습관의 본고장 격인 트루크 지방*의 여러 섬들에서는 인구 감소 현상이 보이지 않으니 이 추측도 맞지 않는다. 다른 섬들에 비해 타로 토란 산출량은 풍부하고, 야자나 빵나무 열매도 잘 열리며, 식료는 남을 정도다. 별달리 천재지변을 겪은 것도 아니다.

그럼 왜일까? 왜 아기가 태어나지 않는 것일까? 나는 모르겠다. 어쩌면 신이 이 섬사람들을 절멸시키고자 결심했기 때문일지 모르겠다. 비과학적이라며 비웃음을 사도 그렇게 생각하는 것 말고는 도리가 없다. 잘 가꿔진 토란 밭과 아름다운 야자 숲을 한낮의 눈부신 일광 속에 바라보면서 이 섬의 운명을 생각할 때, 온갖 중대한 일은 모두 '트롯츠뎀, 즉 그럼에도 불구하고' 일어난다고 말한 누군가의 말을 떠올렸다. 무언가가 멸망해갈 때란 그런 법인가 싶었다.

* 미크로네시아 중부의 섬들로 지금은 추크(Chuk 혹은 Chuuk) 제도로 불림. 트루크(Truk)는 예전 이름이며 '트럭' 섬이라고도 함.

과학자들은 그 멸망의 자취를 보고 여러 원인을 지적하면서 득의양양해 하지만, 그들이 원인이라 부르는 바는 어찌 된 영문인지 원인이 아니라 결과에 불과한 경우가 많다.

가을 끝의 마지막 장미 중에 생각지도 못하게 큰 꽃송이가 필 때가 있는 것처럼 이 섬 최후의 여자아이도 어쩌면 멋지고 아름답고 영리한 아이(물론 섬사람 기준에서 말이지만)가 아닐까 하는 아주 낭만적인 공상을 품고, 나는 그 여자아이를 보러 갔다. 그리고 너무 실망했다. 살은 올라 있었지만, 좀 지저분하고 아둔해 보이는 표정에 평범한 섬사람의 아이였다. 둔한 눈에 약간의 호기심과 겁먹은 태도를 보이며, 이 섬에서는 보기 드문 일본인인 내 모습을 들여다보았다. 아직 문신은 하지 않았다. 귀하게 자랐다고 해도 감염증 정도는 생기는 모양이다. 팔다리 전체에 짓무른 종기가 가득하다. 자연은 나만큼 로맨티스트가 아닌가 보다.

저녁에 나는 홀로 바닷가를 걸었다. 머리 위에는 우뚝 솟은 야자수가 커다란 부채잎을 움직이며 태평양 바람에 우는 소리를 냈다. 바닷물이 빠진 뒤의 축축한 모래를 밟고 가던 동안 아까부터 내 전후좌우에서 계속 아지랑이 같은, 아니면 그림자 같은 것이 어른어른 달리는 것을 알아차렸다. 게다. 회색도 아니고 흰색도 아니고 담갈색도 아닌, 모래와 거의 구분이 되지 않으면서, 약간 허물 벗은 매미 껍데기 같은 느낌의 작은 게들이 무수히 도망쳐 달아난다. 남양에는 빨강과 파랑 페인트를 바른 듯한 꽃발게라면 맹그로브 지대에 많고, 도처에서도 볼 수 있지만 이렇게 흐릿한 그림자 같은 게는 드물다.

처음 팔라우 본섬의 가라르드 해안에서 이것을 보았을 때 하나하나의 게 모습은 보이지 않고, 내 주위의 모래가 어른어른하며 무너져서 달리듯 흘러가는 느낌이 들어서 환영이라도 보는 듯한 착각에 사로잡혔었다. 지금 이 섬에서 두 번째로 보는 광경이다. 내가 멈추어 서서 한동안 물끄러미 보고 있노라니 게들도 도주를 멈춘다. 재빨리 달리던 회색 환영도 홀연 사라지는 것이다. 이 섬의 사람들이 죽어 사라진 (그것은 이제 거의 확정적인 사실이다) 뒤에는 이 그림자 같고 모래의 망령 같은 작은 게들이 이 섬을 다스리게 될까? 회백색이 흔들흔들 움직이는 환영만이 이 섬의 주인이 될 날을 생각하자 묘하게 으스스한 기분이 들었다.

흐릿한 어스름이라는 것이 없는 남국에서는 태양이 바다로 떨어지면 곧바로 컴컴해진다. 내가 쓸쓸한 동쪽 해안에서부터 인가가 다소나마 모여 있는 서해안으로 둘러갔을 때는 이미 밤이었다. 야자수 아래의 낮은 민가에서 깜박깜박 불빛이 새나온다. 그중 한 채로 다가가 보았다. 집 안 취사장 — 팔라우 말로는 움이라고 하는데, 여기 남방의 떨어진 섬에서는 뭐라고 부르는지 모르겠다 — 에 불꽃이 소리도 없이 타오르고 있었다. 그 위에 걸린 냄비에는 토란이나 생선이라도 들어 있을 것이다. 내가 안에 들어가 보니 불 옆에 있던 노파가 놀라 고개를 들었다. 문신을 한 늘어진 피부가 흔들리는 불꽃에 슬쩍 비친다. 손짓으로 먹을 수 있느냐고 묻자 노파는 금방 앞에 있는 냄비 뚜껑을 열고 들여다본다. 출렁출렁한 국물 속에 작은 생선이 두세 마리 들어 있었는데 아직 다 익지 않은 모양이다. 노파는 일어서더니 안에서 나무 접시를 가지고 왔다. 타로 토란 자른 것과 훈제한 생선살이 담겨 있었다. 특별히 배가 고팠던 것은 아니다. 그들의 음식 종류와 맛이 알고 싶었을 뿐이다. 둘 다 조금씩 집어서 맛을 보고 나서 나는 일본어로 감사인사를 하고 밖으로 나왔다.

바닷가로 나오니 저 멀리에 내가 타고 온—그리고 이제 몇 시간 안에 다시 타고 갈—작은 기선의 불빛이 어두운 바다에서 거기만 밝게 떠오른 듯 보였다. 마침 옆을 지나가는 이 섬의 남자를 불러 세워서 카누를 젓게 하여 배로 돌아갔다.

기선은 이 섬을 한밤중에 출발한다. 그때까지 바닷물을 기다린다.

나는 갑판으로 나가 난간에 기댔다. 섬 방향을 보니 어둠 속의 훨씬 낮은 곳에서 대여섯 개 불빛이 희미하게 깜박이는 것이 보인다. 하늘을 올려보았다. 돛대와 동아줄의 검은 그림자 위에 훨씬 높이 남국의 별자리가 아름답게 타오르고 있었다. 문득 고대 그리스의 어느 신비주의자가 말한 '천체의 묘한 합창소리'라는 것이 떠올랐다. 현명한 그 고대인은 이렇게 말했다. 나를 둘러싼 천체의 무수한 별들은 늘 거대한 음향—그것도 조화로운 우주 구성에 어울리는 극히 조화롭고 장대한 합창 소리—을 내며 회전하고 있는데, 지상의 우리는 태초부터 그것에 익숙해져버려 들리지 않는 그 세계를 경험할 수 없으므로 결국 그 절묘한 우주 대합창을 의식하지 못하는 것이라고. 아까 저녁 바닷가에서 섬 주민들이 다 죽은 다음의 이 섬을 머릿속에 그려본 것처럼, 나는 지금 인류가 다 사라지고 난 뒤에 아무도 보는 사람 없을 어두운 천체의 정연한 운행을—피타고라스가 말한 거대한 음향을 내면서 회전하는 무수한 둥근 것들의 모습을 상상해 보았다.

무언가 황량한 슬픔과 닮은 것이 문득 마음속에서 끓어오르는 듯했다.

협죽도 집 여자

오후다. 바람이 완벽하게 호흡을 멈추었다.

얇게 하늘 면을 덮은 구름 아래로 공기는 수분에 포화되어 무겁게 가라앉았다. 덥다. 정말이지 어디로 도망갈 구석도 없이 덥다.

한증탕에 너무 오래 들어가 있었을 때와 같은 나른함에 나는 한 발 한 발 무거운 발걸음을 질질 끌듯이 걷는다. 다리가 무거운 것은 일주일 정도 앓아누워야 했던 뎅기열이 아직 다 낫지 않은 탓도 있다. 지친다. 숨이 막힐 것 같다.

현기증을 느끼며 발길을 멈추었다. 길가 우카루 나무줄기에 손을 대고 몸을 기댄 후 눈을 감았다. 뎅기로 40도의 열에 시달렸던 며칠 전의 환각이 다시 눈 안쪽에 보이는 듯한 느낌이다. 그때와 마찬가지로 눈을 감은 어둠 속에서 눈부신 빛을 뿜는 작열하는 백금색 소용돌이가 뱅글뱅글 돌기 시작한다. 안 되겠어! 곧장 눈을 떴다.

우카루 나무의 가는 잎 하나 흔들리지 않는다. 견갑골 아래에서 땀이 샘솟고 그것이 한 방울 구슬이 되어 등을 또르르 타고 내려가는 것을 분명하게 느낄 수 있다. 이 무슨 말도 안 되는 적막이란 말인가! 온 마을이 잠들어 있는 걸까? 사람도 돼지도 닭도 거미도 바다도 나무들도, 기침소리 하나 나지 않는다.

피로가 조금 진정되자 다시 걷는다. 팔라우 특유의 미끄러운 돌길이다. 오늘 같은 날은 섬 주민들처럼 맨발로 이 돌 위를 걸어본들 딱히 시원하지도 않을 것 같다. 오륙십 걸음 내려가서 거인의 수염처럼 넝쿨 종류가 휘감긴 울창한 가지마루 나무 아래까지 왔을 때, 비로소 나는 무슨 소리를 들었다. 찰싹찰싹 물을 튀기는 소리다. 목욕하는 곳이구나 싶어 옆을 보니 돌길에서 약간 아래로 엇나간 작은 길이 있다. 거대한 토란 잎과 이끼 사이로 슬쩍 알몸 그림자가 보이나 싶었던 그 순간, 예리한 교성이 울려 퍼졌다. 이어서 물을 튀기며 도망치는 소리와 웃음을 참는 소리가 섞여 들리고 그 소리가 멎으니 다시 원래대로 정적이 되돌아왔다. 몹시 힘들었기에 낮 목욕을 하고 있는 아가씨들을 보고도 놀릴 마음조차 일지 않았다. 다시 완만한 돌로 된 언덕길을 계속 내려갔다.

협죽도가 붉은 꽃을 무리 지어 피운 집 앞까지 왔을 때, 내 피로(랄까, 나른함이랄까)는 버티기 어려운 지경이 되었다. 나는 그 섬사람 집에서 쉬게 해 달랄 생각이었다. 집 앞에 한 자 남짓의 높이로 쌓아 올린 세 평 정도의 크고 납작한 돌을 깔아둔 곳이 있었다. 그게 이 집안 선조 대대로 내려오는 무덤일 텐데, 그 옆을 지나며 슬쩍 어두운 집 안을 엿보니 아무도 없었다. 두꺼운 통대나무를 나란히 붙여 만든 바닥 위에 하얀 고양이가 한 마리 누워있을 뿐이었다. 고양이는 잠에서 깨 내가 있는 쪽을 보았지만 살짝 나무라듯 코 위를 한 번 찡긋하고는 그걸로 끝, 다시 눈을 가늘게 뜨고 누워버렸다. 섬사람 집이니 특별히 어려워할 것도 없어서 멋대로 들어가 한쪽 언저리에 앉아 쉬기로 했다.

담배에 불을 붙이면서 집 앞의 크고 편평한 무덤과 그 주위에 서 있는 빈랑나무 예닐곱 그루의 가늘고 높은 줄기를 쳐다보았다. 팔라우 사람은 — 팔라우 사람만이 아니다. 포나페 사람을 빼고 대부분의 캐롤라인 군도 사람들은 — 빈랑나무 열매에 석회를 발라서 늘 즐겨 씹기 때문에 집 앞에는 꼭 몇 그루의 빈랑나무를 심어 둔다. 야자보다 훨씬 가늘고 날렵한 빈랑나무 덤불이 쭉쭉 뻗어 있는 모습은 상당히 풍취가 있다. 빈랑나무와 나란히 훨씬 키 작은 협죽도가 서너 그루, 꽃을 한가득 달고 있다. 돌 쌓은 무덤 위에도 점점이 복숭앗빛 꽃이 떨어져 있었다. 어딘가에서 강하고 달콤한 향이 감도는 것은 아마 이 안쪽에 인도 재스민이 심어져 있기 때문인 모양이다. 그 향이 오늘 같은 날에는 도리어 머리가 아플 정도로 강렬하다.

바람은 여전히 없다. 공기가 짙고 무겁고 찐득하게 액체로 미지근한 점액 풀 같은 것이 되어 머릿속으로까지 침투해서 거기 회색의 안개가 낀다. 관절 한 마디 한 마디가 다 해체된 듯 께느른하다.

담배를 한 개비 다 피우고 꽁초를 버리면서 잠시 뒤를 돌아 집 안을 보고 깜짝 놀랐다. 사람이 있다. 여자다. 어디에서 어느 틈에 들어온 것일까? 아까까지 아무도 없었는데. 하얀 고양이밖에 없었는데. 그러고 보니 지금은 흰 고양이가 없다. 어쩌면 아까 그 고양이가 이 여자로 둔갑한 게 아닐까 (분명 머리가 어떻게 된 게다) 하고 정말 아주 일순간이지만 그런 느낌이 들었다.

놀란 내 얼굴을 여자는 눈도 깜박이지 않고 쳐다본다. 놀란 눈이 아니었다. 아까부터 내가 밖을 바라보고 있는 동안 쭉 나를 보고 있던 느낌이 들었다.

여자는 상반신에는 아무것도 입지 않은 상태였고 쪼그리고 앉은 무릎 위에 갓난아기를 안고 있었다. 갓난아기는 너무 작았다. 태어난 지 두 달도 안 되어 보였다. 자면서 젖을 물고 있다. 젖을 먹고 있는 것 같지는 않다. 깜짝 놀라기도 하고 그쪽 언어가 자유롭지도 않아서, 나는 내 멋대로 빈집에 들어와 쉰다는 양해도 구하지 못하고 잠자코 여자 얼굴을 보았다. 이렇게 눈길을 피하지 않는 여자는 처음 봤다. 거의 시선을 고정시키고 있다고 해도 좋을 정도였다. 열병 같은 이상한 느낌까지 그 눈빛 안에 감도는 것 같다. 살짝 기분이 나빠지려고 했다.

내가 도망치지 않았던 것은 여자 눈빛 안에 이상한 게 있기는 했지만 흉포한 느낌은 보이지 않았기 때문이다. 아니, 또 한 가지, 그렇게 무언의 상태로 서로 바라보고 있는 중에 점차 미미하면서도 에로틱한 흥미가 생겼기 때문이기도 했다. 실제 그 젊은 여자는 미인이라고 해도 좋을 정도였다. 팔라우 여자로서는 드물게 야무진 얼굴이었는데 어쩌면 일본인과의 혼혈이지 않았을까? 얼굴색도 예의 검게 반짝이는 색이 아니라 광택을 지운 듯한 옅은 검은색이다. 아무데도 문신이 보이지 않는 것은 이 여자가 아직 젊고 일본 공학교 교육을 받았기 때문일 것이다. 오른손으로 무릎 위의 아이를 잡고, 왼손은 비스듬하게 뒤쪽 대나무 바닥을 짚고 있었는데, 그 왼쪽 팔꿈치와 팔뚝이 (보통 관절이 구부러지는 것과는 반대로) 바깥쪽을 향해 부등호를 벌리고 꺾여 있다. 이렇게 관절을 구부리는 것은 이

지역 여자들에게서만 볼 수 있다. 다소 뒤집어진 느낌의 그 자세로 아래턱을 내민 입술을 반쯤 벌린 채, 눈썹이 길고 큰 눈으로 방심한 듯 나를 바라보고 있다. 나는 그 눈길을 피하지 않았다.

변명하는 것 같지만, 일단 분명히 그날 오후의 온도와 습기 그리고 그 안에 감도는 강렬한 인도 재스민 냄새가 좋지 않았다.

나는 아까부터 여자가 응시하던 의미가 겨우 이해되었다. 왜 젊은 섬 주민 여자가 (그것도 출산한 지 얼마 되지 않는 듯한 여자가) 그럴 마음이 들었는지, 병에서 갓 회복한 내 몸이 그녀의 그러한 시선에 부합하는지 아닌지, 또한 열대에서는 이런 일이 흔한지 아닌지, 그런 건 전혀 모르면서도 아무튼 현재 이 여자가 나를 응시하는 의미만은 더할 나위 없이 분명하게 이해했다. 나는 여자의 흐릿한 검은 얼굴에 희미하게 혈색이 오르는 것을 보았다. 상당히 몽롱한 머릿속 어딘가에서 점차 위험이 커지는 것을 의식했지만, 물론 그것을 비웃는 마음 쪽에 더 자신감이 있었다. 하지만 그러는 사이에 나는 묘하게 묶여가는 듯한 자신을 느끼기 시작했다.

몹시 바보 같은 이야기지만 그때 인사불성이 되도록 취한 듯한 이상한 기분을 나중에 돌이켜 보니, 아무래도 나는 열대의 마술에 살짝 걸렸던 것 같다. 그 위험에서 나를 구해준 것은 병을 앓고 난 직후의 쇠약해진 몸이었다. 나는 툇마루에 다리를 내리고 앉아 있었으므로 여자 쪽을 보기 위해서는 몸을 꼬아서 비스듬히 뒤쪽을 바라보아야 한다. 이 자세가 나를 몹시 지치게 만들었다. 조금 있다가 옆구리와 목덜미 근육이 너무 아파서 나도 모르게 원래대로 자세를 되돌리고는 시선을 바깥 풍경으로 돌렸다. 어찌 된 셈인지 뱃속으로부터 깊은 한숨이 후 하고 나왔다. 그 순간 마술 주문이 풀렸다.

조금 전까지의 내 상태를 생각하고는 나도 모르게 쓴웃음이 나왔다. 툇마루에서 일어나서는 그 쓴웃음을 띤 얼굴로 집 안의 여자에게 '안녕히(사요나라)'라고 일본어로 말했다. 여자는 아무 대답도 하지 않았다. 심한 모욕을 당하기라도 한 듯 명백하게 화가 난 표정으로 아까와 똑같은 자세로 나를 노려보았다. 나는 그 시선에 등을 돌리고 입구 협죽도 쪽으로 걷기 시작했다.

나는 아미아카 나무와 망고의 거목 아래로 돌길을 따라 겨우 숙소로 되돌아왔다. 몸도 신경도 완전히 녹초가 된 채로. 내 숙소는 이 마을 촌장인 섬사람 집이다.

내 식사를 준비해 주는 일본어 잘하는 섬사람 여자 마달레이에게 아까 그 집 여자에 관해 물어보았다. (물론 내 경험을 시시콜콜 다 이야기한 것은 아니다.) 마달레이는 검은 얼굴에 새하얀 이를 드러내 웃으며 말했다.

"아아, 그 미인?" 그러더니 이렇게 덧붙였다. "그 사람, 남자 좋아해. 일본 남자면 다 좋아해."

아까 나의 추태를 떠올리고 나는 다시 쓴웃음을 지었다.

축축한 공기가 미동도 하지 않는 방 안에서 마루의 깔개 위에 지친 몸을 털썩 누이고 나는 낮잠에 빠졌다.

삼십 분 정도 지났을까? 갑자기 차가운 감촉이 나를 깨웠다. 바람이 부나? 일어나서 창문 밖을 보니 근처 빵나무 잎이라는 잎은 모조리 하얀 잎 뒷면을 보이면서 뒤집혀 있다. 이것 참 감사하다 싶어 갑자기 시커멓게 변한 하늘을 올려다보고 있는 사이에 맹렬한 스콜이 찾아왔다. 지붕을 두드리고 돌길을 두드리고 야자 잎을 때리고 협죽도 꽃을 때려 떨어뜨리고, 비는 무시무시한 소리를 내면서 대지를 씻었다. 사람들도 짐승들도 초목들도 겨우 다시 소생할 수 있었다. 멀리에서 새 흙의 냄새가 풍겨왔다. 두껍고 하얀 빗줄기를 보면서 나는 옛날 중국 사람들이 빗줄기에 사용한 은죽(銀竹)이라는 말을 상쾌하게 떠올렸다.

비가 그치고 나서 조금 있다 밖으로 나가 보니 아직 젖어 있는 돌길 저쪽에서 아까 그 협죽도 집 여자가 걸어왔다. 집에 재워두고 나온 것인지 갓난아기는 안고 있지 않았다. 나와 스쳐 지나쳤지만 시선도 돌리지 않았다. 화를 내는 표정은 아니었고 나를 전혀 인식하지 않는 듯한, 전혀 모르는 체하는 무표정한 얼굴이었다.

나폴레옹

“나폴레옹을 체포하러 갑니다.”

젊은 경관이 나에게 말했다. 팔라우의 남쪽 먼 섬으로 다니는 작은 기선 곳코마루(國光丸) 호의 갑판 위였다.

“나폴레옹?”

“네, 나폴레옹이요.”

젊은 경찰관은 내가 놀라기를 기대했다는 듯이 웃으면서 말했다.

“나폴레옹은 섬사람이에요. 섬사람 아이 이름입니다.”

섬사람 중에는 꽤나 특이한 이름이 여럿 있다. 옛날에는 기독교 선교사에게 지어달라는 경우가 많았으므로, 마리아나 프랜시스 등이 많았으며, 또한 이전에 독일령이었던 관계로 비스마르크 같은 이름도 이따금씩 있었지만, 나폴레옹은 드물다. 그러나 내가 알고 있는 다른 섬사람 이름인 시치가쓰(칠월에 태어났을 것이다), 고코로(마음?), 하미가키(양치질) 같은 것에 비하면 무엇보다 당당한 이름임에 틀림없다. 그래도 지나치게 당당해서 오히려 우스운 것도 틀림없지만.

갑판에 펼쳐진 캔버스 차양 아래에서 나는 피부색 검은 불량소년 나폴레옹의 이야기를 들었다.

나폴레옹은 이 년 전까지 코로르 시내에서 살았는데 공학교 3학년 때 나이 어린 여자아이에게 몹시 악질적이고 가학적으로 나쁜 짓을 해서, 그 아이를 거의 빈사상태에 이르게 했단다. 그 밖에도 이와 비슷한 사건을 두세 번 더 일으킨 데다가 절도까지 저지른 모양인지, 재작년 열세 살 나이에 미성년자에 내려지는 벌로 코로르에서 멀리 떨어진 남쪽 S섬으로 유배를 보냈다. 명목상으로는 팔라우 제도에 속하지만, 이처럼 남쪽의 먼 섬들은 지질적으로도 전혀 다른 섬이었고 주민들도 훨씬 동쪽의 중앙 캐롤라인 계통 사람들이어서 언어 습관마저 팔라우와 전혀 달랐다. 아무리 악동 소년 나폴레옹이라도 처음에는 꽤나 힘들어했던 것 같은데, 환경에 적응(이라기보다 환경을 극복)하는 불가사의한 재능을 겸비했는지, 반 년도 지나지 않아 S섬에서도 감당을 할 수 없게 날뛰고 설치기 시작했다. 섬 소년들을 협박하거나 아가씨나 유부녀들에게 발칙한 짓을 해서 곤혹스럽다는 진정이, 꽤 이른 시점부터 섬 촌장에게서 팔라우 지청으로 왔단다. 그런 악동 소년은 섬 안에서 제재하면 되리라 생각했건만 어찌 된 노릇인지 섬 어른들이 오히려 겁을 내는 상황이란다. S섬은 인구도 극히 적고 게다가 점점 감소하고 있는 이른바 폐도에 가까운 섬인데, 겨우 열대여섯 살 소년 하나를 억제하지 못할 정도로 주민들도 기운이 달린 것일까?

나와 지금 이야기를 나누는 경찰관이 나폴레옹을 체포하러 가는 것은, 이 소년에게 개심의 가능성이 없다고 본 팔라우 지청 경무과가 그의 유배형 기간을 연장하고, 아울러 유배지를 S섬보다 더 남쪽으로 멀리 동떨어진 T섬으로 변경하기로 결정했기 때문이다. 경관은 이 볼일과 더불어 또 한 가지 벽지의 머나먼 여러 섬들의 인두세(人頭稅) 징수 업무를 겸했는데, 섬사람 순경을 한 명 데리고 일본인이 타는 경우는 거의 없는, 게다가 일 년에 겨우 세 번 정도밖에 다니지 않는 이 이도(離島) 항로의 작은 배에 올라탄 것이다.

"나폴레옹 선생께서 얌전히 이 배를 타고 T섬으로 갈까요?" 내가 물었다.

"그럼요. 아무리 나쁜 놈이라고 해도 기껏해야 섬사람 아이 아닙니까. 문제없지요."

경관이 발끈하며 대답했다. 그의 목소리에서 지금까지의 대화하던 말투와 달리 뜻밖에 약간 분격하는 어조가 느껴지는 바람에 눈치챌 수 있었다.

'아, 내가 지금 한 말이 섬사람 앞에서는 절대 권위를 가진 경관에게 다소 모멸감을 준 것일지도 모르겠구나.'

S섬이 나폴레옹의 존재 때문에 곤혹스러워한다고 T섬으로 보낸다니, 비슷한 무기력자들이 모여 있을 게 틀림없는 T섬도 역시 이 소년 때문에 애를 먹을 게 틀림없다. 이런 식 말고 달리 방법이 없을까? 예를 들어 코로르 시내에서 엄중한 감시하에 노역을 부과한다든가 그런 식으로 말이다. 게다가 대체 이 유배형이라는 예스러운 형벌을 소년에게 부과하는 건 대체 무슨 법률이란 말인가? 일본인 적(籍)에 들어가지 않는 섬사람, 특히 미성년자들에게는 어떠한 법률이 마련되어 있을까? 같은 남양의 관리이지만 분야나 방면도 완

전히 다르고 심지어 아주 신참인 나는 그쪽으로 완전히 무지했기 때문에 몇 가지 질문해보고 싶었지만, 상대방 기분을 약간 상하게 만든 것 같기도 하고 옆에 있는 섬사람 순경을 배려해야 한다는 마음도 있어서 일단 잠자코 있기로 했다.

"선장이 낮쯤에는 S섬에 도착할 것 같다고 했는데, 지난번처럼 반나절 정도 가다가 그냥 지나쳐 버린 일도 있으니 믿을 얘기가 못되지요."

경관은 화제를 돌리며 이렇게 말하고 기지개를 켜면서 바다로 눈길을 보냈다. 나도 별달리 할 말이 없어서 그를 따라 눈을 가늘게 뜨고 눈부신 바다와 하늘을 바라보았다.

한도 끝도 없이 좋은 날씨다. 바다고 하늘이고 얼마나 반짝반짝 빛나고 파랗던지. 맑고 투명하며 밝은 하늘의 푸른색이 수평선 근처에서 부옇게 피어오르는 금가루 같은 아지랑이 속으로 녹아 사라지는가 싶더니, 이번에는 그 아래에서 한눈에 보는 것만으로도 온몸이 물들어 버릴 듯한 화려하고 짙은 남색 물이 넓어지고 부풀어 높다래진다. 내부에 빛을 품은 풍요롭고 곱기 짝 없는 남보라색 거대한 원반이 배의 흰 칠을 한 난간 위로 갔다 아래로 갔다 하면서, 턱없이 크고 높이 부풀어 올랐다가는 다시 쑥 낮게 가라앉는다. 나는 '감청귀(紺靑鬼)'라는 말을 떠올렸다. 그게 어떤 귀신인지는 모르지만, 무수하게 시퍼런 작은 귀신들이 백금색 빛이 찬란한 속에서 난무라도 춘다면 혹시나 이 바다와 하늘의 화려함을 드러낼지도 모르겠다는 둥 그런 뜬금없는 생각을 했다.

잠시 뒤 너무 눈이 부셔 바다에서 눈을 돌려 앞을 내다보니 조금 아까까지 나와 이야기하던 젊은 경관은 천으로 만든 침대의자에 기댄 채 이미 기분 좋게 코를 골고 있었다.

정오가 가까워지자 배는 산호초 틈으로 난 수로를 지나 만으로 들어갔다. S섬이다. 검은 피부의 작은 소년 나폴레옹이 있다는 에루바 섬이다.

나지막하고 전혀 언덕이 없는 조그마한 산호섬이다. 완만하게 반원을 그린 물가의 모래는 — 아니, 산호 찌꺼기는 너무도 새하얘서 눈이 아플 지경이다. 오래된 야자수 행렬이 파란 낮의 빛 속에서 우뚝 솟아 있고, 그 아래에 보였다 말았다 하는 토인들 오두막이 아주 낮고 작게 보인다. 이삼십 명 정도 되는 토착민 남녀가 물가로 나와서 눈을 찡그리거나 손차양을 하면서 우리 배 쪽을 보고 있다.

조수 관계로 쑥 튀어나온 제방에는 배를 대지 못했다. 해안에서 한 오십 미터 떨어진 곳에 배가 정박하자 카누 세 척이 마중하러 물살을 가르며 다가왔다. 멋지게 붉은 구릿빛을 한 건장한 남자가 들보 하나만 걸치고 배를 저어온다. 다가오니 그들 귀에 검은 귀걸이가 늘어진 것이 보였다.

"그럼 다녀오지요."

경관은 헬멧을 손에 들고 인사했고 순경을 따라 갑판에서 내려갔다.

이 섬에는 세 시간밖에 정박하지 않는다. 나는 상륙하지 않기로 했다. 오로지 더위가 두려웠기 때문이다.

점심을 갑판 아래에서 해결하고 다시 위로 올라왔다. 바깥바다의 짙은 남색과는 전혀 달리 보초(堡礁) 안쪽의 물은, 젖에 녹인 비취색이다. 배의 그림자가 진 곳은 두꺼운 유리 절단면 같은 색조로 더 두드러지게 투명해 보인다. 엔젤 피쉬와 닮은 검고 요란한 세로줄무늬가 있는 물고기와, 학꽁치 같은 적갈색 가느다란 물고기가 많이도 헤엄치고 있는 것을 내려다보니 스르르 졸음이 왔다. 아까 경관이 자던 침대의자에 누워 금세 잠들어 버렸다.

배의 사다리를 올라오는 발소리와 사람 목소리에 눈을 뜨자 벌써 경관과 순경이 돌아와 있었다. 옆에는 들보 하나만 걸친 섬 소년을 데리고 있었다.

"아, 이 아이군요. 나폴레옹이."

"네." 고개를 끄덕인 경관은 소년을 갑판 구석에 배를 매는 밧줄 같은 것이 쌓여 있는 곳으로 밀쳐 넣었다. "여기 수그리고 앉아."

경관 뒤에서 순경이(스무 살이 될까 말까 하는 우둔해 보이는 젊은이다) 뭔가 짤막하게 소년에게 말했다. 경관의 말을 통역한 것 같았다. 소년은 불만스러운 일별을 우리에게 던지고 거기 있는 나무 상자에 걸터앉아 바다 쪽으로 고개를 돌려버리고 말았다.

섬사람치고는 눈이 아주 작았지만 나폴레옹 소년 얼굴이 특별히 못생긴 건 아니었다. 그렇다고 (대개 사악한 얼굴에는 어딘가 교활한 영리함이 있는 법인데) 그렇게 약아 보이지도 않았다. 똘똘함 같은 것은 전혀 볼 수 없고, 우둔하기 짝이 없는 얼굴이면서 보통 섬사람 얼굴에 보일 법한 짐짓 시치미 떼는 느낌이 전혀 없다. 의미도 목적도 없이 그저 불순물 섞이지 않은 악의만이 분명하게 그 아둔한 얼굴에 드러나 있다. 아까 경관에게서 들은 이 소년이 코로르에서 저지른 잔인한 행위도 이 얼굴이면 정말 그랬을 수 있겠다 싶었다. 다만 예상과 달랐던 것은 소년의 체구가 작았다는 점이다. 섬사람들은 보통 스무 살 전에 다 성장을 마쳐 버리므로, 열대여섯 살쯤 되면 정말 그럴싸한 체격을 갖추는 경우가 많다. 특히 성적인 범행을 저지를 만큼 조숙한 소년이라면 틀림없이 체구도 그에 걸맞게 충분히 발달해 있을 거라 생각했는데, 이 아이는 깡마르고 되바라진 원숭이 같은 소년이다. 이런 체구의 소년이 어째서 (아직 가문 다음으로는 완력이 가장 힘을 발휘하는) 섬사람들 사이에서 그렇게 여럿을 무섭게 만들 수 있었는지 정말 불가사의하게 여겨졌다.

"수고하셨습니다." 나는 경관을 향해 말했다.

"아뇨. 배가 드물다 보니 녀석이 마을 사람들과 같이 바닷가에 나와서 구경하고 있길래 금방 잡아 왔습니다. 하지만 저 남자가(하고 순경을 가리키며) 말하는 것을 들으니, 참 난감하지 뭡니까." 경관이 말했다. "나폴레옹 이 녀석이 지금 팔라우 말을 완전히 다 잊어버렸다는 겁니다. 저 녀석에게 무슨 말을 해도 안 통하는 거예요. 아무리 그래도 이런 일이 있을까요? 겨우 두 해 사이에 자기가 태어난 땅의 말을 깡그리 잊어버리다니."

두 해 동안 이 섬에서 트루크 군도의 말만 사용했기 때문에 나폴레옹은 팔라우 말을 깡그리 잊어버렸단다. 공학교에서 이 년 정도 배운 일본어를 잊어버린 거라면 이해가 된다. 하지만 태어났을 때부터 사용한 팔라우 말까지 잊어버린다고? 나는 고개를 갸우뚱했다. 그러나 아예 있을 수 없는 일도 아닐지 모른다. 허나 그 한편으로 생각할 때 경관 심문을 피하기 위한 거짓말이 아닐지 누가 알겠는가?

"글쎄요." 나는 다시 한번 고개를 갸웃했다.

"저도 저 녀석이 거짓말을 하는 게 아닐까 싶어서 상당히 추궁을 해 봤어요. 그런데 정말 다 잊어버린 것 같기도 해요." 경관은 그렇게 말하면서 이마의 땀을 닦고 이쪽에 등을 돌리고 있는 나폴레옹 쪽을 지긋지긋하다는 듯이 쳐다보았다.

"어쨌든 반항적이고 건방진 녀석입니다. 아직 어린애 주제에 이렇게 막무가내인 녀석은 처음 봐요."

오후 3시가 되어 드디어 출범이다. 덜컹덜컹하는 엔진 소리와 더불어 선체가 가볍게 위아래로 흔들리기 시작했다.

나는 경관과 갑판 의자에 기대어 (우리 둘만 일등선실이었으므로 항상 같이 있을 수밖에 없다) 섬 쪽을 보고 있었다. 그때 우리 옆에 서 있던 예의 그 섬사람 순경이 '어어!' 하며 얼빠진 소리를 내더니 우리 뒤쪽을 가리켰다. 곧바로 그 방향으로 돌아본 순간, 나는 흰 칠을 한 난간을 넘어 지금 막 바다 위로 뛰어드는 소년의 뒷모습을 보았다. 우리는 허둥지둥 난간 있는 곳으로 달려갔다. 이미 탈주자는 배에서 십몇 미터 떨어진 소용돌이 속으로 선미 쪽을 돌아 멋들어지게 섬 쪽으로 헤엄을 치고 있었다.

"멈춰라! 배를 멈춰!" 경관이 소리쳤다. "나폴레옹이 도망쳤다."

순식간에 배 위는 야단법석 소란이 벌어졌다. 선미에 있던 두 명의 섬사람 수부가 그 자리에서 바다로 뛰어들어 탈주자 뒤를 쫓았다. 두 사람 모두 스무 살을 갓 넘어 보이는 건장한 청년들이다. 탈주자와 추적자의 거리는 점점 줄어드는 것 같았다. 바닷가에서 배를 배웅하던 섬사람들도 겨우 알아차렸던 모양인지 나폴레옹이 헤엄쳐서 도달할 만한 방향을 향해 백사장 위를 다다다다 뛰어간다.

뜻하지 않은 활극에 나는 난간에 기대어 마른침을 삼켰다. 이것은 눈이 번쩍 떠질 정도로 선명한 색채의 세계를 배경으로 한 남양의 추격물이다. 내가 어지간히 재밌어하는 표정으로 쳐다보고 있었나 보다.

"재미있군요!"

누가 말을 걸어서 퍼뜩 정신을 차리니 어느샌가 옆에 선장이 (어찌 된 영문인지 이 선장은 언제 봐도 다소의 술기운을 띠지 않을 때가 없다) 와서 있었다. 그도 역시 느긋하게 파이프 연기를 뻐끔대면서 영화라도 보는 듯 즐겁게 바다의 활극을 내려다보았다. 나폴레옹이 바닷가까지 헤엄을 쳐서 잘 도착한 다음 섬 안의 숲속으로 도망이라도 쳐주면 재밌겠다며, 어느덧 그런 생각까지 하는 스스로를 알아차리고 나는 고소를 머금었다.

하지만 결과는 예상외로 싱거웠다. 결국 물가에서 사십 미터 정도 일어서서 걸을 수 있을 곳까지 왔을 때 나폴레옹은 따라잡혔다. 보통보다 체구가 작은 한 소년과 당당한 체격의 청년 둘이었으니 결과는 뻔하다. 소년은 두 사람에게 양팔을 잡혀 일으켜 세워지고는 바닷가로 올라간 것까지는 보였는데, 섬사람들이 금세 둘러싸 버렸기 때문에 그다음은 잘 보이지 않았다.

경관은 몹시도 기분이 잡쳤다.

삼십 분 후에 두 수훈감 수부에게 제압되어 나폴레옹이 다시 섬의 카누를 타고 배로 되돌아왔을 때, 가장 먼저 그는 뺨을 세 번 네 번 연달아 호되게 얻어맞았다. 그리고 이번에는 (아까는 밧줄로 묶지 않았었다) 두 손과 두 발을 배의 삼노끈에 묶인 상태로, 구석의 섬사람 선원의 식료품이 들어 있는 것으로 보이는 야자잎 바구니와 음료용으로 껍질 벗긴 야자 사이로 쓰러졌다.

"빌어먹을. 쓸데없이 고생을 시키다니!" 그래도 경관은 겨우 안도했다는 듯 그렇게 말했다.

이튿날도 완전히 맑은 날씨였다. 하루 종일 육지를 보지 못한 채 배는 남쪽으로 달렸다.

마침내 저녁 가까이 되어 무인도 H초(礁)의 환초 안으로 들어갔다. 무인도에 배를 대는 것은 혹시 표류자라도 있는 건 아닌지 알아보기 위해서라고 생각했다. 어딘가의 명령 항로 규약에 그런 내용이 쓰여 있던 것을 기억했기 때문이다. 그런데 사실은 그런 만만한 인도적 사고방식 때문에 들르는 것이 아니었다. 이곳에서 잡는 보말고둥의 채취권을 독점하고 있는 남양무역회사의 의뢰로 밀어업자를 단속하는 것이 목적이라고 했다.

갑판 위에서 보니 어마어마한 바닷새들 무리가 이 낮은 산호초 섬을 덮고 있다. 선원 두셋에게 이끌려 섬에 상륙해보고 더 놀랐다. 바위 그늘, 나무 위, 모래 위에도 그저 온통 새, 새, 새, 그리고 새의 알과 새의 똥이다. 그리고 그 무수한 새들은 우리가 다가가도 도망치려고 하지 않는다. 잡으려고 하면 그제야 간신히 두세 걸음 비척 비척 피할 뿐이다. 큰 것은 사람 어린이 크기 정도 되는 것부터 작은 것은 참새 정도에 이르기까지 하얀 새, 회색 새, 옅은 갈색 새, 담청색 새, 수만 마리라고 헤아리기도 어려운 수십 종의 바닷새들이 무리 지어 있었다. 유감스럽게도 나는 (동행 선원도) 새 이름을 하나도 알 수가 없었다. 나는 그저 턱없이 흥분해서 무턱대고 달리면서 새들을 쫓아 뛰어다녔다. 얼마든지, 정말 우스울 정도로 얼마든지 손에 잡힌다. 부리가 붉고 길며 몸집이 크고 하얀 녀석을 한 마리 안아 들었을 때는 아니나 다를까 새가 난리를 치는 통에 살짝 쪼이기는 했지만, 나는 아이처럼 환성을 지르며 몇십 마리인지도 모르게 잡았다가는 놓아주고 또 잡았다가는 놓아주었다. 동행한 선원들은 처음 보는 게 아니니 나만큼 신나하지는 않았지만, 그래도 막대기를 휘두르며 꽤나 무용한 살생을 하고 있었다. 그들은 적당한 크기의 새 세 마리와 연노랑색 새알을 열 개 정도 식용으로 하려고 배로 가지고 돌아왔다.

소풍 나간 소년처럼 크게 만족하여 배로 돌아오니 하선하지 않았던 경관이 나에게 말했다.

"저 녀석 (나폴레옹을 말하는 것이다) 어제부터 뿌루퉁해서 아무것도 먹지를 않아요. 토란과 야자수를 주고 손에 묶인 끈도 풀어주었지만 쳐다보지도 않더군요. 어디까지 고집을 부리려는지 끝도 없어요."

정말로 소년은 어제와 같은 장소에 같은 자세로 누워 있었다. (다행히 그곳은 햇볕이 내리쪼이지는 않는 곳이었는데) 내가 곁으로 다가가도 눈은 똑바로 뜨고 있으면서도 시선조차 향하지 않았다.

다음날, 그러니까 S섬을 출발하고 나서 이틀째 아침, 마침내 T섬에 도착했다. 이 항로의 종착점이기도 하며 나폴레옹 소년의 새로운 유배지이기도 하다. 보초 안쪽의 얕은 녹색의 바닷물, 새하얀 모래와 키 큰 야자수들의 광경, 기선을 보려고 재빨리 노를 저어 오는 여러 척의 카누, 그 카누에서 배로 올라와 선원들이 내미는 담배나 정어리 통조림 같은 것과 자신들이 가지고 온 닭이나 달걀 같은 것을 교환하려는 섬 주민들, 그리고 바닷가에 서서 신기한 듯 배를 바라보는 섬사람들. 그런 광경은 어느 섬이든 다를 바 없다.

마중 온 카누가 도착했을 때, 순경은 아직도 같은 자세로 야자 바구니 사이에 쓰러져 있는 나폴레옹(그는 끝끝내 이틀 동안 꼬박 고집스럽게도 음식에 한 입조차 대지 않았단다)에게 도착했다고 알리고, 다리의 끈을 풀어서 일으켜 세웠다. 나폴레옹은 얌전히 일어섰지만, 순경이 여전히 그 팔을 잡고 경관 쪽으로 잡아당기려고 했을 때 잔뜩 화가 난 얼굴로, 섬사람 순경을 잘 쓰지 못하는 팔꿈치로 밀쳐버렸다. 그 순간 밀쳐진 순경의 우둔한 얼굴에 놀라움과 더불어 일종의 공포스러운 표정이 떠올랐던 것을 나는 놓치지 않았다. 나폴레옹은 혼자서 경관의 뒤를 따라 사다리로 내려갔다. 카누로 옮겨 타고 이윽고 카누에서 해안으로 내려섰으며 섬사람 두세 명과 같이 경관을 따라 야자 숲 사이로 사라져가는 것을 나는 갑판에서 전송했다.

여기에서 일고여덟 명의 섬사람 선객이 야자 바구니를 카누에 쌓아서 내렸고, 그와 교대라도 하듯이 섬에서 팔라우로 가려는 열 명 남짓이 비슷한 야자 바구니를 짊어지고 승선했다. 일부러 크게 잡아당긴 귓불에 검은빛이 도는 야자 껍데기 귀걸이를 늘어뜨리고, 목에서 어깨, 가슴에 걸쳐 파상으로 문신을 한 순수 트루크 제도의 풍속이다.

한 시간쯤 지나자 경관과 순경이 배로 돌아왔다. 나폴레옹 유배에 관한 것을 섬 주민들에게 알려주고, 촌장에게 그 신병을 맡기고 온 것이다.

출범은 오후가 되었다.

예에 따라 바닷가에는 전송하러 나온 섬사람들이 죽 늘어서서 이별을 아쉬워한다. (일 년에 서너 번밖에 볼 수 없는 커다란 배가 출발하는 것이니까.)

햇볕을 막는 검은 안경을 쓰고 갑판에서 바닷가를 바라보던 나는 그들이 줄지어 있는 속에서 꼭 나폴레옹 같은 남자아이를 발견했다. '어, 이상하네' 싶어서 곁에 있던 순경에게 확인해 보니 정말 나폴레옹이 틀림없단다. 꽤 멀리 떨어져 있어서 표정까지는 모르겠지만 지금은 포박당한 줄에서 완전히 해방되었고, 그렇게 생각해서 그런지 밝고 건강해진 것처럼 보였다. 옆에 자기보다 약간 몸집이 작은 아이들을 두 명 데리고 이따금 서로 이야기를 나누는 듯 보였는데 벌써—상륙 후 세 시간 만에 부하들을 만들어 버렸다는 건가?

배가 서서히 기적을 울리고 뱃머리를 바깥 바다로 향하기 시작했을 때, 나는 나폴레옹이 나란히 서 있는 섬 주민들과 함께 배를 향해 손을 흔드는 것을 분명히 보았다. 그 고집불통에 뿌루퉁한 소년이 대체 왜 그렇게 했을까? 섬에 올라 배불리 토란을 먹고 나니 배 안에서 있었던 분노와 불만과 단식투쟁도 모두 잊어버리고 그냥 소년답게 사람 흉내를 내고 싶었던 것은 아닐까? 아니면 언어는 이미 다 잊어버렸어도 역시 팔라우가 그리워서 그리로 돌아가는 배를 향해 문득 손을 흔들 마음이 든 것일까? 어느 쪽인지 나는 모르겠다.

곳코마루는 오로지 북쪽을 향해 갈 길을 서둘렀고, 작은 소년 나폴레옹을 위한 세인트헬레나*는 곧 회색 그림자가 되고 연기 같은 하나의 선이 되더니 한 시간 후에는 마침내 완전히 푸른 불꽃이 타오르는 커다란 원반 저편으로 가라앉아 버렸다.

* T섬을 나폴레옹 장군이 최후를 맞은 남대서양의 외딴섬 세인트헬레나(St. Helena)에 비유.

한낮

잠이 깼다. 충분히 잔 뒤 기분 좋은 기지개를 쫙 펴자 손발의 아래, 등 아래에서 모래가 — 새하얀 꽃산호 찌꺼기가 후드득 가볍게 무너진다. 물가에서 한 삼 미터 떨어진 곳, 커다란 클루시아 나무가 무성한 아래, 짙은 가지색 그림자 속에서 나는 낮잠을 자고 있었다. 머리 위 나뭇가지의 잎이 빽빽이 자라 있어서 잎 사이로 거의 햇빛조차 새지 않는다.

일어나서 먼바다를 보았을 때 푸른 고등어색 바닷물을 가르며 달리는 붉은 삼각 돛단배의 선명함이 내 눈을 확실하게 각성시켰다. 그 돛 달린 카누는 지금 마침 바깥 바다에서 보초의 뚫린 틈으로 들어오던 차였다. 햇살 비치는 각도로 보면 시각은 정오를 조금 넘어간 때일 것이다.

담배를 한 모금 피우고 다시 산호 찌꺼기 위에 앉았다. 고요하다. 머리 위 잎의 살랑임과 찰싹찰싹 핥는 듯한 물가 파도 소리 외에는 이따금 보초 바깥의 높은 파도 소리가 희미하게 울릴 뿐이다.

기한 있는 약속에 쫓기는 일도 없고, 또한 환절기라는 것도 없이 그저 느긋하고 하염없이 시간이 흘러가는 이 섬에서 우라시마 다로(浦島太郎)*는 결코 그냥 단순한 이야기가 아니다. 그저 이 옛날이야기의 주인공이 용궁 속 여주인공에게서 발견한 매력을, 우리가 이 섬의 살갗 검고 튼튼한 소녀들에게서 발견하기 어려울 뿐. 대체 시간이라는 말이 이 섬의 어휘 속에 있기나 할까?

일 년 전 북방의 차가운 안개 속에서 대체 나는 무엇을 고민하고 있었던가 문득 떠올렸다. 그게 무슨 전생의 먼 일처럼 여겨졌다. 살갗으로 파고드는 겨울의 감각도 이제 생생하게 기억 속에서 재현하기란 불가능하다. 마찬가지로 예전에 북방에서 나에게 가책을 느끼게 하던 수많은 번민조차 단순하고 파편적인 기억에 머물러 기분 좋은 망각의 장막 저편으로 어스름 그림자만 남기고 있는 것에 불과하다.

그럼 내가 여행을 나서기 전에 기대하던 남방의 행복이 바로 이거였을까? 낮잠에서 깰 때의 이 상쾌함, 산호 찌꺼기 위에서의 고요한 망각과 무위와 휴식인 것일까?

'아니지' 분명히 그것을 부정하는 목소리가 내 안에 있다. '아니야, 그렇지 않아. 네가 남방에서 기대하던 것은 이런 무위나 권태가 아니었을 거야. 그것은 새로운 미지의 환경 속으로 나를 내던지고, 내 안에 있으면서 아직 내가 모르는 힘을 실컷 시험해 보려는 게 아니었을까? 더욱이 다시 가까이 다가온 전쟁에서 당연히 전쟁터로 선

* 용궁에 잠시 다녀오니 세월이 너무 많이 흘러 아는 사람이 모두 죽었다는 전설 속 인물.

택되리라 예상한 모험에 대한 기대 아니었을까?'

그렇다. 분명히. 그런데도 그 새롭고 혹독한 것에 대한 갈망이 어느새 쾌적한 바다에서 불어오는 부드러운 바람 속에 녹아버리고, 지금은 그저 꿈같은 안일함과 태만함만이 나른하고 기분 좋게 아무런 후회 없이 나를 둘러싸고 있다.

'아무런 후회도 없이? 과연 정말로 그럴까?' 다시 아까 내 안의 심술 맞은 녀석이 묻는다.

'태만이든 무위든 상관없어, 정말 네가 아무런 후회도 없다면. 인공적인 유럽식 근대라는 망령에서 완전히 해방돼 있다면 말이야. 그렇지만 실제로는 언제 어디에 있든 너는 너야. 은행나무 잎이 지는 신사의 바깥 정원을 으스스한 시간에 걷고 있을 때에도, 섬사람들과 돌에 빵나무 열매를 구워 먹고 있을 때에도, 너는 언제나 너야. 조금도 달라지지 않아. 다만 햇빛과 열풍이 일시적으로 두꺼운 베일을 네 의식 위에 살짝 덮어두고 있을 뿐이지. 너는 지금 빛나는 바다와 하늘을 바라보고 있다고 생각하지. 아니면 섬사람들과 같은 눈으로 바라보고 있다고 자부하고 있을지도 몰라. 하지만 턱도 없어. 너는 사실 바다도 하늘도 보고 있지 않은 거야. 그냥 공간 저편에 눈길을 향하고 마음속으로 Elle est retrouvée! — Quoi? — L'Eternité. C'est lamer mêlée au soleil.(찾았도다! — 무엇을? — 영원을. 해와 같이 녹은 해원을) 하고 주문처럼 되풀이하고 있을 뿐이지. 너는 섬사람조차 보고 있는 게 아니야. 고갱 그림의 복제품을 보고 있을 뿐이지. 미크로네시아를 보고 있는 것도 아니야. 피에르 로티와 허먼 멜빌이 그려낸 폴리네시아의 빛바랜 재현을 보고 있는 것에 불과

하다고. 그런 창백한 껍질에 가려진 눈으로 뭐가 영원이란 말이야. 불쌍한 녀석!'

'아냐, 정신 차려.' 또 하나의 다른 목소리가 들린다. '미개는 결코 건강하지 않아. 게으름이 건강이 아닌 것처럼. 잘못된 문명 도피만큼 위험한 건 없어.'

'맞아.' 아까의 목소리가 대답한다. '분명 미개는 건강이 아니야. 적어도 현대에는. 하지만 그래도 너의 문명보다 아직 발랄하지 않아? 아니, 처음부터 건강하다 건강하지 않다는 건 문명이나 미개와 상관이 없어. 현실을 두려워하지 않는 자, 빌려온 것이 아닌 자기 눈으로 분명히 보는 자는 언제 어떠한 환경에 있더라도 건강하지. 그러나 네 안에 있는 "고대 중국의 의관을 갖춰 입은 가짜 군자"나 "베르테르의 가면을 쓴 교활한 광대"는 어떠냐고. 이보시오, 선생님들. 지금 남양의 더위에 취해 휘청이는 것 같지만, 각성했을 때의 비참함을 생각하면 그래도 취해 있을 때가 더 나은 것 같소만. ……'

본 적 없는 껍데기를 뒤집어쓴 소라게가 서너 마리 내 발밑 근처로 다가왔지만, 사람의 기척을 느끼자 멈춰서 약간 동태를 살피더니 황망히 다시 도망쳤다.

마을은 지금 낮잠 시각인 듯하다. 누구 하나 해변을 다니지 않는다. 바다조차 — 적어도 보초 안쪽 바닷물만큼은 — 끔벅끔벅 비취색으로 졸고 있는 듯하다. 이따금 번쩍번쩍 눈부시게 태양을 반사시킬 따름. 가끔 숭어 같은 것이 물 위로 뛰어오르는 것을 보니 물고기들은 깨어 있는 모양이다. 밝고 고요하며 화려한 바다와 하늘이다.

지금 이 바다 어딘가에서 반신을 미지근한 물 위에 내놓은 해신 트리톤이 낭랑하게 조가비를 불고 있다. 어딘가 이 맑게 갠 하늘 아래 장밋빛 물보라로부터 아프로디테가 탄생하고 있다. 어딘가 감벽색 파도 사이에서 감미로운 사이렌의 노래가 현명한 이타키 섬의 왕을 유혹하려 한다. ……안 돼! 다시 망령이다. 문학, 그것도 유럽 문학이라는 놈의 창백한 유령이다.

혀를 차며 나는 일어선다. 씁쓸한 무언가가 한동안 마음 구석에 남아 있다.

축축한 물가로 걸어 들어가니 무수한 소라게들, 파랗고 빨간 장난감 같은 작은 게들이 일제히 달아난다. 십오 센티 정도의 싹이 나온 야자열매가 떨어져 있는 것을 발로 차서 날리자 물속으로 빨려 들어가며 퐁당 소리를 낸다.

그러고 보니 어젯밤 기묘한 일이 있었다. 섬사람 집 둥근 대나무를 늘어놓은 바닥 위에 얇은 판다누스 잎 깔개를 한 장 깔고 누워 있을 때, 나는 갑자기 아무런 전조 없이 도쿄 가부키자(歌舞伎座)* (그것도 극장 무대가 아니라) 토산품 선물가게(쌀과자나 엿, 초상화나 브로마이드 등을 파는)의 밝고 화려한 가게 입구와 그 앞을 오가는 잘 차려입은 인파를 떠올렸다. 가부키 배우 가문 특유의 문양을 새겨 넣은 요란한 상자나 깡통이나 손수건, 배우 초상화의 눈 화장이나 그것을 비추는 하얗고 강한 전등 불빛, 거기에 푹 빠져든 아가씨들과 어린 예기(芸妓) 등의 모습까지 또렷했고, 그녀들의 머릿기름 향기조차

* 일본을 대표하는 가부키 전용 극장으로 그 일대는 유명 유흥지이자 번화가.

분명하게 떠올랐다. 나는 가부키 연극 자체를 그다지 좋아하지 않는다. 토산품 선물가게 같은 곳에도 아무런 관심이 없다. 그런데 왜 이런 의미도 내용도 없는 도쿄 생활의 얄팍한 한 단면이, 태평양 파도에 둘러싸인 작은 섬의 야자 잎으로 바닥을 깐 토착민의 오두막 안에서, 그것도 집 주위에 툭 하고 떨어지는 야자열매 소리를 들었을 때 돌연 떠오른 것일까? 나는 전혀 모르겠다. 어쨌든 내 안에는 여러 기묘한 녀석들이 어지럽게 뒤섞여 사는 모양이다. 딱하고 경멸스러운 녀석까지도 말이다.

해안의 클루시아 나무가 죽 심어진 그늘 끝까지 왔을 때, 저쪽에서 태양이 작열하는 모래 위를 벌거숭이 작은 사내아이가 달려왔다. 내 앞까지 오더니 멈춰서 다리를 탁 모으고 머리가 무릎에 닿을 정도로 정중하게 인사를 하고 나서 식사 준비가 다 되었다고 알려주었다. 내가 머물고 있는 섬사람 집 아이인데 올해 여덟 살이다. 마르고 눈이 크며 배만 볼록 나온 종양 부스럼투성이의 아이다. 무슨 맛있는 거라도 마련되었느냐 물으니 형이 아까 캄두클 물고기를 작살로 잡아 와서 일본식으로 회를 쳤단다.

소년을 따라 한 걸음 양지의 모래 위를 밟기 시작했을 때 클루시아 나무 우듬지에서 새하얀 한 마리의 소호소호 새(섬 주민들이 이렇게 부르는 것은 울음소리 때문인데, 일본인들은 새 형태를 보고 비행기 새라고 이름 붙였다)가 푸드득 날아올라 순식간에 높고 눈부신 창공으로 사라져갔다.

마리앙

마리앙은 내가 잘 알고 있는 한 섬 여자의 이름이다.

마리앙은 마리아를 말한다. 성모 마리아의 마리아 말이다. 팔라우 지방 섬사람들은 대체로 발음이 코에 걸리기 때문에 마리앙이라고 들린다.

마리앙 나이가 몇인지 나는 모른다. 특별히 묻기 어려워서는 아니었는데 어쩌다 보니 물을 기회가 없었다. 어쨌든 서른이 아직 안 된 것만은 분명하다.

마리앙의 용모가 섬사람들 눈으로 보면 아름다운지 아닌지, 나는 그것도 모른다. 밉다고는 할 수 없다. 전혀 일본사람 같은 구석이 없고 또 서양사람 같은 구석도 없는(남양에서 약간 이목구비가 정돈되어 있다고 여겨질 경우는 대체로 어느 쪽과 피가 섞인 사람이다) 순수한 미크로네시아 카나카*의 전형적인 얼굴인데, 나에게는 그 점이 아주

* 카나카(kanaka)는 오세아니아 지역 원주민을 총칭하는 말로 폴리네시아어로 '사람'이라는 뜻.

멋지게 보였다. 인종적인 제한이야 어쩔 도리가 없지만, 그 제한 속에서 생각한다면 정말 시원시원하고 꼬임이 없는 풍요로운 얼굴이다. 하지만 마리앙 자신은 자기의 카나카적인 용모를 다소 부끄럽게 여기는 듯했다. 왜냐하면 나중에 말하겠지만, 그녀는 지극히 인텔리라서 두뇌 속은 거의 카나카가 아니었기 때문이다.

게다가 또 한 가지, 마리앙이 살고 있는 코로르(남양 군도 문화의 중심지이다) 시내에서는 섬사람들 사이에서도 문명적인 미의 기준이 세력을 얻고 있기 때문이다. 실제로 이 코로르라는 동네 — 나는 이곳에서 가장 오래 체재했는데 — 에서는 열대이면서 온대의 가치 표준이 활개를 치는 곳에서 생기는 일종의 혼돈이 있는 듯했다. 처음 이곳에 왔을 때야 그 정도까지 느끼지는 못했지만, 그 후 이곳을 일단 떠나 일본인이 한 명도 살지 않는 섬들을 거친 뒤에 다시 찾아오니, 이 점이 아주 분명히 느껴졌다. 여기에서는 열대적인 것도 온대적인 것도 모두 아름답게 보이지 않는다. 아니 그보다 아름다움이라는 것이 — 열대의 아름다움이든 온대의 아름다움이든 모두 — 전혀 존재하지 않는다. 열대적인 미를 가질 법한 것도 여기에서는 온대 문명에 의해 거세당해 위축되어 있고, 온대적인 미를 지녔을 법한 것도 열대적 풍토와 자연(특히 그 햇볕의 강렬함) 속에서 어울리지 않는 연약함을 드러내는 것에 불과하다.

여기 코로르에 있는 것이라고는 그저 너무도 식민지 변두리 같은 퇴폐적인 느낌, 그러면서 묘하게 부리는 허세가 눈에 띄는 빈약함뿐이다. 어쨌든 마리앙은 이러한 환경에 있었기에 자기 얼굴의 카나카적 풍요로움을 별로 좋아하지 않는 듯 보였다. 그런데 풍요롭다고 하면 얼굴 생김새보다 오히려 그녀 체격이 한층 풍요로움에 틀림없다. 키가 백육십오 센티미터 아래는 아닐 터였고, 체중은 약간 말랐을 때가 칠십오 킬로그램 정도이다. 정말이지 부러울 정도로 번듯한 몸이었다.

내가 처음 마리앙을 봤던 것은 토속학자 H씨*의 방에서였다. 밤에 좁은 독신자 관사의 방에서 다타미 대신에 돗자리를 깐 뒤 앉아서 H씨와 이야기를 하고 있자니까, 창밖에서 황급히 휘휘 휘파람 소리가 들리고 창을 조금 연 틈으로 (H씨는 남양에 십여 년 살다보니 더위를 전혀 느끼지 않게 되었고, 아침저녁은 추워서 창문을 닫아야만 한다.) 젊은 여자 목소리가 들렸다.

"들어가도 돼?"

'어라, 이 토속학자 선생, 좀체 만만하게 볼 수 없는 인물이군.' 속으로 놀라는 사이에 문을 열고 들어온 것이 일본인이 아니라 당당한 체구의 섬 여자였으므로 나는 또 한 번 놀랐다.

"내 팔라우어 선생님."

H씨가 나에게 그녀를 소개했다. H씨는 지금 팔라우 지방의 고담시(古譚詩) 종류를 모아 그것을 일본어로 번역하고 있는데, 이 여자—마리앙이 날짜를 정해서 일주일에 사흘 그 일을 도우러 온단다. 그날 저녁에도 나를 옆에 두고 두 사람은 곧바로 공부를 시작했다.

팔라우에는 문자라는 것이 없다. 고담시는 모두 H씨가 섬의 노인

* 팔라우 등 남양 군도를 조사한 조각가이자 민속학자 히지카타 히사카쓰(土方久功, 1900~1977)를 모델로 한 인물.

들을 찾아다니며 알파벳을 사용해서 필기한 것들이다. 마리앙은 먼저 팔라우의 고담시가 적힌 노트를 보고 거기에 쓰인 팔라우어 오류를 고친다. 그리고 번역하는 H씨 옆에서 그가 때때로 던지는 질문에 대답하는 것이다.

"허허, 영어를 하는군." 내가 감탄했다.

"그야 꽤 잘하지. 일본 여학교에 다녔으니까."

H씨가 마리앙 쪽을 보고 웃으며 말했다. 마리앙은 살짝 쑥스러운 듯 두꺼운 입술을 벌렸지만, 별달리 H씨 말을 부정하지도 않았다.

나중에 H씨에게 들으니 도쿄의 무슨무슨 여학교에 이삼 년 (졸업은 못한 모양이지만) 다닌 적이 있단다.

"그게 아니라도 영어는 아버지에게 배웠기 때문에 할 수 있어." H씨가 덧붙였다.

"아버지라고 해도 양아버지이지만. 아 그, 윌리엄 기번이 내 양아버지로 되어 있어요."

기번이라는 이름을 들으면 나는 그 방대한 『로마 제국 흥망사』의 저자 에드워드 기번밖에 생각이 안 나는데, 잘 들어보니 팔라우에서는 상당히 유명한 인텔리 혼혈아(영국인과 토착민 간의)로, 독일령 시대에 민속학자 크레머 교수가 조사하러 왔을 때에도 계속 통역사로 일했던 남자란다. 어찌됐든 독일어를 통하지 않아서 크레머 씨와도 영어로 용건을 해결했다는데, 그 정도 되는 남자의 양녀였으니 영어를 할 수 있는 건 당연했다.

내 비뚤어진 성정 탓인지 팔라우 관청 동료와는 허심탄회한 교제를 하지 못해서, 친구라고 할 만한 사람이 H씨 말고는 한 명도 없었다. H씨 집에 빈번히 출입하다 보니 나는 자연히 마리앙과도 친해지지 않을 수 없었다.

마리앙은 H씨를 아저씨라 불렀다. 그녀가 아주 어릴 적부터 알고 지냈기 때문이다. 마리앙은 때때로 아저씨 집으로 자기 집에서부터 팔라우 요리를 만들어 와서 대접했다. 그때마다 내가 주빈과 함께 대접을 받곤 했다. 빈룽무라고 부르는 타피오카를 찐 떡이나 티팅무르라는 달짝지근한 과자 같은 것을 처음 먹어본 것도 다 마리앙 덕분이었다.

어느 날 H씨와 둘이서 길을 가다가 잠깐 마리앙 집에 들른 적이 있다. 그녀 집은 다른 모든 섬사람들 집과 마찬가지로 통대나무를 이은 바닥이 대부분이었고, 일부만 마루 판자를 깔았다. 사양 않고 들어가니 그 판자 깔린 마루에 작은 테이블이 있고 책이 놓여 있었다. 집어보니 한 권은 구리야가와 하쿠손(厨川白村)*의 『영시 선석(英詩選釋)』이고, 또 한 권은 이와나미 문고(岩波文庫)의 『로티의 결혼(Le Mariage de Loti)』**이었다. 천정에 매달린 선반에는 야자잎 바구니가 즐비했으며, 실내에 쳐진 줄에는 간이복 종류가 난잡하게 걸려 있고(섬 주민들은 옷을 담아두지 않으므로 있는 옷은 널어 말리듯 칠칠맞게 걸쳐 둔다), 대나무 바닥 아래에서는 닭들의 울음소리가 들린다. 방

---

* 구리야가와 하쿠손(厨川白村, 1880~1923). 영문학자로 새로운 연애를 주장하여 큰 인기를 얻음.

** 프랑스 작가 피에르 로티가 1880년 발표한 타히티 섬을 무대로 한 관능적 소설로 일본에는 1937년 번역서 출간.

구석에는 마리앙의 친척 같아 보이는 한 여자가 단정치 못하게 드러누워 자고 있다가 우리가 들어가니 어딘가 수상쩍다는 눈길을 주었지만, 다시 반대편을 향해 그대로 몸을 돌려 누워버렸다. 그런 분위기 속에서 구리야가와 하쿠손이나 피에르 로티를 발견했을 때, 사실 뭔가 이상한 기분이 들었다. 약간 애처로운 기분이 들었다고 해도 좋을 정도였다. 무엇보다 그것이 그 책에 대해 애처롭게 느낀 것인지, 아니면 마리앙에 대해 애처롭게 느낀 것인지 거기까지 분명하게는 잘 모르겠지만.

『로티의 결혼』에 관해 마리앙은 불만을 내비쳤다. 현실의 남양은 결코 이렇지 않다는 불만이다.

"옛날이고 게다가 폴리네시아니까 잘 모르겠지만, 그래도 설마 이런 일은 없을 거예요."

방구석을 보니 꿀 상자 같은 것 안에 아직 여러 책이나 잡지 종류가 꽉꽉 담겨 있는 듯했다. 그 가장 위에 놓인 한 권은 분명 (그녀가 예전에 다닌 도쿄) 여학교의 오래된 교우회 잡지처럼 보였다.

코로르 시내에는 이와나미 문고를 취급하는 가게가 한 군데도 없다. 언젠가 일본인 모임 장소에서 우연히 내가 야마모토 유조(山本有三)* 씨 이름을 말하자, 그게 어떤 사람이냐고 일제히 질문을 받았다. 내가 딱히 만인이 문학서를 읽어야 한다고 생각했던 사람은 아니지만, 어쨌든 이 동네는 이 정도로 책과 인연이 먼 곳이다. 어쩌면 마리앙은 일본인까지 포함해서 코로르 최고가는 독서가일지도

* 야마모토 유조(山本有三, 1887~1974). 일본의 작가 겸 정치가.

모른다.

마리앙에게는 다섯 살짜리 딸이 있다. 남편은 현재 없다. H씨 이야기에 따르면 마리앙이 내쫓았단다. 그것도 그가 도를 넘어 질투를 한다는 이유로. 이렇게 말하면 마리앙이 아주 성격이 거친 여자 같지만, — 그리고 사실상 아무리 생각해도 기가 약한 편은 아니지만 — 이렇게 된 데에는 그녀 가문에서 오는 섬사람으로서의 높은 지위라는 것도 고려해야 한다. 그녀의 혼혈아 양아버지에 관해서는 앞에서 살짝 말했지만, 팔라우는 모계제이므로 마리앙 가문의 격과 양아버지는 아무런 관계가 없다. 하지만 마리앙의 친어머니는 코로르 최고 장로인 이데이즈 가문 출신인 것이다. 다시 말해 마리앙은 코로르 섬 최고의 명가에 속한다. 그녀가 지금도 코로르 도민 여자 청년단장을 하고 있는 것은, 그녀의 능력 말고도 이 가문 출신이라는 게 작용한 것이다. 마리앙의 남편이었던 사내는 팔라우 본토 기왈 지역 사람인데, (팔라우는 모계제도이지만, 결혼해 있는 동안은 그래도 아내가 남편 집에 가서 산다. 원래 남편이 죽으면 아이들을 모두 데리고 친정으로 돌아가 버리는데) 가문의 품격도 있고 또 마리앙이 시골에서 사는 것을 싫어해서, 다소 변칙이기는 하지만 남편이 마리앙 집으로 와서 살았던 것이다. 그 남자를 마리앙이 내쫓은 것이다. 체격에서 봐도 사내 쪽이 적수가 될 수는 없었을 것이다. 아무튼 일단 내쫓긴 사내가 종종 마리앙 집으로 와서 위자료 같은 것을 꺼내놓고는 다시 합치자고 성화를 하는 바람에 그 탄원을 받아들여 다시 동거를 했다고 하는데, 질투하는 본성이 여전히 나아지지 않아(라기보다 실제는 마리앙과 남자의 두뇌 차이가 무엇보다 큰 원인이었던 듯하다) 다시 헤어졌다고 한다. 그래서 그 이후로는 마리앙 혼자 지내는 것이다.

가문 문제로 (팔라우에서는 특별히 이 부분이 골치 아프다) 시원치 않은 자를 다시 맞아들일 수도 없고, 또 마리앙이 너무 개화되어 있었기 때문에 대부분의 섬 남자들은 상대가 되지 않으니 이제 마리앙은 결혼을 못하지 않을까, 라고 H씨가 말했다. 그러고 보니 마리앙 친구는 다 일본인들뿐인 것 같았다. 저녁때는 항상 일본인 상인의 아내들이 앉아 있는 곳에 끼어들어 이야기를 했다. 그것도 어찌 된 셈인지 대부분의 경우에는 마리앙이 그 대화를 좌지우지하는 모양이었다.

나는 마리앙이 쫙 빼입은 모습을 본 적이 있다. 새하얀 양장에 하이힐을 신고, 짧은 양산을 손에 든 차림이었다. 그녀의 얼굴색은 평소처럼 생생했고 어쩌면 번쩍번쩍 다갈색에 한없이 빛나고 화려하며, 짧은 소매에서는 귀신도 때려잡을 듯한 붉은 구릿빛 두꺼운 팔이 튼튼하게 드러나 있고, 원기둥 같은 다리 밑에서 좁고 높은 구두 굽은 부러질 것 같았다. 빈약한 체구를 가진 자가 체격적으로 우세한 자에 대해 가지는 편견을 애써 배제하고자 했지만, 나는 무언가 우스꽝스럽다는 느낌이 차오르는 것을 금할 수 없었다. 하지만 그와 동시에 언젠가 그녀 방에서 『영시 선석』을 발견했을 때와 같은 애처로움을 다시 느끼게 된 것도 사실이다. 다만 이 경우도 마찬가지로 그 애처로움이 순백의 드레스에 대해서인지, 그것을 입은 당사자에 대해서인지가 분명치 않기는 하다.

그녀가 잘 차려입은 모습을 보고 난지 이삼일 후에, 내가 숙소 방에서 책을 읽고 있는데 밖에서 들은 적 있는 휘파람 소리가 들렸다. 창밖을 내다보니 바로 옆 바나나 밭에 난 잡초를 마리앙이 베어 내고 있었다. 섬 여자들에게 때때로 부과되는 이 마을의 근로봉사임에 틀림없다. 마리앙 외에도 칠팔십 명의 섬 여자들이 낫을 손에 들고 풀 사이에 쭈그려 앉아 있다. 휘파람이 딱히 나를 부른 것은 아닌 모양이었다. (마리앙은 H씨 집에는 늘 가지만 내 방은 모를 터였다.) 마리앙은 내가 쳐다보고 있는 줄도 모르고 열심히 풀을 베고 있다. 지난번 차려입었던 것에 비해 오늘은 또 몹시 심한 차림새다. 색이 바랜 밭일용 앗팟파*에 다른 섬사람들처럼 맨발이다. 일하면서 이따금 자기도 모르는 새에 휘파람을 부는 모양이다. 옆에 있는 커다란 광주리에 풀을 가득 베어 담더니 구부리고 있던 허리를 펴고 이쪽으로 얼굴을 돌렸다. 나를 보고 씩 웃었지만 딱히 말을 걸지도 않는다. 쑥스러움을 감추기라도 하듯 일부러 커다란 구호처럼 '영차' 하고 소리 내더니, 커다란 광주리를 머리 위에 얹고 그대로 인사도 없이 저리 가버렸다.

작년 섣달그믐날 밤, 하얗고 괜찮은 달밤이었는데, 우리는—H씨와 나와 마리앙은, 선선한 밤바람을 살결에 맞으며 거리를 걸었다. 한밤중까지 그렇게 시간을 보내고 12시가 되자 동시에 남양 신사**

* 1920~30년대에 일본에서 유행한 가정용 간단한 여름 원피스.

** 팔라우 코로르 섬에 1940년 완공된 대규모 신사로 종전 때 폐사됨.

로 새해 첫 참배를 가자는 것이었다. 우리는 코로르 방파제 쪽으로 걸어갔다. 방파제 끝에 풀장이 만들어져 있었는데, 우리는 그 풀장 가장자리에 걸터앉았다.

연배도 꽤 되면서 노래를 아주 좋아하는 H씨가 큰 소리로 여러 노래를—주로 그가 잘하는 다양한 오페라의 한 소절이었는데—불렀다. 마리앙은 휘파람만 불었다. 두껍고 큰 입술을 둥글게 모아 불었다. 그녀의 노래는 그렇게 어려운 오페라 같은 것이 아니고 대개 포스터의 감미로운 가곡들뿐이다. 들으면서 문득 나는 그것이 원래 북미 흑인들의 슬픈 노래였다는 것을 떠올렸다.

무슨 계기였는지 돌연 H씨가 마리앙에게 말했다.

"마리앙! 마리앙! (그가 괜스레 큰 목소리를 낸 것은 집을 나서기 전에 약간 들이킨 합성주 탓이 틀림없다.) 마리앙이 다음에 남편을 맞는다면 일본인이어야겠지. 그렇지? 마리앙!"

"흠."

두꺼운 입술 끝을 살짝 삐죽이기만 한 채 마리앙은 대답은 않고 풀장 수면을 바라보았다. 달은 마침 중천에 가까워졌고, 따라서 바다는 썰물 때였으므로 바다와 통하는 이 풀장은 거의 바닥의 돌이 드러날 정도로 물이 없었다. 잠시 후, 방금 전의 H씨 이야기가 지속되고 있다는 것을 잊어버렸을 무렵 마리앙이 입을 열었다.

"그래도요, 일본 남자는요, 역시."

뭐야. 이 여자 아까부터 계속 자기 장래의 재혼을 생각하고 있었던 거란 말이야? 나는 갑자기 우스워져서 큰 소리로 웃어버렸다. 그리고 계속 웃으며 물어보았다.

“역시 일본 남자가 어떻다고? 응?”

비웃음을 당했다 싶어 토라진 것인지 마리앙은 외면하고 아무 대답도 하지 않았다.

이번 봄에 우연히 H씨와 내가 나란히 잠깐 일본으로 가게 되었을 때, 마리앙은 닭을 잡아서 마지막 팔라우 요리를 대접해 주었다.

정월 이후로 딱 끊고 먹지 않았던 고기 맛에 혀를 내두르며 H씨와 내가 말했다.

“아마 가을 무렵까지는 다시 돌아올 거야.” (정말 두 사람 모두 그럴 예정이었다.)

마리앙이 웃었다.

“아저씨야 절반 이상 섬사람이니까 또 오겠지만, 돈짱(난처하게도 그녀는 나를 이렇게 부른다. H씨가 부르는 습관을 따라하는 것이다. 처음에는 좀 화를 냈지만 결국에는 포기하고 쓴웃음을 지을 수밖에 없었다)이야 뭐.”

“믿을 수 없다는 거야?”

“일본인과 아무리 친구가 되어도 한 번 일본으로 귀국하면 다시 돌아오는 사람이 없거든.” 그녀가 드물게 차분한 어조로 말했다.

우리가 일본에 돌아오고 나서 마리앙으로부터 H씨 앞으로 두세 번 편지가 왔단다. 그때마다 돈짱 소식을 물어본단다.

나는 사실 요코하마(横浜)에 상륙하자마자 곧바로 추위 때문에 감기에 걸렸는데 그게 잘못돼서 늑막염으로 번져버렸다. 다시 그 지역 관청으로 돌아간다는 것은 도저히 기약할 수 없었다.

H씨도 최근에 우연히 결혼(꽤나 만혼이지만)이야기가 진행되어 도쿄에 정착하게 되었다. 물론 남양 토속연구에 일생을 바친 그였으니, 언젠가는 다시 그쪽에 조사하러 나갈 수도 있겠지만 그래도 마리앙이 예상한 것처럼 거기 영주할 일은 없게 된 셈이다.

마리앙이 이 소식을 들으면 뭐라고 하려나?

풍물초(秒)

Ⅰ. 쿠사이* 섬

아침에 잠을 깨니 배는 정박해 있는 듯했다. 곧바로 갑판으로 올라가 본다.

배는 이미 두 섬 사이에 들어와 있었다. 가는 비가 내린다. 지금까지 본 남양 군도의 섬들과는 사뭇 다른 풍경이다. 적어도 지금 갑판에서 바라보는 쿠사이 섬은 아무리 보아도 고갱 그림의 소재는 아니다. 가는 비에 연무가 낀 길게 뻗은 바닷가와 희미하게 보였다 말았다 하는 비취색 산들은 분명 한 폭의 동양화다. '모래밭 연무비에 살구꽃 춥구나(一汀煙雨杏花寒)'**라든가 '저녁 구름이 비를 감아올려 산은 곱구나(暮雲卷雨山娟娟)'*** 같은 시문(詩文)이 달려 있어

---

* 현재 미크로네시아 연방의 코스레(Kosrae) 섬.

** 당나라 시인 대숙륜(戴叔倫, 732~789)의 시 「소계정(蘇溪亭)」의 한 구절.

*** 송왕조의 문호 소식(蘇軾, 1037~1101)의 시 「서왕정국소장연강첩장도(書王定國所藏煙江疊嶂圖)의 한 구절.

도 전혀 부자연스러울 게 없는 순수한 수묵화적 풍경이다.

식당에서 아침식사를 마치고 나서 다시 갑판으로 나와 보니 진작에 비는 그쳤는데, 아직 연기 같은 구름이 산과 산 사이 골짜기를 오가고 있다.

8시에 작은 증기선으로 레루 섬에 상륙하여 곧장 경부보 파출소로 갔다. 이 섬에는 지청이 따로 없어 이 파출소가 일체를 다룬다. 옛날에 본 영화 『죄와 벌』에 나오는 형사같이 얼굴과 몸 둘 다 옆으로 넓은 경부보가 한 명 있었고, 세 명의 섬사람 순찰자로 하여금 사무를 보게 했다. 공학교 시찰 때문에 왔다고 하니 금세 순경 하나를 안내역으로 붙여주었다.

공학교에 도착하니 키가 작고 통통하게 살이 찐 데다가 안경 안에서 상인 느낌의 빈틈없을 듯한(끊임없이 상대의 표정을 관찰하고 있다) 눈을 빛내며 짧은 콧수염을 기른 중년의 교장이 괘씸한 것이라도 보는 듯한 태도로 나를 맞았다.

교실은 건물 하나에 셋, 그중 한 교실은 교무실로 썼다. 여기는 초등과만 있으므로 3학년까지만 있다. 문을 들어가자마자 흐리게 검은 (캐롤라인 제도는 동쪽으로 가면 점점 검은 피부색이 흐려지는 것처럼 보인다) 아이들이 앞다투어 나와서는 '안녕하십니까(오하요 고자이마스)' 하며 예의 바르게 고개를 숙인다.

교원이라고는 교장에 훈도 한 명과 섬사람 교원보 한 명이다. 다만 훈도는 여자선생님이고 심지어 교장의 아내다.

교장은 수업하는 모습을 보이고 싶지 않은 모양이다. 특히 자기 아내의 수업은 더더욱. 나 또한 억지로 강요하면서 심리적인 미묘함을 관찰할 만큼 심술 맞은 사람은 아니다. 단지 교장으로부터 여기 섬사람 아동의 특징이나 오랫동안 해온 공학교 교육 경험이라도 들어두자 싶었다. 그런데 내가 결국 무슨 이야기를 듣게 된 줄 아는가? 처음부터 끝까지 내가 아까 만나고 온 그 경부보의 험담만 실컷 들었다.

그뿐 아니다. 멀리 떨어진 섬들 중에 순사 파출소와 공학교가 둘 다 있는 섬에서는 이 둘 사이에 반드시 알력이 있다. 그러한 섬에서는 순사와 공학교장(교장만 있고 그 아래 훈도가 없는 학교가 아주 많으므로) 두 사람만이 섬 내의 일본인이자 또 관리이므로 자연히 세력 경쟁이 일어난다. 어느 한쪽만 있는 경우 작은 독재자의 전횡이 되니 차라리 결과가 괜찮다.

나는 지금까지 몇 번이고 그런 경우를 보기는 했지만, 여기 교장처럼 첫 대면하는 사람을 향해 갑자기 이렇게 맹렬히 나오는 것은 처음 겪는 일이었다. 무슨 특별한 험담도 아니다. 처음부터 끝까지 그 경부보가 하는 일은 다 나쁘다는 게다. 낚시 솜씨(이 섬의 만에서는 전갱이가 잘 잡힌단다)가 형편없는 것까지 비방거리가 되는 줄은 미처 몰랐다. 낚시 이야기가 가장 뒤에 나오길래 살짝 당황하여 듣다 보니, 자칫 경부보가 낚시가 서툴기 때문에 이 섬의 행정사무를 맡길 수 없다는 식의 논지로 파악되기 십상이었다. 듣는 동안 아까는 아무렇지 않게 여겨지던 옆으로 땅딸막하게 퍼진 그 경부보에게 왠지 오히려 호감을 들 듯했다.

섬을 안내해 준다는 것을 사양하고 공학교를 나설 때 나는 혼자였고, 섬사람들에게 길을 물으며 '레루 유적'이라는 이름으로 알려진 고대 성곽 터를 보러 갔다. 지금까지 흐리던 하늘에서 햇살이 새나오기 시작하며 섬은 갑자기 열대적 외관을 띠었다.

해안에서 꺾어들어 백 미터도 못 가니 목적지로 삼은 돌성벽이 나왔다. 울창한 열대나무에 덮이고 이끼에 묻혀 있었지만 근사하고 거대한 현무암 구축물이다.

입구를 들어간 다음부터가 상당히 넓다. 이끼로 미끄러지기 쉬운 돌을 깐 길이 구부러졌다 꺾였다 하면서 이어진다. 방이었던 흔적이 남은 곳, 우물의 형태 자국 등이 빽빽이 자란 양치류 사이에서 보였다 말았다 한다. 성벽이 무너진 것인지 곳곳에 첩첩이 쌓인 돌덩어리 산들이 있다. 도처에 야자열매가 떨어져 있어서 어떤 것은 썩고 어떤 것은 세 자나 싹이 나 있다. 길가 물웅덩이에는 새우가 헤엄치는 것도 보였다.

미크로네시아 중 또 한 군데 포나페 섬에도 이와 비슷한 (더 대규모의) 유적이 있는데, 양쪽 모두 이러한 성곽을 구축한 사람이 누구인지 연대가 언제인지도 알 수 없다. 어쨌든 이걸 축조한 사람이 현주민족과는 아무런 관계도 없는 사람들이라는 것만은 통설인 모양이다. 이 돌로 된 성에 관해서는 제대로 된 전설이 일절 없는 데다가, 현주민족은 석조 건축에 관하여 아무 흥미나 지식도 갖지 않고 있으며, 또 이들 거대한 암석을 어딘가에서 (이 섬에는 이런 돌이 없다) 해상 멀리 운반해 오는 기술은, 그들과 비교조차 할 수 없는 훨씬 고급 문명을 지닌 인종이 아니면 불가능하기 때문이다. 그러한 문명을 지닌 선주민족이 어느 무렵 번영하였고 언제 쇠망했을까?

어느 인류학자는 망망한 태평양 위에 점점이 존재하는 이 유적(미크로네시아뿐 아니라 폴리네시아에도 상당히 존재한다. 이스터 섬 같은 데가 가장 유명하지만)을 비교 연구한 다음, 먼 과거의 어느 시기에 서쪽은 이집트부터 동쪽은 아메리카 대륙에 이르기까지 광범위한 지역을 뒤덮은 공통된 '고대 문명의 존재'를 가정한다. 그리고 그 문명의 특징으로 태양 숭배, 축조물을 위한 암석의 사용, 농경 관수 기타 등등을 열거한다. 그러한 장대한 가설은 나에게 아주 즐거운 공상의 날개를 달아준다. 나는 태고에 이집트에서부터 고도의 문명을 지니고 용감하게 동점(東漸)한 고대인 무리를 상상할 수 있다. 그들은 진주나 흑요암을 찾아 끝없는 태평양의 시퍼런 바닷물 위에 진홍색 돛을 걸고, 어쩌면 갈대 줄기의 바다지도를 사용하거나 혹은 오늘날에도 우리가 올려다보는 오리온 별자리나 시리우스 별자리에 의지하여 동쪽으로 동쪽으로 항해해 갔을 게 틀림없다. 그리고 우매한 원주민들이 경탄하는 앞에서 도처에 작은 피라미드나 돌멘이나 둥그런 돌 울타리를 짓고, 열병을 일으키는 자연 속에 자신의 강한 의지와 욕망의 표시를 세웠을 것이다. …… 물론 이 가설이 맞는지 틀리는지 문외한인 나로서는 알 수 없다. 다만 나는 지금 눈앞에 타는 듯한 열기와 태풍과 지진이 반복되는 몇 세기 후에도 여전히 열대 식물이 무성한 아래에 다 묻히지도 못할 그 수수께끼 같은 존재를 주장하는 거대한 돌의 퇴적을 보고 있으며, 또 한편으로 거대한 돌의 운반은커녕 극히 간단한 농경 기술조차 모르는 저급한 현주민의 존재를 알고 있을 따름이다.

거대한 가지마루 두 그루가 머리 위를 덮고, 그 가지인지 줄기인지 모를 덩굴이 한 면에 가득 늘어져 있다.

도마뱀이 이따금 돌 울타리 그늘에서 나와서는 내 동태를 살핀다. 도르르 발밑 돌이 움직여서 깜짝 놀라니 그 언저리에서 등딱지 지름이 약 삼십 센티 정도 되는 커다란 게가 기어 나왔다. 내 존재를 알아차리더니 황급히 가지마루 뿌리 쪽 동굴로 숨어들었다.

이름도 모르는 가깝고 낮은 나무에 제비의 두 배 정도 되는 시커먼 새가 앉아 수유열매 같은 자색 과일을 쪼아 먹고 있다. 나를 보고도 도망가려 하지 않는다. 잎 새로 흐르는 빛이 돌 울타리 위에 점점이 떨어지고 사방은 무서우리만치 고요하다.

그날의 일기를 보니 이렇게 쓰여 있다.

"곧 새의 기이한 울음소리를 들었다. 다시 쥐죽은 듯 조용해지더니 소리가 없다. 열대의 한낮에는 도리어 요상한 기운이 있다. 멈춰서서 한참을 있으니 나도 모르게 살갗에 소름이 돋는다. 그 까닭을 모르겠다."

배로 돌아와 들은 바에 따르면 쿠사이 섬사람들은 쥐를 먹는다고 한다.

II. 얄루트 섬

찐득하게 하얀 기름을 흘린 듯한 아침 뜸 바다 저편 수평선 위에

선이 하나 누워 있다. 이것이 얄루트 환초의 첫 광경이다.

배가 점점 다가감에 따라 띠처럼 보이던 선 위로 먼저 야자수가 늘어서고 집들과 창고 같은 것이 조금씩 분간이 된다. 붉은 지붕 집들과 하얗게 빛나는 벽, 마지막으로 새하얀 바닷가로 배를 마중 나온 사람들의 작은 모습들까지.

정말이지 자보르는 아담하고 예쁜 섬이다. 모래 위에 야자수와 판다누스와 집들을 보기 좋게 배합한 작은 상자 정원 같다.

해안을 걸으니 밀레 마을 공동숙박소, 에본 마을 공동숙박소라 쓰인 가옥이 있으며 그 옆에서 각 섬사람들이 취사를 하고 있다. 여기는 마샬 군도 전지역의 중심지로, 먼 섬들의 주민이 수시로 모여들기 때문에 그들을 위해 각 섬에서 각각의 공동숙박소를 마련한 것이다.

마샬 섬사람, 특히 여자들은 아주 멋쟁이다. 일요일 아침에 제각기 선명한 색상으로 꾸며 입고 교회로 간다. 그것도 어쩌면 이전 세기말에 선교사나 수녀들이 전했을 게 틀림없어 보이는, 구식에다 주름도 상당히 많이 들어간 긴 스커트의 사치스러운 양장이다. 옆에서 봐도 꽤 더울 것 같다. 남자들도 일요일에는 푸른색 새 와이셔츠 가슴께에 새하얀 손수건을 보이게끔 한다. 교회는 그들 입장에서 진정 즐거운 클럽 내지 연예장이다.

의외로 의복이 사치스러운 것과는 반대로 가옥은 미크로네시아 중에서 가장 빈약하다. 첫째로 바닥이 있는 집이 적다. 모래 또는 산호초를 조금 높이 쌓고 거기에 판다누스 잎으로 짠 깔개를 깔고 눕는다. 주위에 네 기둥을 세우고 판다누스 잎과 야자 잎으로 덮으면 그것으로 대강 지붕과 벽이 완성되는 셈이다. 이렇게 간단한 집이 있을까? 창문도 만들어 두기는 하지만 지극히 낮은 곳에 달려 있어서 마치 변소 치는 구멍 같다. 이렇게 심한 주거 상황에도 또 재봉틀과 다리미만은 꼭 갖추고 있다. 그들의 의상 취미에 질렸다기보다 선교사와 결탁한 재봉틀 회사의 놀라운 상술에 질렸다고 하는 편이 맞을지 모르겠지만, 어쨌든 놀라운 일이다. 물론 자보르 마을에만은 마루를 깐 목조 집도 꽤 있었는데, 그렇게 마루가 있는 집에는 반드시 툇마루 아래에 깔개를 깔고 사는 주민이 있다. 마샬 특산품인 판다누스 잎 섬유로 짠 부채, 손바구니 종류는 대개 이러한 툇마루 아래 주민들의 수공 부업품이다.

같은 얄루트 환초 내에서 A섬으로 가는 작은 퐁퐁 증기선을 탔을 때 돌고래 무리에 둘러싸이는 바람에 재미있었는데 약간 위험하다는 느낌도 들었다. 왜냐하면 까불던 돌고래들이 기세가 올라 신나게 돌다가 작은 배 밑바닥을 통과해 오른쪽으로 나타났다가 왼쪽으로 나타나는 통에 까딱하면 배가 들릴 것 같았기 때문이다. 이따금 두세 마리가 나란히 공중으로 날아오른다. 주둥이가 길고 뾰족하게 튀어나오고 눈이 작으며 우스운 얼굴을 한 녀석들이다. 배와 경쟁하며 결국 섬의 아주 가까운 곳까지 따라왔다.

섬에 올라가 보니 마침 자보르 공학교 보습과 학생이 코프라*

* 코코넛 과육을 말려 다진 것으로 오일을 추출하며 비누나 인조 버터로 씀.

채집 작업을 하고 있다. 증산운동의 하나인 셈이다. 섬 안을 한 바퀴 둘러보았더니 온 섬에 야자와 판다누스와 빵나무가 빽빽하게 자라 있다. 잘 익은 빵나무 열매가 땅바닥에 많이도 떨어져 있고 그것이 썩어 있는 곳에는 파리가 시커멓게 들러붙어 있다. 옆을 지나는 우리 얼굴이나 손에도 금세 들러붙는다. 정말 참을 수가 없다. 도중에 한 노파가 빵나무 열매 머리에 구멍을 내서 팔손이나무 잎과 비슷한 빵나무 잎을 깔때기 대신 거기 찔러 넣고, 위로 코프라의 하얀 즙을 짜서 흘려 넣고 있었다. 이렇게 해서 돌에 구우면 전체적으로 단맛이 배어들어 아주 맛있단다.

지청 사람의 안내로 마샬에서 으뜸가는 대추장 카브아를 찾아갔다. 카브아 가문은 얄루트와 아일링글라플라프 두 지역에 걸치는 오래된 귀족 가문으로, 마샬의 고담시 안에도 종종 나오는 이름이란다.

산뜻한 방갈로 풍의 집이다. 입구에 '八島嘉坊'이라고 한자로 쓰인 표찰이 걸려 있고, '야시마 카브아(ヤシマカブア)'라고 읽는 법이 일본어로 달려 있다. 이 지방 풍습인지 주방만은 별채로 나뉘어 있는데, 그게 사면이 모두 세로 격자로 둘러싼 묘한 방식이다.

처음에 주인이 집에 없다며 젊은 여자 둘이 나와 손님을 맞았다. 언뜻 일본인과 혼혈로 보이는 얼굴 생김새인데, 둘 다 일본인 표준에서 보더라도 분명 미인이었다. 두 사람이 자매라는 것도 금방 알 수 있었다. 언니가 카브아의 아내라고 했다.

얼마 안 있어 주인인 카브아가 손님이 있다는 말을 듣고 집으로 돌아왔다. 피부는 검지만 살짝 인텔리풍의 서른 전후로 보이는 젊은 사람으로, 어딘지 끊임없이 주뼛대는 게 보였다. 일본어는 내 말이 겨우 이해되는 정도인 듯했고 본인은 한 마디도 말하지 못했는데, 그저 우리 쪽 하는 말에 일일이 얌전하게 맞장구를 칠뿐이다. 이 사람의 연 수입이 오만 내지 칠만에 이르는 (야자가 밀생한 섬을 지니고 있다는 것뿐이고 코프라 채집에 의한 수입이 해마다 그 정도나 된다) 대추장이라니 살짝 믿어지지 않았다, 야자 즙과 사이다와 판다누스 열매를 대접받고 거의 이야기다운 이야기도 나누지 못한 채 (아무튼 추장은 아무 말도 할 줄 모르니) 그 집에서 나왔다.

돌아오는 길에 안내해 준 지청 사람에게 들으니, 카브아 추장이 최근에 (내가 아까 본) 아내의 여동생을 임신시켜 아기를 낳게 하는 바람에 대소동이 벌어진 직후라고 했다.

이른 아침에 물을 깊게 머금은 어느 바위 그늘에서 나는 너무도 또렷한 경관을 보았다. 물이 너무 맑고 투명해서 물고기 무리가 헤엄치는 모습이 손에 잡힐 듯 보이는 것은 남양의 바다에서야 특별히 신기한 일도 아니지만, 이때만큼 만화경 같은 화려함에 감동을 받은 적이 없었다. 먹도미 정도 되는 크기에 두껍고 선명한 몇 줄의 세로 줄무늬를 지닌 물고기가 가장 많았고, 바위 그늘의 구멍 같은 곳에서 빈번히 출몰하는 것을 보니 여기가 그들의 서식지일지도 몰랐다. 이밖에 투명할 만큼 옅은 색의 은어와 비슷하게 가늘고 긴 물고기나 짙은 녹색의 리프 피시, 광어같이 넓적하고 검은 녀석, 담수에서 사는 엔젤 피시와 꼭 닮은 요란한 작은 물고기, 몸 전체가 하나의 솔인

양 거의 지느러미와 꼬리만으로 이루어진 것처럼 보이는 갈색의 작고 괴상한 물고기, 전갱이 비슷한 놈, 정어리 비슷한 놈, 게다가 물 밑바닥을 기는 쥐색의 두꺼운 바다뱀에 이르기까지, 무늬도 멋들어진 그 열대 색채를 띤 생물들이 투명하고 옅은 비취색 꿈같은 세계 안에서 잔비늘을 반짝거리며 무심하게 물속에서 헤엄치며 즐겁게 놀고 있다. 특히 더 놀라운 것은, 푸른 산호초 리프 피쉬보다도 몇 배나 더 파랗고 상상할 수 있는 최대한으로 밝은 유리색의 손가락 길이 정도 되는 작은 물고기들 무리였다. 마침 아침 해가 비쳐든 물속에 그 무리가 하늘하늘 흔들려 움직이면, 선명한 유리색은 금방 짙은 감색이 되었다가 보라색이 되고, 금빛의 초록이 되었다가 초록과 자주 두 색으로 빛나기도 해서 정말 눈이 멀 지경이다. 이렇게 보기 드문 물고기들이 종류만 해도 스물 이상, 숫자로 치면 천 마리도 넘었으리라.

한 시간 남짓이나 나는 그저 얼이 빠져서 망연히 홀린 듯 보고 있었다.

일본으로 돌아온 뒤에도 나는 이 유리와 금빛 꿈같은 광경을 아무에게도 이야기하지 않았다. 내가 상세히 열정적으로 이야기하면 할수록 어쩌면 나는 '마르코 밀리오네', 즉 백만 마르코라고 비웃음을 산 옛날 동방여행자 마르코 폴로의 안타까움을 맛보아야 할 것이며, 또한 내 언어의 묘사력이 실제 아름다움을 십 분의 일도 전달하지 못할 것이 스스로 답답하게 여겨질 게 뻔해서이기도 하다.

헬멧은 위임통치령에서는 관리만 쓰는 것이다. 이상하게 회사 관련 사람들은 헬멧을 쓰지 않는 듯하다.

나는 그리 고급도 아닌 파나마모자를 쓰고 온 군도를 걸어 다녔다. 길에서 만나는 섬사람 누구 하나 고개를 숙이지 않았다. 나를 안내해 주는 관청 사람이 헬멧을 쓰고 길을 가면 섬사람들은 몸을 굽히고 황송해하며 길을 양보하고 공손히 고개를 숙인다. 여름 섬에서든 가을 섬에서든 수요일 섬*에서든 포나페에서든 어디에서고 모두 그랬다.

자보르를 떠나기 전날 M기사와 나는 기념품으로 섬사람이 짠 편물을 많이 사기 위해 나지막한 섬사람 집들을—더 정확히 말하자면 집들의 툇마루 아래를 들여다보며 걸었다. 앞에서도 잠깐 말했지만 얄루트에서는 집 툇마루에 깔개를 깔고 여자들이 뒹굴뒹굴 누워 지내며, 그 사람들이 대부분 판다누스 잎 섬유로 편물을 만들고 있는 것이다. M씨보다 열 발짝 정도 앞서 걷던 나는 어느 집 툇마루 아래에 한 야윈 여자가 밴드를 짜고 있는 장면을 발견했다. 밴드는 좀처럼 완성될 것 같지 않았지만 옆에는 이미 다 만들어진 바구니가 하나 놓여 있다. 안내해 준 섬 소년에게 내가 바구니 가격을 묻게 했다. 삼 엔이란다. 조금 더 싸게는 안 되겠느냐고 묻게 했지만 아무래도 들어줄 것 같지 않았다. 그곳에 M씨가 나타났다. M씨도 소년에게 가격을 묻게 했다. 여자는 그와 나를 슬쩍 견주어보는 듯하더니 M기사를—아니, M기사의 모자, 그 헬멧을 올려다보았다. '이

---

* 트루크(지금의 추크) 제도는 일본 통치하에서 사계(춘하추동) 제도, 칠요(월화수목금토일) 제도, 그 밖의 보초군 등 많은 섬에 일본 지명이 붙었음.

엔'이라고 그 자리에서 여자가 대답한다. 나는 어라 싶었다. 여자는 아직 자신이 없는 듯한 태도로 뭔가 구시렁구시렁 입안에서 말했다. 소년에게 통역을 시키자 이렇게 말했다고 한다.

"이 엔이지만 뭣하면 일 엔 오십 전도 괜찮아요."

내가 어이없어하는 동안에 M씨는 재빨리 일 엔 오십 전으로 그 바구니를 사버렸다.

숙소로 돌아오고 나서 나는 M씨의 헬멧을 손에 들고 하염없이 바라보았다. 상당히 오래되고 이미 모양도 망가진 데다가 곳곳에 얼룩도 묻고 게다가 불쾌한 냄새가 나며 아무런 특이점도 없는 헬멧이다. 그러나 나에게는 그것이 알라딘의 램프처럼 영묘하고 불가사의한 것인 양 여겨졌다.

Ⅲ. 포나페 섬

섬이 큰 탓인지 상당히 선선하다. 비가 자주 내린다.

케이폭 솜나무와 야자수 밀림으로 가면 지상에 담홍색 메꽃이 점점이 피어 가련하다.

J마을길을 걷노라니 갑자기 '안녕하세요[곤니치와]' 하는 어린애 목소리가 들린다. 보니 길 오른쪽 집 안쪽에서 아주 작은 토민 아이 두 명이 — 하나는 사내아이, 하나는 여자아이인데 둘 다 자로 잰 듯 똑같은 키였다. — 인사를 하는 것이다. 둘 다 기껏해야 네 살이나 될까 말까해 보였다. 커다란 야자나무 뿌리가 드러난, 그 수염투

성이 뿌리 근처에 서 있어서 괜스레 더 작이 보였을 것이다. 나도 모르게 웃으며 '안녕, 착하구나' 하고 말하니 아이들은 또 한 번 '안녕하세요'라고 천천히 말하며 아주 예의 바르게 고개를 숙였다. 고개는 숙이지만 눈만은 크게 뜨고 나를 올려보았다. 하늘색 귀염성 있는 큰 눈이다. 백인의 — 어쩌면 옛날 고래잡이 같은 사람의 — 피가 섞인 것이 분명하다.

일반적으로 포나페에는 얼굴 생김새가 반듯한 섬사람들이 많은 것 같다. 다른 캐롤라인 사람들과 달리 빈랑수 열매를 씹는 습관이 없고 샤카오라 부르는 일종의 술 같은 것을 즐긴다. 이게 폴리네시아의 까바 술과 비슷한 종류 같아 보였으므로, 어쩌면 이곳 섬사람들에게는 폴리네시아 사람의 피도 다소 섞여 있을지 모를 일이다.

야자수 뿌리에 서 있던 두 어린아이는 섬사람답지 않은 깨끗한 옷을 입고 있다. 아이들과 이야기를 하려고 했지만 공교롭게 '안녕하세요' 말고는 아무 일본어도 모른다. 섬사람 말도 아직 어설프다. 둘 다 방긋방긋 웃으면서 몇 번이나 '안녕하세요' 하며 고개를 숙일 뿐이다.

그러다 집 안에서 젊은 여자가 나와 인사를 했다. 아이들과 닮은 것을 보니 엄마인 모양이다. 그리 능숙하지는 않은 공학교식 딱딱한 일본어로 '집으로 들어와서 쉬어 주십시오'라고 한다. 약간 목이 말랐으므로 야자수라도 얻어 마실까 싶어 돼지가 도망가는 것을 막기 위해 쳐둔 울타리를 넘어 집 뒤쪽 마당으로 들어섰다.

턱없이 동물이 많은 집이다. 개가 열 마리 가까이 있고 돼지도 그 정도, 그 밖에도 고양이며 염소며 닭, 집오리 같은 것이 와글와글하다. 상당히 부유한 모양이다. 집은 지저분하지만 꽤 넓다. 집 안쪽에서 곧장 바다를 향해 큰 카누가 묶여 있고, 그 주위에 잡다하게 냄비, 솥, 트렁크, 거울, 야자 껍질, 조개껍데기 등이 흩어져 있다. 그 사이를 고양이와 개, 닭이 (염소와 돼지는 올라가지 못하니) 바닥 위까지 밟고 들어와서 달리고, 소리 내고, 짖고, 킁킁거리며 먹을 것을 찾고, 아니면 누워 자고 있다. 엄청나게 난잡하다.

야자수와 돌에 구운 빵열매를 가지고 왔다. 야자수를 마시고 껍질을 까서 안에 든 코프라를 먹고 있으니 개가 다가와서 달라고 한다. 코프라를 아주 좋아하나 보다. 빵열매는 아무리 줘봤자 쳐다보지도 않는다. 개뿐 아니라 닭들도 코프라는 좋아하는 모양이다. 그 젊은 여자가 더듬더듬하는 일본어 설명을 들으니 이 집 동물들 중에서 가장 위세를 떨치는 것은 역시 개란다. 개가 없을 때는 돼지가 위세를 부리고, 그다음이 염소란다. 바나나도 꺼내주었지만 역시 과숙되어 팥앙금을 핥아먹는 듯한 느낌이었다. 라카탄이라고 해서 이 섬 바나나 중에서는 최상품종이란다.

카누가 놓인 방 안쪽에 바닥을 더 높게 만든 방이 있었는데, 거기에 가족들이 쭈그리고 앉거나 눕거나 하는 것 같다. 채광창이 없어서 어두웠으므로 구석 쪽은 잘 알 수 없지만, 이쪽에서 보는 정면에 한 노파가 오만한 자세로 — 정말이지 여왕처럼 오만한 자세로 걸터앉아 담배를 피우고 있다. 그런 자세로 밖에서 온 침입자를 경계라도 하듯 다소 적의를 품은 눈으로 내 쪽을 빤히 쳐다보는 모습이었다. 저 노파는 누구인가 젊은 여자에게 물으니, '내 남편의 어머니'라고 답했다. 위세가 등등하다고 말하니 제일 훌륭하기 때문이란다.

그 어두침침한 안쪽에서 열 살 정도 되는 깡마른 여자아이가 이따금 카누 건너편까지 나와서는 입을 떡 벌리고 이쪽을 들여다본다. 이 집 사람들은 모두 반듯한 옷차림을 하고 있는데 이 아이만은 거의 벌거숭이다. 피부색이 기분 나쁘게 희고 끊임없이 혀를 내밀어 갓난 아기처럼 메롱메롱 소리를 내며, 침을 흐리고 별 뜻도 없이 손을 흔들거나 발을 쿵쿵거린다. 백치인가보다. 안에서 여왕인 체하는 노파가 담배를 피우다 말고 뭐라고 나무란다. 꽤 심한 어조다. 손에 무언가 하얀 조각을 들고 그것을 흔들어 백치 아이를 부른다. 여자 아이가 옆으로 오자 무서운 얼굴을 하고 그것을 입혔다. 팬티였다.

"저 아이는 어디 아픈가?"

내가 다시 젊은 여자에게 물었다. 머리가 나쁘다는 대답이었다.

"태어났을 때부터?"

"아니, 태어났을 때는 좋았다."

아주 붙임성이 좋은 여자라 내가 바나나를 다 먹자 개를 먹지 않겠냐고 물었다.

"개?" 내가 되물었다.

"개." 여자는 그 근처에서 놀고 있는 마르고 털이 빠진 갈색의 작은 개를 가리킨다. 한 시간 정도 시간을 들이면 되니까 저것을 돌에 구워 대접하겠다는 것이다. 한 마리 통째로 파초 잎인지 뭐에 싸서 뜨거운 돌과 모래 안에 묻고 찜구이로 한다는 것이다. 내장만 뺀 개가 그대로 다리를 뻗고 이빨을 다 드러낸 채 쟁반 위에 올라간단다.

기어서 도망치듯 나는 그 집에서 물러났다.

나와 보니 집 입구의 좌우로 노랑과 빨강 보라색이 선명한 크로톤의 어지러운 잎들이 아름답게 무성했다.

IV. 트루크 섬

월요 섬에는 공학교 교장 가족 외에 일본인이 없다.

아침에 교장 관사에서 식사를 하고 있으니 멀리에서 노랫소리가 들려왔다. 애국행진곡*이다. 많은 아이들의 목소리라는 것을 금방 알 수 있었다. 목소리가 점점 가까워진다. 저게 무엇인지 물으니 같은 방면에 사는 학생들끼리 같이 등교를 시키는데, 그 아이들이 합창을 하면서 오는 것이란다. 목소리는 관사 근처까지 오더니 그쳤다. 그 순간 '멈추어 서!' 하는 호령이 들린다. 현관에서 밖을 보니 스무 명 정도 되는 섬 아동들이 나란히 이열종대를 만들어서 다가왔다. 선두의 한 명이 종이로 된 일장기를 어깨에 지고 있다. 그 기수가 다시 '좌향좌!' 하고 호령을 했다. 일동이 교장 집을 향해 횡대로 섰다. 그러더니 일제히 '안녕하십니까![오하요 고자이마스]'라면서 고개를 숙였다. 그리고 다시 선두의 종기투성이 기수가 '우향우! 앞으로 가!'라고 외치자 일행은 애국행진곡 뒷부분을 이어 부르면서 관사 옆 학교 쪽으로 꺾어져 간다.

관사 마당에는 울타리가 없어서 그들의 행진이 잘 보인다. 키가

* 국민정신 총동원에서 발안되어 1937년부터 널리 유행한 일본의 국민적 애창곡.

(아마 나이도) 말도 안 되게 들쭉날쭉이라 선두에는 아주 큰 녀석이 있는가 하면 뒤쪽 아이는 너무 작았다. 여름 섬 근처와 달라서 그리 단정한 차림을 한 아이는 없다. 모두 셔츠를 입고 있다고는 하지만 찢어진 부분이 이어져 있는 부분보다 많은 것 같아서 남자아이든 여자아이든 시커먼 살이 여기저기로 들여다보인다. 발은 물론 전부 맨발이다. 학교에서 지급되는 것인지 놀랍게도 가방만은 다 매고 있는 것 같았다. 제각기 야자열매 껍질을 벗긴 것을 허리에 차고 있는데 일종의 음료수다. 그런 남루한 것을 매단 아이들이 각각 다리를 과감히 높이 들어 올리고 손을 크게 흔들면서, 있는 힘껏 목청을 높여서 (교장 관사 마당으로 접어드니 목소리가 한층 더 커진 것 같았다) 아침 야자나무 그늘이 길게 생긴 운동장으로 행진해 가는 것은 꽤나 미소 지어지는 광경이었다.

그날 아침에는 그 밖에도 두 무리가 똑같은 행진을 하며 인사하러 왔다.

여름 섬에서 본 여러 이도(離島)들의 춤 중에서는 로소프 섬의 대나무 춤 쿠사사가 가장 놀라웠다. 서른 명 정도 되는 남자들이 서로 마주 서서 두 줄의 고리 모양을 만들고, 각자 양손에 하나씩 석 자 조금 안 되는 대나무 막대기를 들고 이것을 서로 마주치면서 춤을 추는 것이다. 어떤 사람은 땅을 두드리고, 어떤 사람은 상대방의 대나무를 치고, '에이삿사 에이삿사' 하며 기세 좋게 구호를 맞추어 돌고 돌듯 춤을 춘다. 바깥 고리와 안쪽 고리가 서로 어긋나며 돌기 때문에 서로 대나무를 마주치는 상대방이 순서대로 바뀌는 셈이다.

때로는 뒤로 돌아 한쪽 다리를 들고 가랑이 사이로 뒷사람의 대나무를 치는 등 상당히 곡예적인 부분도 선보인다. 검도를 할 때 죽도가 서로 부딪치는 듯한 소리와 위세 좋은 구호 소리가 섞여 아주 상쾌한 느낌이다.

북서쪽 이도의 사람들은 모두 히비스커스나 인도 말리꽃송이를 머리에 꽂고 이마와 뺨에 주황색 안료 타이크를 바르며 손목과 발목, 팔 등에 야자의 어린싹을 감고, 마찬가지로 야자의 어린 싹으로 만든 허리 도롱을 흔들면서 춤을 춘다. 귀에는 귓불에 구멍을 뚫어서 거기에 히비스커스꽃을 꽂은 사람도 있다. 오른 손등에 야자 어린싹을 십자가형으로 조합한 것을 가볍게 묶고, 처음에 각자가 손가락을 세세하게 떨며 이것을 움직인다. 그러면 금세 먼 바람의 술렁거림 같은 미묘한 소리가 일어난다. 이것을 신호로 춤이 시작된다, 그리고 손바닥으로 가슴과 팔 근처를 두드리며 퍽퍽 격렬한 소리를 내고 허리를 꼬거나 기이한 소리를 내면서 다분히 성적인 몸짓을 섞어 미친 듯이 춤을 춘다.

노래 중에서 춤을 수반하지 않는 노래는 거의 전부라고 해도 될 만큼 우울한 선율뿐이었다. 노래 제목도 꽤 이상한 것이 많다. 그 한 예로 슈크 섬의 노래가 있다.

'남의 마누라 생각 말고 내 마누라를 생각합시다.'

여름 섬 거리에서 본 어느 이도 섬사람의 귀. 어릴 때부터 귓불을 늘이고 또 늘인 결과인지 약 사십오 센티미터 정도 되는 끈처럼 길게 늘어져 있다. 그것을 쇠사슬이라도 감듯 귓바퀴에 세 번 정도 감아서 늘어뜨렸다. 그러한 귀를 가진 사람 네 명이 나란히 서서 점잔을 빼고 양품점 쇼윈도를 들여다보고 있었다.

그 이도에 가 본 적이 있는 아무개 씨에게 들으니 그들은 보통의 귀를 가진 사람을 보면 비웃는단다. 턱이 없는 사람이라도 본 것처럼 말이다.

또 이러한 섬에 오래 있다 보면 미의 기준에 관해 다분히 회의적으로 변한단다. 볼테르는 이렇게 말했다.

"두꺼비를 향해 미가 무엇인지 물어보라. 두꺼비는 이렇게 대답할 게 뻔하다. 미(美)란 작은 머리에서 튀어나온 커다란 두 왕방울 눈과 넓고 편평한 입, 노란 배와 갈색 등을 지닌 암두꺼비를 말하는 것이다."

V. 로타 섬

절벽이 하얗고 물이 풍부하며 나비가 아주 많은 섬. 고요한 낮에 사람이 없는 관사 안쪽에 호박넝쿨이 자라 그 노란색 꽃에 벨벳 같은 짙은 감색의 나비들이 무리지어 있다.

섬사람의 모습이 보이지 않는 송송 마을의 밤거리는 일본 시골 동네 같은 느낌이다. 전등불 어두운 이발소. 어디에선가 들려오는 축음기의 나니와부시(浪花節)* 소리. 쓸쓸해 보이는 작은 영화관에 『구로다 성충록(黒田誠忠録)』**이 내걸려 있다. 매표소 여자의 야윈 얼굴. 영화관 앞에 웅크리고 앉아 발성영화 소리만 듣고 있는 두 남자. 좁고 긴 천 깃발 두 개가 밤의 바닷바람에 펄럭이고 있다.

바다에서 오십 미터도 떨어지지 않은 타타초 부락 입구에 차모로 족의 묘지가 있다. 십자가들의 무리 속에 돌비석 한 기가 눈에 띈다. 바르톨로메오·쇼지 미쓰노부(庄司光延)의 묘라고 새겨져 있고 뒷면에는 '1939년 사망. 9세'라고 되어 있었다. 일본인이면서 가톨릭 신자였던 사람의 아이였을 것이다. 주위 십자가에 걸린 꽃송이들은 모조리 갈색으로 말라비틀어지고 바닷바람에 웅성이는 마른 야자 잎의 속삭임도 처량하다.(로타 섬의 야자수는 최근 병충해로 거의 모두 말라버렸다.) 눈에 스며들 정도로 선명한 바다의 푸른빛을 가까이에서 보고 오랜 탄식 같은 파도 소리를 듣고 있는 동안에, 나는 훌쩍 노(能)의 「스미다가와(隅田川)」*를 떠올렸다. 어머니인 광녀에게 소환되어 어려서 죽은 아이의 망령이 무덤 뒤에서 아장아장 흰 옷을 입은 모습을 드러내는데, 어머니가 잡으려 하면 다시 휙 사라져 버리는 그 장면을.

나중에 공학교의 섬사람 교원보에게 들으니 이 아이의 부모(표구사였단다)는 아이가 죽고 얼마 지나지 않아 이곳을 떠나버렸다고 했다.

---

* 일본 특유의 삼현 악기인 샤미센으로 반주하는 통속가요.

** 1938년 쇼치쿠(松竹) 영화사가 제작한 시대 활극.

* 노는 일본의 오래된 전통극이며, 「스미다가와」는 죽은 아이를 찾아 떠도는 광녀의 이야기를 다룬 작품.

관사로 배정된 집 입구에 드물게 여주 덩굴이 얽혀 있고 열매가 익어 벌어져 있었다. 안쪽에는 레몬꽃이 향기롭다. '문 밖의 귤꽃 더욱 하얗게 빛나고, 담장 위 타래붓꽃은 이미 아름답게 아롱졌구나(門外橘花猶的皪, 牆頭荔子已爛斑)'라고 한 것은 소동파(蘇東坡)였는데(그는 남쪽으로 유배를 갔다), 딱 그 시구와 같은 정경이다. 다만 옛날 중국인들이 말하는 타래붓꽃과 우리가 부르는 여주가 같은 것인지 아닌지는 모르겠다. 그러고 보니 남양의 곳곳에 있는 붉고 노란 히비스커스는 일반적으로 불상화(佛桑花)라 일컫는데, 왕어양(王漁洋)*의 시 「광주죽지(廣州竹枝)」에 '불상화 아래의 작은 회랑(佛桑華下小廻廊)' 운운하는 구절이 있는데 그것과 같은 것일까 아닐까? 광동(廣東) 근처라면 이 화려한 꽃이 아주 잘 어울릴 듯한 기분도 들기는 한다.

VI. 사이판

일요일 저녁.

봉황수가 무성히 자란 저편에서 드높은 — 그러면서도 어딘가 눌린 듯한 구석이 있는 — 차모로 여자들의 합창소리가 울려 퍼진다. 스페인 수녀들이 있는 예배당에서 새어 나오는 저녁 찬송가이다.

---

* 청나라 시인 겸 관리였던 왕자정(王子禎, 1634~1711)의 호.

밤. 달이 밝다. 길이 희다. 어디선가 단조로운 류큐 샤미센(琉球蛇皮線)* 소리가 들린다. 어슬렁어슬렁 흰 길을 걸어봤다. 바나나의 커다란 잎이 바람에 살랑인다. 자귀나무 잎이 가느다란 그림자를 또렷이 길에 떨구고 있다. 공터에 묶여 있는 소가 여태 풀을 뜯고 있는 모습이다. 뭔가 몽환적인 것이 감돌고 이 흰 길이 달빛 아래에서 어디까지고 이어질 것 같은 느낌이다. 뚱기뚱기 사이가 늘어진 샤미센 소리는 변함없이 들리지만, 어느 집에서 연주하는 것인지 전혀 알 수가 없다. 그러는 사이에 걷고 있던 좁은 길이 갑자기 밝은 길로 나와 버렸다.

나온 길모퉁이에 극장이 있고 그 안에서 계속해서 샤미센 소리가 울려 나온다. (하지만 이것은 아까부터 내가 들은 소리와 다르다. 내가 길에서 들었던 것은 극장에서 나는 듯한 정식의 요란한 소리가 아니라, 별로 익숙지 않은 손길이 혼자 끼잉끼잉 손가락을 퉁기는 듯한 소리였다.) 여기는 오키나와현(沖縄県) 사람들만을 위한** — 따라서 연극은 모두 류큐의 말로 연기된다 — 극장이다. 나는 이렇다 할 이유도 없이 오두막 안으로 들어가 보았다. 사람이 꽤 많다. 공연물은 두 작품. 처음 것은 표준어로 연기되었으므로 줄거리는 잘 알 수 있었지만 몹시 저열한 웃음거리다. 두 번째 「사극 기타야마 풍운록(史劇北山風雲録)」이 무대에 오르자 이건 무슨 말인지 전혀 이해할 수 없었다. 내가

* 오키나와(沖縄)의 대표적 삼현 악기를 일본 본토에서 속칭하는 말로 악기 몸통에 뱀가죽을 댄 것에서 유래.

** 20세기 전반 남양 군도로 이주한 일본인의 약 9할이 오키나와현(과거 류큐 왕국) 출신이었다고 함.

정확하게 들은 말이라고는 '분명히'(이 말이 가장 분명하게 들렸다), '옛날 이후로', '산길', '단속' 등의 몇 단어에 불과하다. 예전에 팔라우 본섬을 열흘 정도 도보로 여행했을 때 길을 물었던 상대가 모두 오키나와현 출신의 농가 사람들뿐이어서 말이 전혀 통하지 않아 난처했던 일을 떠올렸다.

연극을 하던 오두막을 나와 일부러 멀리 길을 돌아서 차모로 가옥이 많은 해안 길로 돌아갔다. 이 길도 또한 하얗다. 마치 서리가 내린 것처럼. 미풍. 달빛. 돌로 만든 차모로 집 앞에 인도말리꽃이 하얗게 피어 향기롭고, 그 그늘에 느긋하게 소 한 마리가 누워 있다. 소 옆에는 쓸데없이 큰 개가 누워 있다고 생각했는데 잘 들여다보니 염소였다.

나카지마 아쓰시(中島敦, 1909~1942) 연보

1909년	0세. 5월 5일 도쿄 요쓰야(四谷)에서 아버지 나카지마 다비토(中島田人)와 어머니 지요(チヨ)의 장남으로 출생.
1910년	1세. 부모가 이혼. 아버지 고향인 사이타마현(埼玉県)에서 조모와 숙모들의 손으로 5세까지 자라게 됨.
1914년	5세. 아버지가 새어머니 가쓰(カツ)와 재혼.
1915년	6세. 아버지 부임지인 나라현(奈良県)으로 이사.
1916년	7세. 나라현 고리야마남자중학교(郡山男子中学校) 입학. 학년말 우수상 수상. 소학교 재학 중 우수한 성적을 유지.
1918년	9세. 아버지가 시즈오카현(静岡県) 하마마쓰중학교(浜松中学校) 교사가 되어 하마마쓰로 전학.
1920년	11세. 아버지가 조선 용산중학교로 전근하여 경성 용산소학교로 전학.
1922년	13세. 조선 경성중학교에 입학. 유아사 가쓰에(湯浅克衛), 고야마 마사노리(小山政憲)와 동급생.
1923년	14세. 여동생 스미코(澄子) 출생. 그 직후 새어머니 가쓰 사망.
1924년	15세. 아버지가 이오 고(飯尾コウ)와 재혼.

1925년 16세. 아버지가 관동청(関東庁) 다롄중학(大連中学)으로 전근. 여름에 만주로 수학여행.

1926년 17세. 세쌍둥이 여동생이 출생하나 그중 둘은 그해에 사망. 중학교를 4년 만에 졸업. 도쿄로 이사하여 제일고등학교(현재 도쿄대학 교양학부) 문과 입학. 기숙사 입사. 천식 발병.

1927년 18세. 봄에 이즈(伊豆)의 시모다(下田) 여행. 다롄으로 가던 도중 늑막염을 앓고 만철병원에 입원 후 1년간 휴학. 지바현(千葉県)으로 옮겨 요양. 11월 『교우회 잡지(校友会雑誌)』에 「시모다의 여자(下田の女)」를 게재.

1928년 19세. 『교우회 잡지』에 「어떤 생활」, 「다툼」 게재.

1929년 20세. 『교우회 잡지』 편집에 참가. 이 잡지에 「순사가 있는 풍경—1923년 하나의 스케치(巡査の居る風景——一九二三年の一つのスケッチ)」 발표. 가을에 계간 동인지 창간.

1930년 21세. 『교우회 잡지』에 「D시 칠월 서경(D市七月叙景)」 발표. 제일고등학교 졸업. 혼자 남은 이복 여동생 다롄에서 사망. 도쿄제국대학 국문과 입학.

1931년 22세. 하시모토 다카(橋本たか)와 처음 만남. 아버지가 나카지마 가문의 상속인이 되고 도쿄로 귀경.

1932년 23세. 하시모토 다카와 혼담이 확정. 남만주, 중국 북부를 여행. 가을에 아사히 신문사 입사시험을 보지만 신체검사에서 불합격.

1933년 24세. 조부와 백부의 한시문집을 도쿄제국대학 부속도서관에 기증. 3월에 도쿄제국대학 국문과 졸업. 졸업논문은 『탐미파의 연구』. 4월에 대학원 입학. 요코하마고등여학교(横浜高等女学校)에 국어와 영어 교사로 부임. 장남 다케시(桓)가 다카의 친정에서 출생. 백부를 제재로 한 「도난 선생(斗南先生)」을 탈고. 「북방행(北方行)」 집필 시작. 다카를 호적에 올리고 아내와 아들이 상경.

1934년 25세. 대학원 중퇴. 『중앙공론(中央公論)』 현상소설로 「호랑이 사냥(虎狩)」이 선외 가작으로 발표. 심한 천식 발작으로 빈사를 경험.

1935년 26세. 요코하마에서 처자식과 같이 살게 됨. 라틴어와 그리스어 독학. 강독회 등에 참가하고 동서양 고전을 독서.

1936년 27세. 계모 고의 사망. 여름에 중국 여행.

1937년 28세. 장녀 마사코(正子)가 출생하나 3일째에 사망. 「와카 아닌 노래(和歌でない歌)」 등을 포함한 와카 500수 창작.

1939년 30세. 천식 발작이 심각해 짐. 한시 등을 창작.

1940년 31세. 차남 노보루(格) 출생. 고대 세계사 공부 및 플라톤 저작 독서. 스티븐슨 작품 및 전기 독서. 천식 발작 점점 심각해져 연말에는 주 1, 2회 근무.

1941년 32세. 요양과 문학 전념을 위해 3월 요코하마고등여학교를 휴직. 6월에 사직. 7월 팔라우 남양청 국어교과서 편집 서기로 부임하는데, 부임 전에 이미 「투시탈라의 죽음」, 「고담(古譚)」 등의 원고를 맡김. 팔라우 도착 후 뎅기열 등을 앓고 하반기 여러 섬들을 돌며 공학교 방문 출장 여행. 미국과의 개전 소식이 방송됨. 천식 발작 때문에 연말 일본 근무 희망 신고서를 제출.

1942년 33세. 2월 『고담』이라는 제목으로 「산월기(山月記)」, 「문자화(文字禍)」가 『문학계(文學界)』에 게재. 히지카타 히사카쓰(土方久功)와 3월 귀국. 아버지 집에서 가족들과 생활하며 요양했으나 날씨 변화 등으로 심한 천식과 기관지염이 발병. 5월 『문학계』에 「빛과 바람과 꿈(光と風と夢)」이 발표되고 〈아쿠타가와상(芥川賞)〉 후보에 오름(결국 이 해에 해당작 없음으로 발표). 「오정 출세(悟浄出世)」 완성, 「제자(弟子)」 집필. 7월 첫 창작집 『빛과 바람과 꿈』을 간행. 남양청에 사표를 내고 전업작가 생활로 돌입. 11월에 두 번째 창작집 『남도담(南島譚)』을 간행하고 심장 쇠약으로 병원에 입원. 12월 4일 기관지 천식으로 사망. 『문고(文庫)』에 「명인전(名人伝)」이 게재됨.

1943년 유고 에세이 「판다누스 나무 아래에서(章魚の木の下で)」, 유작 「제자(弟子)」, 「이릉(李陵)」 등이 발표.

1944년 중국어로 번역된 『이릉』이 상하이에서 간행.

1949년 『나카지마 아쓰시 전집(中島敦全集)』(筑摩書房) 간행, 제3회 〈마이니치출판문화상(毎日出版文化賞)〉 수상.

옮긴이의 말

이 책은 서른셋의 나이로 요절한 근대 일본의 작가 나카지마 아쓰시(中島敦, 1909~1942)가 말년에 발표한 '남양', 즉 남태평양을 배경으로 삼아 쓴 중단편 소설 10편을 번역한 것이다.

•○•

나카지마 아쓰시는 최근 일본의 ACG(애니메이션, 만화, 게임) 대중문화 속 문호물에서 젊은 층에 어필하고 있는 주역 캐릭터로 자주 호명되는 문학자이다. 나카지마 아쓰시는 인기 애니메이션 『문호 스트레이독스(文豪ストレイドッグス)』에서는 주인공으로 달이 뜨는 밤에 호랑이로 변신하는 인호(人虎)의 능력을 가진 탐정단 멤버 소년이고, 게임 『문호와 아르케미스트(文豪とアルケミスト)』에서는 두 개의 인격을 지닌 인물로 평소 안경을 쓰고 얌전하다가 다른 인격이 발현될 때는 호랑이 가죽을 두르며, 또 다른 게임 『노을빛 세계에서 너와 노래를...(茜さすセカイでキミと詠う)』에서는 소설에 대한 열망이 강하고 순수한 미청년으로 캐릭터 이미지화되었다. 일본의 '국어' 교과서에 수록되어 익숙한 그의 대표작 「산월기(山月記)」 주인공이

내면의 문제로 호랑이가 되는 변신담이 나카지마 아쓰시 캐릭터의 가장 큰 모티프라 할 수 있다.

한편으로 나카지마 아쓰시는 한반도와도 관련이 깊은 작가로, 십대 시절의 몇 년간 식민지 '조선'에서 살며 경성중학교를 다녔고 '조선'과 '조선인'을 그린 「호랑이 사냥」이나 「순사가 있는 풍경」 같은 그의 작품은 한국에 번역되어 잘 알려져 있다. 더불어 고 신영복 선생은, 중국 고전에서 제재를 취하여 쓴 「산월기」, 「명인전」, 「제자」, 「이릉」을 번역 수록한 책 『역사속에서 걸어 나온 사람들』(명진숙 역, 다섯수레, 1993)의 추천사를 통해 재능을 충분히 발휘하기도 전에 요절한 젊은 나카지마 아쓰시가, 이미 얼마나 깊고 난숙한 인간 이해와 역사 인식을 보인 작가였는지 경탄을 표한 바 있다. 이처럼 나카지마 아쓰시는 그의 한학적 지식과 중국 고전 속 인물의 탁월한 재해석 등의 요소와 소년기의 조선 체험을 중심으로 한 작품들로 한국에서 읽히거나 수용되어 왔다.

●○●

그런데 나카지마 아쓰시가 '제2의 아쿠타가와'로 일컬어지거나, 이 책에 수록된 「빛과 바람과 꿈」으로 실제 일본 최고의 문학상 〈아쿠타가와상〉 후보에 오른 것, 그리고 그의 대표작을 집필하고 발표한 것은 거의 1940년대로, 1942년 타계한 것을 생각한다면 작가로서의 본격적 역량 발휘는 짧은 생애 후반에 집중된 것이었다. 그리고 그의 말년과 작품 창작 배경에는 생명을 위협한 지병 천식 발작과 일본의 식민지에 편입되어 있던 남양군도, 그중에서도 팔라우를 위시한 미크로네시아에 거주한 체험이 크게 가로놓여 있다.

나카지마 아쓰시의 연보를 보면 그가 1941년 7월 팔라우의 공학교(소학교에 해당)에서 사용하는 일본어교과서, 즉 『남양군도 국어독본(南洋群島国語読本)』을 개정 및 편집하는 남양청 관리로 부임했던 것을 알 수 있다. 사실 지병인 천식을 더운 지방에서 요양할 겸 그리고 작가로서의 자립을 도모하려는 목적도 겸한 남양행이었다. 하지만 그의 팔라우 근무는 그리 길지 않았으며 1942년 3월에 도쿄 출장 허가를 받아 현지 민속연구자이자 화가, 조각가였던 히지카타 히사카쓰(土方久功)와 같이 귀국하는데, 히지카타는 이 책에 수록된 단편 「마리앙」에서 H씨로 등장한다. 이 소설 끝에 히지카타와 마리앙 관련하여 귀국 및 이후의 일도 후일담처럼 기록하고 있는데, 정작 심한 천식과 기관지염이 발병한 나카지마 아쓰시는 다시는 남양으로 돌아가지 못하고 그해의 12월 병사하고 마는 것이다.

나카지마 아쓰시

나카지마 아쓰시가 체류한 팔라우는 '외지' 중 남양군도에 속하고, 남양군도는 오늘날 미크로네시아를 의미하는데 2,100개가 넘는 섬을 포함하여 하와이에서 필리핀까지 광범위하게 흩어진 작은 산호섬들이 많다. 미크로네시아의 가장 중심지인 팔라우는 16세기에 스페인에 예속되었다가 19세기 중반 독일 자본이 들어가면서 결국 1899년 스페인이 독일에 협정을 체결하고 팔아넘기는 형태가 되었다. 이 지역을 넘보며 상업 행위를 하던 일본은 1914년 10월 무렵으로 팔라우를 공격하였고, 국제연맹은 1919년 일본의 지배를 공식 인정하였고 일본은 팔라우에 대한 위임통치권을 갖게 되었다. 그리고 1922년 팔라우의 중심지 코로르에 남양 정부, 즉 남양청이 성립되기에 이르고 일본인 이민이 급증하게 되는 것이다. 1935년까지 팔라우에는 5만여 일본인들이 섬에 흩어져 살았으며 오키나와(沖繩)에서 온 사람이 많았다고 한다. 수록된 「풍물초」 중 '나'는 사이판에서 오키나와의 옛 왕국 이름인 류큐(琉球) 독특의 음악과 연극을 듣게 되는데, 표준 일본어로 연기된 연극은 이해했지만 오키나와 사람들만을 위한 그쪽 말로 연기된 연극은 몇 단어 빼고 무슨 말인지 전혀 이해할 수 없었다는 장면이 나온다.

팔라우의 일본인 인구는 태평양전쟁 당시이면서 나카지마 아쓰시가 남양청에 근무하던 시기인 1942년에 9만 6천 명으로 증가했고, 이후 1944년에는 다시 미국의 점령지로 넘어갔다. 그리고 오래도록 스페인, 독일, 일본, 미국의 지배를 거치다가 1994년이 되어서야 비로소 독립국가로 태어난다. 하지만 태평양전쟁의 전장이었던 이곳에 대한 일본의 전시 배상은 미완의 상태이며, 2044년까지는 미국이 팔라우 영토의 3분의 1을 갖는다고 하니, 아직도 상당히 복잡한 사정이 얽혀 있는 지역이라고 할 수 있다.

1940년대 제2차 세계대전은 태평양 전쟁으로 일컬어지며 말 그대로 남양 군도를 포함한 태평양 등지에서 전선이 확대되었다. 이처럼 이 지역으로까지 태평양 전쟁이 격화되고 나카지마가 남양의 팔라우로 다녀오고 결국 병과 죽음에 이르고 마는 1941년부터 1942년까지의 기간 동안, 이 책에 번역 수록한 남양 소설을 발표하였고 소설가로서 세간의 주목을 받게 된 것이다.

●○●

이 책에 수록된 나카지마 아쓰시의 남양 소설의 개략은 다음과 같다.

(1) 「빛과 바람과 꿈(光と風と夢)」

처음에는 「투시탈라의 죽음(ツシタラの死)」이라는 제목으로 1942년 5월에 잡지 『문학계』에 게재되었으며 편집부로부터 분량도 조금 줄이고 제목을 바꾸어 달라는 요구에 따라 「빛과 바람과 꿈」으로 제목을 바꾸고 현재의 스무 챕터가 열여섯 장으로 축소되어 발표되었다. 물론 여기 번역 수록한 것은 원래 구상한 대로 소설집에 발표한 전체 스무 장의 형태이다. 「빛과 바람과 꿈」은 1942년 상반기 제15회 〈아쿠타가와상〉 후보에 오르는데 비록 이때 '해당작 없음'이라는 결과가 발표되기는 하지만 가와바타 야스나리의 호평을 받는 등 일약 나카지마 아쓰시를 유명하게 만들어준 작품으로 그의 소설들 중에 가장 긴 작품이다. 처음 발표한 제목의 '투시탈라'란 사모아어로 이야기꾼이라는 의미인데, 『보물섬』과 『지킬 박사와 하이드 씨』 등으로 잘 알려진 스코틀랜드 출신의 유명 작가 로버트 루이스 스티븐슨(R.L.S.)이 요양을 위해 간 사모아에서 결국 정착하게 되고

원주민들과 어울려 살며 사모아 분쟁에 개입하고 추장에 버금가는 존경과 사랑을 받다가 결국 죽음에 이르러 그 섬에 묻히기까지의 이야기를 스티븐슨의 1인칭 일기 기록과 전지적 작가 시점 서술을 매 챕터 교차하여 쓴 기법의 소설이다. 나카지마가 남양으로 가기 전에 이미 집필을 완료한 소설이지만, 배경이 되는 사모아 섬과 폴리네시아 일대는 미크로네시아와의 접면이 큰 것은 물론이고 그 풍속과 남양의 섬 문화 및 원주민 이해 등 주제와 소재의 측면에서도 남양 소설의 대표작이라 할 수 있다.

(2) 「남도담(南島譚)」

① 「행복(幸福)」 : 가혹하고 비참한 현실 생활을 하던 미천한 하인이 반복되는 밤의 꿈을 통해 그 주인과 입장을 역전하게 되고 낮의 현실마저 바꾸게 되는 이야기로, 바다로 가라앉아 지금은 존재하지 않는 어느 섬의 전설이라는 형태를 취하고 있다.

② 「부부(夫婦)」 : 섬에 모르는 사람이 없을 정도로 유명한 줏대 없는 남편 코시상과 드세고 거친 아내 에비르가 겪게 되는 우여곡절과 각자 따로 찾게 된 인생의 후반생에 관한 이야기이다. 부부관계에 진정으로 요구되는 것이 무엇인지, 남양의 특유한 결혼을 둘러싼 투쟁과 법칙을 통해 사랑의 본질을 묻는다.

③ 「닭(雞)」 : 다분히 사기꾼 기질이 있어 '나'에게 신뢰를 얻지 못한 섬사람 마르쿠프 영감과 교류가 이어지다 끊어지기를 반복하던 어느 날, 그가 부탁했다면서 세 남자가 각각 따로따로 닭을 들고 나를 찾아온다.

(3) 「환초 —— 미크로네시아의 섬들을 돌다(環礁 —— ミクロネシア巡島記抄)」

① 「쓸쓸한 섬(寂しい島)」 : 특별한 이유도 없이 태어나는 아이가 없어 미래의 존속을 점칠 수 없는 작은 섬에서 인류의 소멸까지 예감하고 상상하는 '나'의 감정이 기술된다.

② 「협죽도 집 여자(夾竹桃の家の女)」 : 뎅기열의 후유증과 지독한 더위로 걷기조차 힘겨운 '나'는 사람이 없는 줄 알고 잠시 쉬러 원주민 집에 불쑥 들어간다. 협죽도 꽃이 핀 그 집에는 사실 갓난아이를 안고 있는 젊은 미인이 미묘한 시선을 향하고 있다.

③ 「나폴레옹(ナポレオン)」 : 원주민 불량소년 나폴레옹을 체포하여 다른 섬으로 보내야 하는 임무의 경찰과 동승한 '나'는 한없이 남쪽 유배의 섬으로 향하는 배에서 소통을 거부하는 나폴레옹 소년의 과거와 현재를 듣고 보게 된다.

④ 「한낮(真昼)」 : 고요한 섬의 한낮에 바닷가에서 사색에 잠기자, 남방에 와 있는 내 안의 두 녀석이 미개와 문명에 관하여 대화한다.

⑤ 「마리앙(マリヤン)」 : 히지카타 히사카쓰를 모델로 한 토속학자 H씨를 통해 미크로네시아의 특별한 여인 마리앙을 알게 된다. 일본을 경험한 적이 있고 영어를 할 줄 아는 그녀와 소통하며 섬에서의 일상을 공유하고 이별한다.

⑥ 「풍물초(風物抄)」 : 쿠사이 섬, 얄루트 섬, 포나페 섬, 트루크 섬, 로타 섬, 사이판 이렇게 미크로네시아 주변 여섯 섬에서 있었던 경험과 섬사람들의 당시 풍습, 일본 문화가 혼종된 현상 등에 관한 단상들의 기록이다.

●○●

당연한 이야기이지만 남양 소설들에는 수많은 원주민들이 나온다. 원문에서 그들을 지칭하는 말도 다양한데, 남양에 가기 전에 쓴 「빛과 바람과 꿈」에서는 오늘날 명백히 차별적 뉘앙스를 갖는 '토인(土人)'이 수십 번 등장한다. 물론 근대 유럽 문명의 총아(그러나 비판과 반항의 의식이 가득하여 더 매력적인)로서의 백인 스티븐슨을 주인공으로 한 소설이기에 주변적 인물들로서의 섬사람들을 '토인'으로 부르는 것에 작가 스스로도 별다른 저항의식이 작용하지 않았던 것일 수 있다. 그런데 남양의 체험을 담은 그다음의 단편 소설들에서는 '토인'이라는 어휘는 거의 보이지 않고 '토민(土民)'이나 주로 섬사람이라는 '도민(島民)'으로 많이 칭해지는 것을 확인할 수 있으며, '나'가 관찰자나 화자(話者, 「빛과 바람과 꿈」에서 나오는 사모아말 '투시탈라') 로 이 원주민들을 주인공으로 삼고 있다.

『남도담』에 실린 단편 소설들에서 등장하는 주인공 원주민들은 일률적으로 미개하거나 원시적이라고 할 수 없다. 「행복」의 비참하게 학대받던 하인은 꿈의 세계를 낮의 현실로 전도해 버려 최종적으로는 추장에게 선망(羨望)을 받는 현실 '반역'의 힘을 갖는다. 「닭」에서의 원주민 노인은 돈의 획득을 목적으로 한 소소한 사기행각과 절도의 혐의가 씐 채 죽지만, 감사의 표현이라는 사후의 유언이 놀랍게 지켜지는 신의를 '나'에게 경험하게 해 준다. 또한 「나폴레옹」에서는 위인에게서 딴 이름과 걸맞지 않게 너무 심한 비행과 악행으로 섬에서 더 먼 섬으로 유배를 가야 하는 원주민 소년 나폴레옹을 이야기하는데, 살던 섬의 언어마저 잊게 된 그 소년이 또다시 말조차 낯선 섬으로 유형에 처해졌을 때 내가 탄 배에 손을 흔드는 마지막 행위에서 다른 사람과 같아지고 싶다는 소년의 바람을 상상한다.

물론 육체적 본능을 그대로 드러내는 원시성이 「부부」의 아내나 「협죽도 집 여자」에게서 드러나기도 한다. 그러나 「부부」는 '아내가 저렇게나 음란하고 창부가 이렇게나 정숙하다는 사실은 비굴한 길라 코시상에게도 마침내 아내의 포악스러움에 대한 반역을 결심하게 했다'는 구절에서 알 수 있듯이, 아내의 육체적 본능은 남편의 반역을 초래하여 부부 관계는 파국을 맞고 새 사람과 새 삶을 전개한다. 「협죽도 집 여자」도 노골적인 눈길의 유혹을 피해버린 '나'와 다시 길에서 마주쳤을 때는 '나를 전혀 인식하지 않는 듯한, 전혀 모르는 체하는 무표정한 얼굴'로 지나쳐 버렸다.

또한 「마리앙」의 경우는 '내지' 일본 문화의 세례를 받은 경험과 그녀의 혼혈적 측면이 강조되어 순수 원주민의 범주에서 벗어난 듯 보이지만, 동료 원주민들과 일사불란하게 일체화되어 일하는 모습과 섬에 남은 자로서의 그녀 이미지가 소설 마지막에 남는다.

이처럼 나카지마 아쓰시의 남양 소설에서 원주민들(적어도 주인공들)은 환초 섬과 밀림에 동화되어 생활상은 미개나 원시에 가까운 환경에 둘러싸여 있지만, 신의나 의리, 인간으로서의 자긍을 지키고 싶어 하는 마음, 그렇지 못한 현실에 반역할 수 있는 의지 등 인간의 보편적 정서를 표출하고 있다는 점에서 특징적이라 하겠다.

원주민을 그리는 방식 외에도 나카지마 아쓰시의 남양 소설에서 눈여겨 볼 수 있는 것은, 중국 고전에서 제재를 취한 대표작 「산월기」에서도 보이는 것처럼 제어 불가능한 자아의 분열이 스티븐슨에게서도, 한낮의 적막한 섬 바닷가에서 바다를 바라보며 사색에 잠긴 '나'에게서도 일어난다는 점이다. 인간 내부의 본능과 감정에 의해 분열된 자아 안의 두 녀석이 서로 대화하고 반박하고 어느 한쪽이 우세를 보이게 되는 것은 스티븐슨의 '지킬'과 '하이드'의 구도와 통한다.

마지막으로 이 소설들이 집필되고 발표된 시기가 태평양전쟁 확산기라는 점, 그리고 그가 무대로 그려낸 남양의 섬들이 바로 그 전쟁터가 되었다는 것을 상기해야 한다는 점을 지적해 두고 싶다. 필연적으로 나카지마 아쓰시의 의식 속에 '전쟁 vs 문학'이 '사회적 배경' vs '자기표현과 책무'로 가로놓였을 것이다. 혹자들은 나카지마 아쓰시가 원주민을 바라보는 시선에 제국주의적 한계가 어쩔 수 없이 드러난다고 지적한다. 그러나 혹자들은 이 시기 일본 문학 전반에 보이는 전쟁의 그림자가 나카지마의 문학에서 보이지 않는 점, 그리고 「빛과 바람과 꿈」에서 스티븐슨의 입을 빌어 유럽의 식민지배 방식을 비판하고 원주민 분쟁에 개입하여 해결하려는 논리를 전개하는 점, 남양의 사적인 체험 속에서 원주민들의 인간성과 개성을 발견하는 점을 들어 그의 반전 의식을 적극적으로 읽어낸다.

이 부분은 나카지마 아쓰시가 남긴 남양 체험 관련의 에세이나 시가(詩歌) 작품을 아울러 살펴볼 때 분명해질 듯하다. 나카지마 아쓰시의 소설 이외의 장르를 독서해 나갈 의욕과 동력이 되는 문제 제기라 할 수 있겠다.

●○●

20세기 전반기 일본이 식민지배의 영역을 확장하며 거대한 제국이 되어갔을 때, 한반도와 '만주'라 일컬어진 중국의 동북지방, 타이완과 오늘날 동남아시아라 일컬어지는 지역 및 여기에 남태평양까지 바다로 이어지는 남양 군도 등은 '내지' 일본에 비해 '외지'라 불렸다. '외지' 일본어 문학에서 남양 문학이 차지하는 범주나 규모, 위치, 그리고 중요성은 상당할 것으로 예상되지만, 지리적 접근성이나 자료의 잔존 여부가 불분명함 등 여러 가지 이유로 남양의 일본어 문학은 아직 충분히 발굴되거나 검토되지 않은 측면이 있다.

어마어마한 문학적 잠재성과 조선, '만주', 남양에 이르는 '외지' 체험을 하고 한학과 영문학에 탐닉하여 독특한 문학세계를 형성했음에도 요절해 버린 나카지마 아쓰시 말년의 남양 체험과 관련 소설을 읽다 보면, '남양'의 문학적 토양과 배경에는 문명과 미개, 제국과 식민 사이의 다양한 입장에 처한 인물들이 있었음을 알게 된다. 남양 문학이란, 허구의 틀을 사용할지언정 한 인물 한 인물마다 환태평양의 식민지배와 전쟁의 근대사 속에서 얕지 않은 서사를 내포하고 있는 무언가일 터이다. 동아시아와 밀접한 20세기의 수많은 서사가 지탱하고 있고 21세기에도 미지와 가능성의 세계로서 기능하는 '남양' 문학으로서 나카지마의 1942년에 발표된 이 소설들은 일종의 입구가 되어줄 것이다.

일본 근대문학에서 상당히 독보적 계보에 놓여 있으면서도 동아시아에서 평가가 높으며 세계문학의 가능성마저 품고 있는 나카지마 아쓰시의 남양 소설. 이 책에 수록된 열 편의 크고 작은 이야기를 통해 그가 1940년대에 식민지와 식민지에 원래 주인이던 원주민과 그들의 삶의 모습과 가치관을 그려낸 방식과 문학과 전쟁을 바라본 제국 출신 작가의 독특한 시선이 전달되었기를 바란다.

펜데믹과 이상기후로 유난히 춥고 고립된 2020년에서 2021년에 걸친 겨울이었지만, 이 책을 번역하는 동안은 화이트아웃인 듯 아찔하게 작열하는 태양 빛과 고요, 영원하면서 단 한 번도 똑같지 않은 모양의 파도가 치는 열대 바닷가의 뜨거운 감각 속에 머물 수 있었다. 종이에 적힌 글자를 좇는 것으로 삼차원 사차원의 공감각적 체험이 가능했는데, 문학이란 그러한 힘을 가진 것이고 나카지마 아쓰시는 참으로 놀라운 이야기꾼이었음을 실감하였다. 이 번역서에서 그 실감이 잘 전달되지 않았다면 온전히 역자의 부족한 능력 탓일 터이다.

2021년 3월

옮긴이

저자 **나카지마 아쓰시**中島敦, 1909~1942

작가. 한학자 가문에서 태어난 나카지마 아쓰시는 교사인 아버지를 따라 열한 살에 조선으로 건너와 경성중학교를 다닌다. 중학 시절부터 소설을 썼고 아버지 전근을 계기로 도쿄에 돌아가 일고를 거쳐 도쿄제국대학 일본문학과를 졸업하였다. 요코하마 여고에서 교편을 잡고 가정을 꾸린 시기에 방대한 독서와 작품 창작 생활을 하지만 지병인 천식이 생활과 목숨을 위협하기에 이르러 학교를 휴직한다. 전쟁이 확대되던 1941년 여름 홀로 팔라우로 향했고 약 9개월간 남양청에서 근무했다. 대표작 「산월기(山月記)」, 『빛과 바람과 꿈(光と風と夢)』, 『남도담(南島譚)』 등은 모두 1942년에 발표되고 〈아쿠타가와상(芥川賞)〉 후보에도 오르는 등 그의 생애 마지막 해에야 비로소 작가로 주목받는다. 그러나 건강 악화로 12월 병사하였으며 「제자(弟子)」나 「이릉(李陵)」은 유작이 되었다. 일본 근대문학에서 독특한 문학세계를 구축한 나카지마 아쓰시에 대한 찬탄과 그의 요절을 안타까워하는 심정은 21세기에도 여전히 이어지고 있다.

역자 **엄인경**

고려대학교 글로벌일본연구원 교수. 고려대학교 일어일문학과와 같은 대학원에서 일본문학을 공부하였으며, 최근에는 20세기의 '외지' 일본어 문학과 시가에 관심을 가지고 번역하며 연구하고 있다. 『문학잡지 國民詩歌와 한반도의 일본어 시가문학』, 『한반도와 일본어 시가문학』 등의 저서, 『단카로 보는 경성 풍경』, 『한 줌의 모래』, 『요시노 구즈』, 『어느 가문의 비극』, 『동경』, 『염소의 노래』, 『지난날의 노래』 등의 역서가 있다.

일본 동남아시아 학술총서 7
나카지마 아쓰시의 남양 소설집

2021년 4월 30일 초판 1쇄 펴냄

저 자 나카지마 아쓰시
역 자 엄인경
발행자 김흥국
발행처 도서출판 보고사

책임편집 이소희
표지디자인 손정자

등록 1990년 12월 13일 제6-0429호
주소 경기도 파주시 회동길 337-15 보고사
전화 031-955-9797(대표), 02-922-5120~1(편집), 02-922-2246(영업)
팩스 02-922-6990
메일 kanapub3@naver.com / bogosabooks@naver.com
http://www.bogosabooks.co.kr

ISBN 979-11-6587-178-9 94830
979-11-6587-169-7 (세트)

정가 18,000원